陆 源 /著

晓 瑾 /译

守卫者
系列
3

THE GUARDIANS PROPHECY

匈奴乱

百花洲文艺出版社
BAIHUAZHOU LITERATURE AND ART PRESS

囤奴乱

序　幕

　　古塔只有八层，站在塔下仰望显得高耸入云。除此之外，古塔确是乏善可陈。灰色的石砌塔身，深蓝色瓦片铺就的分层塔顶。

　　"这塔真难看。"美猴王审视着通往正门台阶上的石雕，评论道。

　　二郎神对着美猴王说："你有比这更好的地方借我们开会吗？"

　　"其实，我倒真有一个。"美猴王答道，"我依旧每隔一段时间去洞天福地，以确保那里不至于荒废了。事实证明，成了精的猴儿们是相当不错的侍者。"

　　"不去任何属于你的地盘。谁知道你的蠢猴子会往食物里放什么东西。"二郎神不屑地说。

　　"住嘴。"关公下令道，"恰是因为你俩打架，我们才从天庭蟠桃园里被赶了出来。哪吒太子好不容易说服他父亲借这塔给我们，你俩最好收敛一些。"

两位坏脾气的神仙仍然互相抱怨着，但最终五名神仙进了古塔并在五楼的一张圆桌旁坐了下来。

"我们下一步做什么？"哪吒太子问。

"先观察一下形势吧。"观音菩萨建议道。她站起身从净瓶里倒出一滴水。水滴临近桌面时变成了很薄的一层水膜。水膜随即轻轻振动并来回波动。波浪在水面慢慢移动，逐渐发出柔光。

水膜最终呈现出一张中原国的地图，一个拥有近似半圆海岸线的国家。北方边境上有一条抵御外族入侵的城墙。除了山脉、城池和江河外，地图也注明了两边军队的具体布防。很长一段时间，神仙们埋首于查看地图和关注两边军队的动向。

哪吒太子探身，指着北面边境的一些动态问："这里发生什么了？"

关公，将在以后去人间成为一名著名的将军，是最有资格回答这个问题的："匈奴正在准备战事。不久即会发动进攻。"

"我们应该采取行动。"二郎神道，"他们浪费了太多的时间在细枝末节上，分散了许多的精力。这样怎么能对付外来的侵略呢？"

"难道你们忘记了当初我们为何需要一个游侠吗？"孙悟空问道，一味轻蔑地翻着白眼，"若是规则允许我们插手，我将是第一个。"

"不是躲到山底下或者是使出其他法宝来逃避格斗吧？"二郎神嘲讽地说。

"很愿意与你斗啊。"美猴王反驳回去。

"我们知道你俩就是好斗。"关公说道，"记住，这不仅仅是一座塔而已，还是一个监狱，塔里锁着不计其数的邪灵和恶魔。任何一个错误的举动，都会让这些邪灵和恶魔逃出来。我们已经有足够的麻烦了。"

"邪灵究竟关在哪里？"孙悟空问道，"你父亲曾经差点把我抓进塔来，很想知道我可能被关在哪里。"悟空不识时务地问哪吒太子。

"在我们的身边，邪灵和恶魔无处不在。"哪吒太子道，"假如你确是火眼金睛，应该能看见被嵌封在墙上，甚至这张桌子里的邪灵和恶魔。被困在塔里的邪灵越多，古塔本身的灵力就越强劲。"

"真是一所高妙的监狱。"美猴王说，"非常幸运未能有机会亲身体验。"

"若是将你囚在此处对我们大家却是件好事。"二郎神说。

正当二郎神和美猴王像孩子似的斗个不停时，另外三位神仙依旧专注于眼前的任务。

"我们当然不能直接插手，除非我们的敌人先动手。"哪吒太子道，"不过总是可以在敌人中间埋下些不和谐的种子。"

观音菩萨最后点点头："对，做到这一点没问题。但必须确保干预的手段不能太明显了。敌人也不是没有耳目的。不管怎么说，这个险仍然值得冒一下。我们的守卫者刚刚团聚，他们需要些时间适应变化。"

"你认为守卫者们之间的和平会长久吗？"哪吒问。

"希望如此吧。"观音菩萨答道，"我们没有预见到目前所发生的一切。其实，守卫者们的结盟已经使命运本身发生了巨大的变化，其变化之快连我们自己至今都还没有完全理解。原先的预言本身可能不再成立。要是这些年轻人能一直保持团结，预言仍有可能实现。在他们未来的日子里团结是关键。我们只是选了一名游侠，可是邪神的干预倒是反而有助于预言的实现。相信这群年轻人会团结并一起打败邪神。但此刻看不清楚每个人在这过程中所扮演的角色，倘若希望彻底打败邪神并一劳永逸，每一个守卫者都务必尽一份他们自己的力量。"

1^章

"我们可以一直让他们扮作尚书侍郎啊。"可兰建议道。

"你是在开玩笑吗？"朱成问，"我可不想坐在屋子里，成天阅读文书度日。据我所知，这是你的职责。"朱成指着刘阳说，"你是皇帝。你该读这些乏味的文件。"

班超翻了个白眼："没人真的想要你做尚书侍郎。这只不过是个掩护。"

"反正这不是一个好主意。"朱成说，"怎么解释你是如何发现我们俩的？总不能说是恰好在路上撞上两位少年，觉得是做尚书侍郎的好料子吧？"

"是呀，怎么解释我们的存在呢？"班超附和着，"我们三个人需要一个成天晃在皇帝身边的借口吧。"

"只是你和朱成。"可兰说，"小龙早有了个好借口。她是刘阳的师父。"

"嘿，这个对我们也适合呀。"班超说。

"你能教刘阳什么？"朱成问，"起码我能教他怎么开锁和使毒。"

"我不觉得他需要学这些。"可兰大笑着评论道。

"等等，我肯定不会拒绝学这些事儿。"刘阳好奇道。

"可兰还真是替你说对了，太没有必要学了。"小龙说。

"得快点想出些点子来。"朱成说，"总不能成天从密道里偷偷进出。眼下有战事要准备，太容易分心了。"

"说到战事，我们应该多准备些更完备的计划。到目前为止，部队集结已经完成，新征兵源源不断得到补充，北方边境的防范基本就绪，可是我们不知道将会有怎样的情况发生。"可兰说。

小龙踱到悬挂着的巨幅地图前审视了很久。中原国依靠北方边境一系列的关隘和长城抵挡着匈奴部族。

在过去的三十多年间，匈奴部族互相之间的战争都是在距离长城和边境很远的盆地之外，或称之为不毛之地。

几百万年的地球构造运动和风蚀造就了边境的地貌。两边耸立着一系列低矮山脉和沟壑纵横的奇怪地形。

这正是匈奴兵上个月的藏身之所。但边境来的线报无法确切地表明匈奴大部队到底集结在哪一片山脉里。小龙仿佛预感到匈奴的进攻会从山海关开始。她指着东北边境上的一个戍边关隘的标志。

刘阳走近并仔细查看地图："你真是这么想的？山海关是长城关隘中防守最严密的一处。"

"若是山海关失守，匈奴只需三天便能进入洛阳。"可兰沉思道。

"他们筹谋着一次速战速决。"朱成同意，"任何持久战都不可避免地会使人力耗尽。按最大的可能性，他们所能集结的人数不会超过十万。这还算上了骑兵队伍。想必不会带着这么多牲口一起翻越盆地和纵横的沟壑，万一困陷就无法撤退，所以我不觉得他们会在初攻时派骑兵来。山海关及附近地区，即使在非战争期间，也是重兵把守。假若匈奴没有把握获得绝对性的胜利，是自寻麻烦。"

班超对着朱成眨眨眼睛："你怎么会知道这些的？"

朱成冲班超翻翻白眼："将军之女，你知道吗？父母给我灌了不计其数的兵书。我至今还能一字不落地背出几本来呢。"

可兰和小龙同意地点点头，班超和刘阳只是对视一眼耸耸肩。班超的父亲也是一名将军，他母亲在他还未出世时便离开了京城。直到临终她才告知班超他的身世。刘阳是第二个皇子，之前先帝把大部分的注意力都集中在他皇兄身上。几个月前，一名逆臣谋反，造成父皇和皇兄的身亡，剩下他掌管整个国家。刘阳并没有准备好担此重任，幸亏小龙等朋友一起相助。

"假设匈奴确实打算从山海关进攻。"刘阳说，"我们应该怎么做？"

"准备好迎战。"小龙说，"关隘已经加强了防范，足以抵御入侵。现在更需要讨论的是匈奴攻击之后我们需要做什么。"

"这得另找时间讨论了。"可兰说，"我和刘阳要回到朝堂上去。"

"什么？"班超问，"你们不是刚从早朝上下来吗？"

"我知道。"可兰叹了一口气说，"经过刘阳叔父谋逆一事，目前还是需要把心机颇重的百官们拢在一起比较好。"

"不知道你俩是怎么应对这一切的。按我说，应该把心怀诡计的官员全扔进大牢里。估计他们都做了不少贪赃枉法之事，早该入狱了。"朱成说。

"别把这些主意灌进我脑子里。"可兰大笑着说。

"说到贪赃枉法，找到我叔父藏匿的财物了吗？确定了赃物的地点后，再派禁军去收缴吧。"刘阳说。

"今天可望办妥。"小龙答道。

"我觉得应该让我先试试，看能不能撬开你叔父的嘴。"朱成说，"你怎么保证他已经供出了全部隐藏之所？"

"不能再说啦。"班超呻吟道，"我们赶紧走吧，不然朱成又要开始讲磨成粉的草药能使人开口的理论。那样的话可兰和刘阳又得困在这儿一整天了。"

匈奴乱

2^章

小龙、班超和朱成通过紧急通道离开了皇宫，一路上朱成又为了班超刚才的一句评论和他斗嘴。小龙看着他俩，露出了一个难得的笑容。不久之前，班超还是满脑子固执的尊严道义，因朱成精通用毒吓得要命，更不要说以用毒来开玩笑。似乎朱成的变化更快更彻底，实在很难想象仅在数天前，朱成仍然心意已决地要杀皇帝，为冤死的父母报仇。

三个人很快走出了通道，徜徉在洛阳熙熙攘攘的街头。在他们的正背后，高高的宫墙把洛阳市和整个皇宫隔开，在更远一点的后方，是赭红色的城墙，阻挡外来的入侵。

洛阳是当时整个中原国最大的都市，拥有最多外来人口。四面八方来的商人和游客混迹在尘土飞扬的街道上，集市上的人们使用数十种方言或互相用手势比画讨价还价。集市离宫墙很近，禁军守卫时刻轮回巡逻，严防任何可疑的情况。

这个集市是在城中特别热闹的地段，有着城里最好的茶肆酒楼饭馆。有钱人坐着颜色鲜艳的轿子或骑着马，掺杂在早已拥挤不堪的街道上。街头杂耍的艺人遍布，讨生计的小贩走街串巷叫卖着货物。普通的市民拎着一小袋米或蔬菜走在从集市回家的路上，乞丐缠住过往的人讨零钱。

5

当小龙他们最终来到一处僻静些的街道时，班超问："我们到底去哪儿？"

"去前司空大人府邸同条街上的一座医馆。"小龙答道，"很明显，大部分财物是藏在地窖里的。"

班超皱起了眉："我们身上的医药包味会有好几年散不了。"

"你就是个活着的药引子。我们总算有理由留你在身边了。"朱成对班超说。

"我应该回答朱成的话吗？"班超问小龙。见小龙摇了摇头，班超便耸耸肩。

"嘿，这可不公平。"朱成抗议道，"我很努力地让你活得惨不可言。你至少得表现出一点感激之情吧。"

"再努力点想出个解决我们困难的方法吧。"小龙对朱成说，"我需要你俩在朝廷里帮助我一起修理百官们。"

"你真的需要我们的帮助？"朱成问，"我当然想帮这个忙，假若你是真心实意的。"

"难道刘阳不能封我们做个微不足道的小官吗？"班超问。

朱成向班超做了个鬼脸："再小的官也都有职责，我不想被牵着走。"

"更重要的是，我们得找个理由说明为什么你每天花这么多时间在皇帝身边。"小龙说，看了朱成一眼。

"这恰是我想说的下一个观点。"朱成答道，"再说，我不想有一个傲慢的上司成天指使着我转呢。我想指挥着他们转。"

小龙眯起了眼睛，似乎有了一个主意。

"什么？"班超问。

"也许有一个解决问题的办法。让刘阳封你们为将军。"小龙说。

　　班超瞪大眼睛："你是在开玩笑吗？我可不知道怎么当个将军。况且我没有资格。"

　　"以比武决定。"小龙说，"范将军已退休，骠骑大将军年岁也大了。国家很长一段时间没有战事了，大将军的职位一直虚挂着。眼下战事将临，皇上需要有一个快捷的方法提拔将领。"

　　"小龙的建议或许可行。"朱成说，"来一场公开的比武，谁能反对我们参加呢？"

　　"分文试和武试两个部分。"小龙说，"具体可由刘阳差人去办。"

　　"你俩仿佛在摇篮里便接受兵法训练了，我的文试肯定不行。"班超坦白地说。

　　"你以为是绝对的公平竞争吗？"朱成问，"结果上做点手脚可谓理所当然。别太担心了。"

　　"真要带兵打仗吗？"班超问。

　　"为什么不能？"朱成答道，"我们不比其他人的经验少。"

　　"晚上再与刘阳和可兰一起讨论吧。"小龙说，"比武不成问题。"

　　小龙他们此时来到了医馆门口。朱成领头翻过了柜台。站在里面的伙计急忙赶上，质问朱成。她将伙计一把推开，猫腰轻易地躲了过去。

　　小龙随后也跳过了柜台，顺手拍拍另外两个伙计的肩膀："我们是官府派来检查的。"

　　"谁知道你们是不是哪一家药行派来破坏我们的仓储的呢？"一个伙计质问道，并举手对准小龙的头击来。

小龙轻轻一移避开了两个伙计，当下点了他俩后背的穴道。伙计们瞬间发现自己动弹不得，情急之下自然恶毒地诅咒起来。小龙和班超走过伙计身边找到已在里屋的朱成。

一麻袋又一麻袋塞得鼓鼓囊囊的草药在一间大屋里堆得高高的。屋里的两个伙计瞧见朱成在里面前后左右地寻找地库的入口，急忙朝她飞奔而去。

"站住。"一个伙计叫道，"你不能到屋里来。请马上离开。"

朱成无视伙计们的驱逐，仿佛心不在焉地避让正逼她到角落里的两个倒霉蛋。"你们愿意过来帮我一下吗？"朱成对着小龙和班超问道。

小龙恰好刚走进大屋，引得伙计们再次大叫起来。小龙立即开始移动堆在地上的药麻袋直至发现一个地库入口："在这里。"

地库入口处被一把大锁牢牢地锁着，朱成蹲下身子开始解锁。突然一位中年妇人，或许是医馆的店主，不知从哪儿冒了出来，声嘶力竭地吼道："阻止他们！不能让他们下去。"

"你有见不得人的东西吗？"班超边问边推开了伙计。伙计跌跌撞撞地被麻袋绊了一下，随即摔倒在旁边的大豆袋子上，使大豆撒了一地。

朱成撬开了锁，小龙运用内力打开了通向地库的暗门，掀起了暗藏室的门板，底下便露出一个幽黑的地窖。

店主拔出匕首冲向小龙他们。班超迎面而上，一把抓住店主向他刺来的手臂，轻轻一扭将匕首从她手中夺走，随手把匕首往屋子的另一头掷去。匕首一下子扎到了一个伙计脑袋旁的木柱上。

班超截住店主打来的一拳，拎着她转了个身，轻轻一脚把她踢飞了出去，顺势撞倒还盯着柱子上匕首看的伙计。"这儿的防卫真是太松懈了。"班超随意地评论道，"我以为刘阳叔父会费尽心机藏匿掠来的不义之财。"

恰在此时，班超瞥见一银色物件冲他脑袋疾飞而来。他身子向后一仰，一枚短剑擦鼻而过。他转过头，瞧见一个身材高大、蓄一小撮胡子的男子踏进屋中，手中还握着另一把短剑，对着他微笑。

小龙和朱成由着班超自个儿对付刚进屋里的小胡子男子。小龙首先跃进地库，用魔力在自己的掌中燃起一团火焰。火苗越燃越高，光圈也越来越大，照亮了地库里的每一个角落。只见地库里满屋的大铁箱子，一直叠到天花板。小龙当下跳到顶上，抓了一个箱子，轻轻地放在了地上。她随即拿剑挑开了大铁箱子上套着的小锁。

当朱成进入地库时，小龙已经在查看满得几乎要从箱子里掉出来的画轴。

"你手上一边燃着火一边拿着画安全吗？"朱成问。

"应该是不安全的。"小龙边回答边离开了箱子几步，"这些宝贵的画藏在地库里太不安全了，况且湿气太重。好些画已有几百年历史了，而且大部分都是原作。"

朱成又打开了几个箱子，拿出了一只金色的花瓶、一把颇具威仪的剑，然后是一把前朝一位皇帝亲自画的旧布扇，最后是一卷荆轲亲手写的卷轴。"刘阳的叔父司空大人，竟然从皇家宝库里偷了这么多财宝。真让我佩服，几乎五体投地。"

"好在当庭抓起了司空大人。"小龙说，"要不然，这些财宝就不知会被转移到哪里去了。"

"先把财宝都放回原处，去看看班超怎么样了吧。"朱成说。

"你倒是提醒了我，原本应该是暗访的，搞出这么大的动静可不是计划中的事。"小龙笑着说。

朱成耸耸肩："只有在情报不确切时，保持低调才有价值。现在基本确定司空大人已吐完了实情，到了这个份上没必要再撒谎了。他眼下身处的地方，财宝还有什么用呢？"

地库上面，班超发现自己被对手压着打。小胡子男子的功夫着实使班超大吃一惊，鉴于前司空大人的猜忌小心，安排一个高手看守他的财宝倒也合情合理。小胡子男子取出两把锤子，不断地挥舞着企图要班超的命。班超躲过了第一锤，然后纵身跃入空中躲开第二击。班超边飞边在空中旋转身子，瞬间一脚踢中小胡子男子的面门，使他撞到旁边的墙上。

班超落地随即拔剑在手，小胡子男子紧握双锤砸向班超的脑袋。班超早有准备，向前一探，挥出了剑。

登时一把剑和两把锤子当啷一声相交在一起。小胡子男子抬膝猛撞班超的腹部，班超挡开并趁势出拳击中了小胡子男子的胸口。他连退几步，一把锤子即刻掉落在地。落地的重锤只差几寸便要砸在班超的脚上，班超赶紧跳着躲开，却一脚踏空直接摔进了地库。

朱成正好重新放回财宝站起身来，急忙跳到一边以免被班超撞倒。剑跟着班超一起掉进了地库，眼看着班超即将被自己掉下的剑砸中，朱成迅即一把将剑从半空中接住。

地库上面，有人使劲地关上了地库门并立即插上了门闩。小龙一点儿都不担心，只是笑朱成瞪着班超时的一张仿佛要杀人的脸："真的哪儿也不能带你去。"

班超站起身，掸掸身子并伸手要讨回他的剑："你能把剑还给我吗？"

"我怎么知道你不会意外地将剑插进你自己的肩头呢？"朱成反问道。

"把剑还给他吧。"小龙说,"我们还有坏人要抓呢。"

"司空大人在地库里藏了什么?"班超问,他瞄了一眼满屋的大铁箱子,然后走向朱成刚整理好的箱子,拣出一只花瓶。他突然倒吸一口气,把花瓶举在眼前:"你们知道这是什么吗?"

"花里胡哨金子打的花瓶?"朱成问。

"这是当年随秦始皇进墓的陪葬品。"班超说,"这可是价值连城啊。"

朱成冲小龙扬起了眉毛:"这孩子的考古学学得还真不错呢。"

"我也做了多年的职业大盗了。"班超说。

小龙没再理会朱成和班超俩的争论,站到了地库门下面,随即握拳灭了掌中的火焰。她纵身而起,一掌重击在地库厚重的木板上,顿时碎木横飞。小龙从开口处飞了出去,轻轻地落在洞口边上。

店主,两个伙计和袭击班超的小胡子男子惊得目瞪口呆,神情恍惚地呆在原地。这下子可方便了小龙。

只需走过去,给每人胸口赏一个点穴。起先小胡子男子奋力反抗,可小龙仅一拳便将他打倒在地。朱成和班超走出地库时,小龙已放倒了黑医药馆里所有的人。

"我去叫些卫士来,把这些人关起来审审,箱子也该运回宫里。"小龙边说边向外走去,"让我们来看看你俩能否既看好这地方,又不互相残杀。"

3^章

离开了御书房后，可兰和刘阳匆匆向与百官议事的大殿赶去。一队十几个人的御林军侍卫紧随其后。宫廷早已规定皇帝身边必须有御林军御前侍卫陪护，自从近期发生刺客事件后，郎队长下令追加一队临时守卫紧随皇帝左右。

皇宫气势自然雄伟，大约占据了京城四分之一的面积。其实，皇宫本身就是一座小城。恢宏的宫殿上覆盖着金砖大瓦的屋顶，城墙漆成赭红色。从宽敞的御膳房到收藏图书的兰台秘府均由大理石走廊连接在一起。很久以前，整个皇室家族都住在各自独立的宫殿里。眼下，皇室只剩下了不多的几个人。不愿意住在宫外的官员占据了相当数量的宫殿，但仍然还有很多宫殿是空置的。

可兰的寝宫很简朴，是从父亲那儿继承的。但她现在很少住在自己的寝宫里，白天与刘阳一起应酬百官们，晚上批阅滚滚而来的奏折。通常都是忙到很晚，所以很多时候总是睡在御书房旁边的房间里。

每天快到早朝的大殿时，可兰非得重新理过自己的思绪，迫使自己调整心态，以适应朝廷事务的处理方式。几乎每个官员都只注重政治斗争，至今还没有人提出实际可行的建议，所以可兰经常提醒自己，整日一味和官员们斗未必是件好事。

一大部分官员仍然视可兰为主要政敌，这使她很烦恼。可兰的尚书职位是先皇在心疾突发去世前任命的，很少几个官员赞同她担任这一重要的职位。外交从来不是可兰的强项，但她是一个务实的人而且自控能力很强。

随着时间的推移，可兰在朝廷上镇定的态度和克制的举止赢得了广泛的支持。尤其在最近一次为救驾而差点丧命之后，很大一部分官员对可兰变得友好了。可此时到底有多少官员是在真心举杯为可兰祝福呢？她依旧需要时刻提防背后的小人并保持高度的警惕。

接近了大殿，刘阳和御前侍卫们慢了下来，好让可兰先进去。她快步向前，给了刘阳一个微笑以示支持。刘阳今天计划任命大司马，以取代他的叔父，他预感朝廷会出现很多异议。

"滞留得够久了吗？"刘阳对郎队长说。

"是的，陛下。"他回答道。

刘阳叹了口气，觉得朝廷的礼仪过于繁复，但这个传统早已根深蒂固。心想任何人都无法随心所欲，他继续朝大殿走去。大殿卫士瞧见刘阳，便走进大殿宣布："皇上驾到！"

刘阳进入屋梁高耸、立柱林立的大殿里，百官们已经各就各位了。当走到金色的龙椅边时，大家齐声颂道："祝吾皇万岁万岁万万岁！"

"众卿平身。"刘阳说。

早朝随即开始，刘阳首先处理了一大堆行政事务，半个时辰后似乎进展顺利。大部分官员仍然慑于前些天刘阳所显示的皇上所拥有的权力，觉得现在没必要在小事情上做手脚。官员们同时逐渐意识到刘阳不是一个容易上当受骗和没有一点政治经验的男孩。当然，谁也不愿意赌眼下的状态将持续多久。

终于，该讨论当前最主要的议题了。刘阳举起手示意安静，大殿立刻静了下来。"大家知道，我叔父和沈大人的谋反使得朝中空出了两个非常重要的职位。这两个关键的职位不宜空置太久，要不然，潘大人就得被迫肩挑起目前无人担负的职责。为了减轻潘大人的工作量，我推举范将军晋任大司马一职。"

范将军，一位须发浓密的老人，至今保持着军人的体魄，走上前来，说："陛下如此信任臣，臣不胜感激。但我确定有其他同僚比我更能担此重任。"

对于其他任何人，这样的说辞肯定都是虚情假意的谦让而已。可范将军从来不是一个沽名钓誉之人，他是贪钱夺权的官员中唯一的例外。

"请老将军不要推辞。"可兰立刻说道，"皇帝陛下举荐您，完全是因为您最有资格担此重任。您的从政记录无懈可击，而您作为将军的经验将会是这个国家在未来的日子里最需要的。"范将军看着可兰的目光，她不易觉察地点点头，请求范将军不要再推辞了。

范将军终于愿意接受了并单腿下跪，说："若是陛下坚持，无论您需要我在哪里效力，我都责无旁贷。"

"很好。"刘阳说，然后对着众臣问，"有反对意见吗？"

很显然众多官员有意反对，可没有谁上前提出。可兰瞧见几个官员恨得咬牙切齿，却无胆量单独上前。

可兰扫视了一下大殿，上前一步："陛下，我代表朝上百官众臣衷心附议。"可兰的话引来一片充满恶意的低吼声，但刘阳和可兰没有再去理会。刘阳挥手招来一名内臣，接过一个精雕细琢的盒子，从盒子里取出一枚拳头大小的官印："范将军，授予你大司马之印。"片刻，内臣将官印连同精雕细琢的盒子一起转递给了范将军。

范将军依旧单腿跪着，并在原地高举双手接过了封印："多谢皇帝陛下。"

"平身，范大人。"刘阳微笑着说。范将军起身后，当天的早朝便告一段落。

百官们下朝时，刘阳和可兰心领神会地相视一笑。

他俩回到御书房后，可兰迫不及待地大声说："真没想到今天居然一帆风顺。"

"深有同感。原本以为唐丞相会有不同意见。"刘阳道。

"谢侯也一声没吭，众所周知他和范将军是历来不和的。"可兰摸着自己的下巴，仿佛陷入了沉思，"看来眼下朝廷的可塑性还是很大的。我们应该赶紧利用现在的机会，极力推进我们的计划，否则时不再来。"可兰提议道。

"我们首先做什么呢？"

"我们得征求一下其他人的想法。不管怎么说，千万不能错过此刻能做一些有意义的事情的机会。"可兰说。

"柴华他们可能会有一些好主意。"刘阳建议。

"真应该立即和柴华他们几个好好商量一下。既然已经由他们帮助处理许多朝廷的事务，没有理由不公开其他的秘密。首先柴华他们必须知道小龙他们三个的真实身份。"

刘阳同意道："不能只把柴华他们当作书童而已。他们是我们在宫里最信得过的人。"

"我们聊聊尚书侍郎的事吧。"可兰说，"或许需要多找几个助手。目前我们五人的主要精力是在战事上，朝廷的日常事务都已交给了柴华、白惹和朴阳，显而易见柴华他们需要一些助手。"

"上哪儿找好帮手呢？"

"我有许多表兄妹。父亲曾经说我们家族繁殖起来像兔子。"

"很难想象你父亲会这样说。"

"我自己的语言。"可兰说，"想必你明白我的意思，可以放心从中招几个来宫里。"

"用你家人架空我吗？"刘阳问，"有人会以为你要夺位呢。"

可兰捅了刘阳一下，狠狠瞪了一眼："严肃点。觉得怎么样？"

"行，你到底有多少表兄妹？"

"说实话，还真数不过来呢。"可兰说，"上次回家探亲时，亲表兄弟表姐妹竟有三十来个。"

"什么？你先前的描述还真是对极了。"

"别侮辱我的家族。"

"你自己说的。"

"我自己当然可以说。因为他们是我的家人。"

刘阳叹了口气："好吧。打算先招几个呢？"

"六个单身，可用我自己的性命担保。"

"难道你有信不过的表兄妹？我还以为诚信和荣誉是与家族的姓有紧密联系的。"

"但愿你知道你有多么离谱。"可兰扑哧一声笑了起来。

"你指的是什么？"刘阳真是不知道。

"绝对不能告诉别人。这是我们家族的一大秘密。"可兰咬着嘴唇仿佛非常优柔寡断。

"快点告诉我。真是令我好奇。"

"好吧。可别太当回事了。李斯是我家先祖。"

刘阳陡然放声大笑，转而意识到可兰正很认真地注视着自己才停了下来。刘阳随即惊诧地坐在椅子里。

刘阳心想李斯可谓历史上最著名的逆臣之一，他的背叛加速了秦朝的灭亡。在家族观念很重的社会中，先祖所犯的罪会被视为整个家族的罪恶。好在刘阳没有愚蠢地把这个当回事。他笑着说："受教了，起码现在我知道你爱惹麻烦的性格是从哪里来的。至少不是你父亲遗传给你的。"

可兰松了口气，意识到刘阳不太理会这类事。她站起身把刘阳拉到巨大的书桌前："行了，赶紧批阅奏折吧。"

小龙他们几个黄昏的时候回到御书房。负责点燃宫灯的仆人来了后又走了。宽敞的书房里仅有的几盏灯的灯火穿透黑暗，令屋子显得更加空荡了。

御书房的屋顶几乎可与大殿一比高低，两边齐顶的柱子一直排到头。高大的建筑充分体现了御书房主人的威仪。房里的大部分家具是由刘阳父亲挑选的，虽然都很实用，却不合当时的潮流。书房里几乎不见任何装饰物。挂在书桌后的一幅详细地图，可谓是御书房里唯一的艺术品，然而这幅地图却是一个重要的参考工具。

小龙他们一进书房，朱成便嚷了起来："给你们带了礼物。"声音在御书房里回荡着，仿佛在每一面墙上反弹后又重新汇集在屋子中。

"吃的。"刘阳欢呼，"都闻到味儿了。"

朱成直接把一袋包子放在刘阳书桌上，指着奏折说："这个可以等，先吃包子。得谢谢班超想着你。这包子比御膳房的菜肴好吃得多。"

刘阳书桌的一个角上放着一盘砌成各种形状的苹果片。

"这像是盘点心吗？给谁的？"朱成问，"给马吃？"

班超俯身在朱成的肩膀旁拿起一片雕成狗的形状的苹果片，边笑着边抛进了嘴里："唔，放得太久，已经干了。"

与此同时，可兰和刘阳埋头吃起了包子，身份和礼仪完全被抛在了脑后。小龙找来柴华、白惹和朴阳。

他们三个工作的房间和御书房紧连在一起。听说有吃的，他们马上放下了手上的活。

每人拖过一张椅子围坐在刘阳的桌边，桌上的奏折也被扔到了一个角落里。此时，他们是一帮知心的朋友，大家一起轻松自在地笑闹着。

一个时辰后，柴华不顾旁人的反对赶着白惹和朴阳睡觉去了。作为一个小头领，柴华严格地控制着他们三人的作息时间，以便尽力协助处理朝廷的日常事务。

"今天成功地任命了范将军为大司马。"可兰说，朝廷的政事不能再拖下去了。

"朝廷上的老家伙们居然没有上蹿下跳？"朱成问。

"其实不尽然。"刘阳说，"估计现在的安静只是暂时的。"

"在老家伙们失去理智之前，我有一个主意，你可以尽快付诸实施。"小龙说。随即她简要地说了以朝廷的比武形式来名正言顺地任命朱成、班超和自己为将军的主意。

"好主意。"刘阳说，"而最重要的是，完全可以说服官员们采纳你的建议。"

"比武的提议明天早朝就能通过。"可兰说，"怎样确保你们三个能赢呢？"

"先举行笔试。"小龙说，"必能筛除一大批人，尔后再举行比武。这样不就行了吗？"

"得想办法把笔试搞定。"可兰说，"为了防止作弊，试卷上通常只有编号，有趣的是这恰恰是唯一可以显示考官诚实的方面。"

"你还得考虑由谁负责审题和监考。"朱成说，"小龙和我笔试不会有任何问题。但班超可能需要一些特别的安排。"朱成自信地说。

"我不喜欢你的口气。"班超说。

"可兰，你必须表明你是考官之一，我们会把班超的编号告诉你。"

"这样可行。"刘阳说，"可还会有其他考官，答卷得尽量像点儿样。"

朱成呻吟了一下，望着小龙："这是我原先预期的意思吗？"

"是的，你和我都必须辅导班超。"小龙点点头说。

"能否全由你来教我呀？"班超充满希望地问小龙。

"没那么好的运气。"朱成说，"再说了，我能给你完整的武学教育，包括精神折磨，这对一个战士来说是非常必要的课程。"

"无论从哪方面来看，我都已经具备条件了。"班超说。

"我真高兴，不用受太多的折磨。"可兰议论道，小龙点点头。

4^章

尽管有些官员不赞成以比武来选择将军，但却无法提出好的意见来反对比武精英赛。尤其大敌当前，官员更想不出其他可行的办法来迅速决定由谁担任将军。朝廷经过再三讨论，最终还是决定两天后开始比武。一时间，朝廷比武的精英赛通告遍布大街小巷。

与此同时，小龙和朱成正努力地向班超讲解基本的兵法。她俩几乎一刻不停地给班超提供军队的相关常识，并不时地检查他的学习成果。虽然班超抱怨小龙和朱成教得太多太快，但他依然尽自己最大的努力。班超从小和他的母亲相依为命，生活在动荡的环境下，居无定所，随时准备躲避朝廷的追杀。尽管如此，但母亲对他的教育还是极为重视的。班超书读得不多，但他接受能力很强，加之格外勤奋，他这几天学到了许多兵法常识。

目睹小龙和朱成整日轮番地逼着班超闭门学习，可兰和刘阳故意给了小龙他们三人一项任务。班超为能有喘息的机会而欢呼雀跃。

他们再次通过密道出了皇宫。可兰的一个暗探近日报告，身为执法官的毛侯自己开了一家地下的非法赌博拳庄。毛侯的职责包括查访和关闭非法运营的赌场。他不但收取贿赂，而且现在发展到竟自己开地下拳庄以牟取暴利。

"捣毁地下拳庄吗？"班超问，"恐怕无济于事。毛侯能另外再开一家呀。"

"我们能否把毛侯本人放入拳赛呢？"朱成问，"可以给他一个很好的教训。"

"好极了，我俩想到一块了。"小龙说。

"好呀，就这样定了。"朱成笑着说，"要是我们先去化装一下，到时候在地下拳庄可以随手收拾几个活该的家伙？"见小龙和班超点头同意，朱成向空中虚挥了一拳，带头向市场走去。

当他们从市场里出来的时候，班超扮作了一个身份尊贵的中年男子。朱成和小龙化装成了男学生，手上攥着扇子而把剑藏在了自己的外袍里面。

"你的手艺超常发挥了。"班超低头打量着自己，边将着新胡子边说。

"把你的声音放沉一些。"朱成命令道，"不然的话，会砸锅的。要不你干脆闭嘴。"

班超白了朱成一眼，径直走向拳庄。他们很快站在了一幢两层楼前的街对面。

"确定是这里吗？"班超问，"房子的外表似乎很一般啊。"

"看屋角上刻着的符号。"小龙说，"这是记号。"她指着一个很不起眼的圆内接三角形的符号。

小龙走到屋子的前门敲了两下。雇员开了门，鞠躬并领小龙他们三人下楼梯。

还没有完全下楼梯便传来赌徒为自己下注的拳手叫好的声音。下了楼梯后，小龙他们三人随即散开，分头观察拳庄里的情况。

尽管拳庄里的常客大多是些有钱人，但里面的布置倒是出奇的简陋。空徒四壁，地面中间只是简单地铺了一层薄沙。屋子当中，一圈围着的铁栏杆隔开了拳击手和拥挤在一起的赌徒。按照起先的计划，小龙他们分布在拥挤不堪的赌徒中。小龙奋力钻进人群，没多久便挤到了铁栏杆的前排。

小龙距离扭打在一起的男子仅仅五尺，两个粗壮的拳手头上分别绑着蓝色和绿色的布条，正在拼命地置对手于死地。头缠蓝色布条的男子突然抓起对方，将绑着绿色布条的男子一把掷在地上。相应地，赌徒们发出一阵震耳的欢呼声。头缠蓝色布条的男子趁对手被打翻在地，短暂地呻吟之机，沾沾自喜地举手向赌徒致意。

恰是这片刻的大意给了躺在地上的对手一个喘息的机会，头上绑着绿色布条的男子伸手，出其不意地扳倒了头缠蓝色布条的男子，并迅即在他的头上连续猛击三次。

正当躺在地上的对手似乎毫无抵抗之力时，头缠绿色布条的男子站起身来得意地笑着，显然这一结果让许多赌徒感到极为意外。一时间赌徒们挥舞手臂，愤怒的喊叫声此起彼伏。小龙瞅见躺在地上的男子又稍稍地动了一下。他是假装晕过去，显而易见，这是地下拳庄事先安排的结局。

值得高兴的是，这一瞬间的变化有利于小龙他们。当裁判走到场地中间宣布绑着绿色布条的男子获胜时，小龙悄悄地将一枚银针藏入自己的掌中。然后手腕一翻，银针对着依旧假装晕倒在地的头缠蓝色布条的男子射去。他猛然低吼一声从地上跳了起来，迅即拔出射入他手臂里的银针。他上蹿下跳着并不停地揉着胳膊，整个拳庄里的空气仿佛一下子凝固了。

当赌徒们知道拳庄欺骗他们时，全体转向高高地坐在屋子另一头椅子上的毛侯，一个肥胖的男子。

"这是什么意思？"一个赌徒质问道。

"这是抢劫呀。"身边的女赌徒喊叫道。

毛侯似乎不知所措，从椅子上站起来，见愤怒的人群围了上来不禁迅速向后退着。"不，不，这是个误会。"毛侯否认道，"跟我一点儿关系都没有。"

此时赌徒们激情澎湃，已经不是毛侯所能左右的。他朝着前门逃去。保镖们意识到赌徒们愤怒的动机，甚至懒得尾随他而去，反而躲进了阴影里，希望没被人注意到。

与此同时，赌徒们抓住了已经逃到楼梯底下的毛侯，一路乱踢乱叫地把他拉回到拳庄中间并扔进铁栏杆里。毛侯跌倒在场子当中连滚带爬，来自四面八方愤怒的咒骂声吓得他瘫坐在地，只知道捂住他的双耳。

这会儿，小龙他们三个已重新聚在一起，颇感有趣地观望着事件的发展。趁着大家忙着嘲弄和折磨毛侯，朱成向房间另一头的几个包厢走去。两个负责收赌注和安排作假的家伙早已逃之夭夭，留下两个没人看管的钱箱。朱成闪身进了包厢，打开锁，随手抓起袋子清空钱箱，在两个钱袋口打上结，抛上了肩，转眼回到了小龙和班超身边，然后指着毛侯问："怎么处置他？"

"稍等片刻，班超和我去提走他。"小龙对朱成说，"你可坐在这里，看着我们笑吧。"

"这我能做到。"朱成道。

"此刻的情景真是好笑。"班超评论道。

赌徒们不久厌烦了毛侯瑟瑟发抖的丑态，有人建议扔一个拳手进圈子。

"付了钱看个值得。"一位年轻的赌徒叫道，"推绿布条拳手进去。"

赌徒们发出同意的欢呼声，把绿布条男子推到了拳场中间。他的目光在人群中不停地来回扫视着，慢慢向毛侯逼去。拳场中的毛侯和绿布条男子像是被逼在角落里的困兽。终于，小龙和班超心想该是拘捕毛侯的时候了。

他俩随即一起跳进了拳场。赌徒们还没有完全反应过来，他俩便各自抓住一人的衣领跃入空中，几下错步落在了楼梯口。他俩押着两人走上楼梯迅即到了街上。班超顺手放走头缠绿色布条的男子，但当毛侯也想跑掉的时候，小龙抓紧了他的领口并厉声道："你的选择是：辞掉稽查的官位，或面对愤怒的赌徒。"

毛侯耳闻追近的赌徒，赶紧企求道："辞官位，带我去官府吧。"

小龙和班超押着毛侯加速离开了拳场。在去官府的途中，毛侯尝试着逃跑了两次。小龙和班超每次放他跑了两条街后，再去抓他回来。有趣的是毛侯两次逃跑的方向都恰好是小龙他们要去的方向。

没过多久，小龙和班超押着毛侯到了御史台，这是专为监察朝廷官员贪赃枉法而设的。小龙把毛侯交给了现任御史大夫，提供了自己的证词，同时告诉御史大夫举报毛侯的是皇上本人。

与此同时，朱成跟着赌徒们涌上了楼梯，来到了街上。她远远地跟在赌徒们的身后，以防止事情演变到不可控制。

满脸受挫的赌徒们迷茫地四下张望，搞不清楚毛侯去了哪里。赌徒们在街上转了一会儿便只好分散回家了。朱成去御史台与小龙和班超会合。

朱成一路走着，任由钱袋在肩上前后跳跃着。每走一步，钱币的碰撞声都令她面露微笑。在遇上班超和小龙之前，朱成的岁月都是在逃亡和偷盗中度过的，她能碰上什么就偷什么。曾几何时，朱成借助于此来减轻自己父母被杀却又无处报仇，积压在心中的痛苦。现在自己和小龙他们一起放弃了复仇的念头，也不再有坑蒙拐骗的冲动了。不论怎么解释，她都不否认，偶然犯一下老毛病，感觉还真是挺好的。

朱成在街上悠闲地走着，等到了御史台，小龙和班超早已经将毛侯交给了御史大夫。

"怎么处置这些钱呢？"班超看着朱成肩上的钱袋子问。

"给我自己先买一匹蓝色的小马。"朱成明显不愉快地答道，"当然把钱放入国库啦。"

"一袋钱也解决不了国家的困境。"班超笑着说。

"但你知道什么会有帮助吗？"朱成问，"从贪官手里重新偷回不义之财。"

"要是官员能不贪腐有多好啊。"班超说，"也不会有这些麻烦了。"

"还不如叫猪不要在泥里滚好了。"朱成对班超说。

"国库近期没有问题。"小龙说，"从前从司空大人家里收缴来的赃物和变卖相关财产所得能让国家支撑很长一阵子。可是贪腐行径必须禁止。不然的话，这个王朝会像以前其他朝代一样崩塌。"

"怎样才能改变人的贪念呢？"朱成说，"有权有势的官员，自然是想着利用权势来替自己谋财。"

"这是战事结束之后我们需要考虑的事情。"小龙说。

"虽然看来，再过两天的比武中我们想要做的似乎也是一种腐败，不是吗？"班超问。

"让你损了荣誉感了吗？"朱成质问，"要不然你让我们怎么做呢？"

　　"不是说我们这样干是完全错的。"班超答道，"似乎是非常必要的，但这是我们唯一的选择吗？不知道我是否能找到更好的方法。"

　　当朱成几乎要大吼"班超是个傻子"时，小龙捅了捅她："再给班超点时间，他已经承认了不是任何事情都是黑白分明的，对他来说已经是一大进步。你可以留住一个人情，不要紧咬不放。"

　　朱成继续抱怨着，但却没有谩骂班超。当接近皇宫时，朱成突然问道："假如比武计划成功，我们还能有机会再干像今天这样的事情吗？我是否也得变得道貌岸然呢？"

　　"我想是不可能的了。"小龙微笑着说，"一定还会有类似的事情，可够我们忙的。没有人会强迫你放弃你的老习惯。"

　　"好。"朱成说，"因为实在有太多好玩的东西需要彻底放弃了。"

　　"也许可兰会让你帮助她管理暗探系统。"班超说，"这肯定是你擅长的事情。"

　　"你觉得让我指挥一帮密探是件安全的事情吗？"朱成问。

　　"细细想来，还是让你离密探越远越好。"班超说。

　　"太迟了。"朱成对班超说，"你的建议已经进了我的脑子了。"

5 ^章

倘若能知道一点试题的范围，想必对进入比武的下一轮会有很大的帮助。考试前两天的晚上，小龙、朱成和可兰草拟了文试的提纲和战情模拟，以便刘阳转交给出题的官员。

回到皇宫之后，小龙和朱成又开始考验班超对有关兵法战略和战术的基本军事概念的掌握。她俩同时为班超总结了学习的要点，可喜的是，班超自己在路上也做了准备。

为了保证班超完全懂得怎样正确地回答各类相关的问题，小龙和朱成一直帮助他复习到凌晨才离开皇宫。当日上午，他们三人来到临时作为考试场地的中央广场。试场人员已连夜围起了整个广场，不计其数的桌子被等距离地设置在考场里。每个桌子上都摆着卷筒纸、毛笔和充足的墨水。

小龙他们很早来到了广场，几乎排在了进入考场行列的最前面，但来晚了的考生却有可能无法进入考场。小龙、朱成和班超入座后，还不断有考生排到入考场的行列里。

不久，考场里便座无虚席，守卫们封锁了整个中央广场。排在后面和晚来的考生都被拒之门外。小龙坐定后环顾四周，显然考场里大部分考生都是军士。他们身上的军人气质，一目了然。坐在小龙右边的一个考生干脆穿着他的盔甲，也许以为这身打扮会让他有些优越感，可是谁也看不出有什么好处。身上背着沉重的铁盔甲，还得在太阳底下晒。

他像是一名级别颇高的军官，似乎厌恶地看着广场四周。他的行为毫无疑问地显示，参加这样的考试仿佛是侮辱他的存在价值。

坐在小龙左边的是一个腿带残疾的年轻书生。或许他会通过笔试，甚至有可能名列前茅，可是在第二轮比武中取胜的希望是相当渺茫的。

当考官发放试题时，小龙强迫自己把注意力集中在考题上。她飞快地在考卷上从上到下、从右到左整齐地写下答案，脸上隐藏着一丝微笑。头一道题差不多只是简单地改写了她建议中的一个问题。

不远处，朱成无法掩饰她的欢乐，笔在纸上龙飞凤舞地划过，留下了一片马虎的字符。尽管朱成的笔迹不是考官们所喜欢的，但答案是无可挑剔的。朱成仅用了小半个时辰便完成了全部的试题。

有趣的是，除了朱成和小龙之外，还有一些姑娘也参加了考试。虽然守卫用难以置信的目光注视着她俩进考场，但没有人阻止。毕竟，官方的规则没有禁止女子参加比武。

朱成瞥见考场另一头的一位中年妇女正在奋笔疾书。另外一个跟自己差不多年纪的姑娘也在聚精会神地答题，并无意识地将舌头微伸在外。

终于，有人开始交卷了，朱成也卷起了自己的试题，套上一枚环套，交给了考官。考官马上记下了朱成的名字，并在她试卷的外面写上了编号，又随手给朱成一张印有同样号码的凭据。

与此同时，小龙也递交了她的试题。她俩出了考场，一起上了广场边上的一个屋顶，以便俯视整个广场。

"班超在那儿。"小龙指着考场中间的位置。

"从这里无法判断班超的试卷到底答得有多差。"朱成担心道。

"你难道对我们的辅导没有一点信心吗？"小龙问。

朱成嘀咕了一句，没有正面回答而只是模棱两可地说："只能希望班超没有浪费我们的努力吧。"

事实上，班超在考试中确实是学以致用了。虽然没有很快地完成，但他是按小龙和朱成教的知识有条不紊地回答了每一个问题。班超一出试场，小龙和朱成便找到了他。

"有多糟糕？"朱成马上问道。

"考得很好。"班超自信地答道。

"第一题你是怎么答的？"朱成质问。

"包围城池时，先切断粮源以造成居民的恐慌。"

"这回答是可以的。"朱成给予肯定。

他们三人走进一间餐馆后，朱成详细地询问了班超是怎样回答每一道试题的，终于满意地说："看来你并不是完全没救的。"

班超听了朱成的称赞不禁两眼放光。

"别高兴得太早。"朱成紧接着又说，"直到今晚我们才能知道你是否过了笔试。"

"班超肯定能过，别忘了我们里面还有人啊。"小龙微笑着说，"先回宫里去吧，还得把我们的编号给可兰，以保证我们在入选者之中。"

他们回到御书房的时候，刘阳和可兰刚好从早朝上下来。

"怎么样？"可兰问。

"考试当然简单。"朱成自负地说，"连班超也考得相当不错。"

"从你嘴里说出来，对班超就是最高的称赞了。"可兰乐坏了。

小龙随即把他们的笔试编号给了可兰。然后他们去了尚书侍郎的屋里，帮着一起整理奏折。

小龙突然想起一件朱成力所能及的事情，不禁暗自笑了起来。她在自己面前的奏折中翻了一下，挑出来自两位远离京城的封疆大吏呈上的奏折。他们两个认为天高皇帝远，奏折不但言语不敬，而且无理地要求增加年饷。显然，他们认为刘阳是一个性格软弱毫无能力的皇帝，只能答应他们的要求。现在让他们接受一次粗暴的提醒吧。

"拿着。" 小龙把两本奏折递给朱成。

"什么呀？" 朱成拆开第一本，读了第一页，"这家伙欠揍。"

"好啊，尽管揍。" 小龙说。

朱成的双眼一下子亮了，坐到一张椅子上后马上忙开了。

当天，可兰很晚才回到御书房。她觉得非常奇怪，整个御书房竟然空无一人。然后听见有声音从尚书房传来。

可兰进了尚书房，恰好瞧见白惹正举着一把尺子满屋子追着朴阳跑。可兰小心地挪到小龙身边问："发生什么了？"

"不是很清楚。" 小龙笑着回答，"朴阳自己可能也不知道，大概是他说了什么。"

可兰翻翻眼珠："白惹应该明白朴阳说不出任何好话。他整日胡说八道。"

"回来了。" 刘阳发现了可兰，不禁叫了起来，"怎么样啊？"

可兰皱起了眉："有好消息也有坏消息。先说好消息。无需我插手，你们俩的试卷都过了第一关。"

"很好啊。" 刘阳说。

"你还没等她把坏消息说出来呢。" 朱成说。

"不幸的是，最终的名单上我没有看到班超的编号。一定是考官受了贿赂，拿别人替换了班超。" 可兰说。

"我有一种感觉，朱成的技术今晚要派上用场了。" 班超说。

朱成扔下手中的毛笔，跳了起来："太好了。我们去哪儿？"

"试卷锁在察举司。"可兰说，"途中有很多检查站。不知道你们怎么样才能进去。"

"朱成可以拿我的令牌，我是你登记在册的侍从。"柴华说，"她可以说你有东西落在院里，命她前去取。"

"班超可以用我的。"朴阳说，"很少有侍卫敢责问皇上的亲侍的。"

"似乎过于麻烦呀。"朱成抱怨，"还得互相换衣服，等等，能直接从房顶上进去吗？"

"快去换衣服吧。"小龙劝道。

小半个时辰之后，一切准备就绪。小龙仍是衣服宽松的武士打扮，而班超和朱成看上去完全变了样。两人穿上了侍从的衣服。

"你们怎么受得了这种服饰呢？"朱成问道，挥舞着两只手臂展示着垂下来的袖子，"要是有一阵疾风吹来，我会被带走。"

"需要一些时间适应的。"白惹同意，"我为此想出了一种游戏，看看自己到底能兜起多少风。"

柴华对她的双生姐妹翻了个白眼说："做事的时候把袖子绕在手臂上好了。"

"你确定带齐了你需要的吗？"班超问朱成。

"这种袍子有一个好处就是能藏下各种东西。"朱成说，"我已经做好了应付一切可能的准备。"

"小心一点。"刘阳说，"或者我可以假装查看优胜者的试卷，届时再调个包什么的。"

"然后怎样？给人留下更多把柄吗？"可兰问，"还是让他们去办，不会有事的。他们从你叔父的府邸偷进偷出也没有被人发现。"

"不难的。"朴阳道，"我们曾经也去过的。"

诚如柴华说的，压根儿没有一点麻烦，小龙向察举司的卫士解释了他们受遣来取一些文件。虽然卫士觉得派三个人来取一点资料有些奇怪，但是没敢质疑。

进了空空的房子后，小龙带头穿过黑暗的走廊。墙上仅有几处燃着火把，零落地闪着明暗不定的光亮。

过不了多久，他们来到了一扇由四个近侍守着的双门前。每个侍卫都是精英战士，整队侍卫通常是负责保护皇帝的。总共一百来人，其中三十人是刘阳的贴身侍卫。由四个近侍通宵达旦地看管考试的结果，可见今天的笔试是多么重要。

虽然近侍的名声在外，但完全不是小龙他们三个的对手。但要越过眼前的四个侍卫而又不被发现，却绝对不是一件容易的事。此时，恰是朱成施展她特长的时候。她瞬间取出一小瓶液体，从小龙手里拿过四枚银针。将银针浸在小瓶的液体里，片刻又转手递回给小龙，向她耳语，说了小龙需要射的穴道。

一眨眼工夫，小龙的四枚银针分别击中了目标。朱成登时信心十足地走向四个侍卫。只见侍卫纹丝不动，目光无神地直视正前方。

小龙他们三人迅即越过侍卫，朱成从一侍卫的腰上解下钥匙。打开门后，又把钥匙挂回原处。

"赶紧做你们的事情吧。"朱成说，"我得与四个新朋友待一会儿。"

小龙率先进了屋里并在手掌中燃起一簇火苗，火焰登时照亮了整间屋子，满屋的试卷一下子呈现在小龙和班超的眼前。

班超径直走向屋内另一头一只雕着花刻着字的巨大木箱。掀开箱盖便见名列前茅的二十几份试卷。小龙和他一起仔细翻阅这叠试卷，随即辨认出了一份不属于前二十几名的试卷。

"可是怎么找到我自己的试卷呢？"班超发愁地问道。

小龙点亮了墙上的一支火把，即刻在屋里堆放的试卷中翻寻起来："希望尽快找到你的试卷，否则会引起侍卫的怀疑。"

两人开始埋头搜找，试卷扔得到处都是。小龙突然后退一步，举起双手使出了魔力，试卷便飞了起来，自动地排列在空中。班超环顾着四周的试卷，立刻瞧见自己的。小龙让班超的试卷落到了他的手上，尔后又让满屋的试卷恢复了原状。

班超边将自己的试卷放入箱子边说道："你的魔力越来越强了，以前可不是这样的。"

"真是。"小龙叹了一口气说，"现在不是担心的时候。"小龙的魔力是与生俱来的，是她内力的延展。虽然之前她并不知道，而是因为偶然的发现，但自从开始使用魔力后，她变得越来越强。旁人一定会因有这样的本事而自负，可小龙却感到魔力给自己带来了许多伤痛。正是这一超自然的能力，使邪神嫉恨小龙，家人也因此而遇难。也恰是因为自己的魔力，神仙们确定小龙为游侠，让她成为一个不为人知的预言的主角，而这个预言却事关自己的生死以及中原国的存亡。

正当小龙和班超寻找试卷的时候，朱成忙着把一丝细线系在刺进侍卫肩上的银针的尾端。

他们三人重新潜入阴影后，朱成用力一抖手中的细线，取回了银针。四个侍卫全然不知，仿佛什么事情都没有发生过一样。

回到了御书房后，大家不禁为成功地完成这一重要的任务而欢呼起来。

"你终于把你的特长用在好事上了。"可兰对朱成赞许道，"谁能知道我们今晚成功的任务会带来多少变化？"

"天都有可能塌下来噢。"班超得意地说。

6^章

第二天早晨，参加笔试的考生聚在广场聆听前二十四个入选者的编号。随着写有编号的签条被从盅里取出，入选者对着号码一个接一个走上了前台。待人群慢慢散尽后，卫士们便带领入选者走向宫门。显然下一轮的比武被安排在皇帝本人面前。

皇宫守卫彻底搜查了二十四个入选者，收走了所有被发现的兵器。然而小龙、朱成和班超身上什么也没有，他们早把兵器留在了御书房里。

他们三人边走边审视着即将面对的竞争对手。其中不乏军人，这些军人连走路的姿势都表现出一副仿佛志在必得的样子。另外还有几个白面书生，剩下的是一些跟小龙他们年纪相仿的男女青年。

一个少年后退了半步和小龙他们三个走在一起，并笑着自我介绍说："我叫彭貂，你们三个好像互相认识，是吗？"

小龙随后介绍自己姓赵，朱成仍是她常用的假名。

"我们受教于同一师父，只是来试试而已，谁会想到居然进入了下一轮。"小龙说。

"我父亲也不曾想到我会入选。"彭貂笑着说，"我父亲自己是个军官，也参加了考试。他非常嫉妒我的成绩比他好。"

朱成问彭貂："你觉得你自己的下一轮会怎样？"

"我离将军还差得远呢。"彭貂说，"要是能做个校尉已经很不错了，就跟我父亲军阶一样高了。你们三个怎么样呢？"

"尽力而为吧。"班超谨慎地答道。

"这一轮结束后，考官们都得称我为大将军。"朱成得意忘形地说。

彭貂笑着说："想成为大将军，信心是至关重要的。"

不久，主持比武的考官将二十四个优胜者分成了三组。在卫士的护送下，优胜者来到一个大校场，小龙那组被安排在中央高台的西面。其他两组分别被安置在南面和东面。校场的北面放着一张金色的龙椅。龙椅左右两侧的位子供文武官员一起观看比武。

一个考官此时走上了高台，参赛者都抬起头注视着他。

"皇帝陛下将亲临今天的比武，希望大家听清楚今天比武的规则。首先从每一组选一个号码，二个被选的比武者上台决出一个优胜者。以此类推，将产生八名优胜者。随后再宣布下一步的指示。有不清楚的吗？"未见任何回答，考官便下了高台。

传令官接着大声宣布皇帝陛下驾到以及随行的部分朝廷官员的入场，刘阳首先入校场并坐进了他的龙椅。校场里的所有官员和参赛者立即向皇帝磕头。刘阳随即举起手示意大家平身。

"陛下，比武准备就绪。"考官说。

"请开始吧。"刘阳宣告。

考官立即照着参赛者名单选了第一批的三个号码。而班超恰是被选上的三个号码中的一个，他站起身顺势跃上了高台。另两个参赛者也随即跳上台来。正当考官再次在台上重复说明比武规则时，班超打量着他面前的两个对手。一个是面色红润、身穿盔甲的中年男子，另一个是二十来岁的年轻女子。

他们三人各自从台边的兵器架上选了一件。兵器架上的兵器应有尽有，这样就不致因为参赛者选不到顺手的兵器而影响他们的发挥。班超顺理成章地选了一把剑，试挥了几下，熟悉了剑的手感和平衡。这是一把很平常的剑，和班超自己的剑是无法相比的，他的剑是由大师欧冶子特铸的。而眼下的剑，用于比武还是可以凑合的。

年轻女子毫不犹豫地选了一支长矛，中年男子选了饰着圆环的双刀。

随着主考官的一声令下，台上响起一阵喧天的铜锣声。锣声未停，中年男子已向年轻女子冲去，他的圆环双刀直奔她的头顶。显然他是有意伤人，企图一举击败年轻女子，转而全身心对付班超。

班超警惕地注视着他俩的交战，正担心年轻女子怎么应对冲她飞奔而来的双刀。只见年轻女子低头轻易地躲过一击，将矛尾随手击中了中年男子的胸口，直接把他挑下台去。

与此同时，她已把注意力集中在班超身上，重新调整了她手上的长矛，快步直接走向班超。班超只是站在原地，略微举剑便拨开了她刺来的长矛。年轻女子转而后退了半步，双眼仔细看着班超，忽然挑起长矛直刺他的肩膀。班超提剑轻松地挡住了飞来的长矛。

事实上，班超可以在第一、二个回合就结束这场格斗，不过他觉得还是先打个平手为好，不想过早地显示自己的实力，所以又继续格斗了一阵子。当她再次刺来时，班超向边上一闪顺势夹住了长矛，然后一转便将长矛从她手中绞了出去。随即他纵身而起，一脚把她踢下台去。

下两轮的参赛者都是现役军人，他们互相拼死争斗，以至于多人倒地不起，优胜者头部受重伤。

不久，轮到了小龙上台比武，她和班超一样在兵器架上提了一把剑。她的两个对手似乎擅长长棍并联手轮番地猛力袭击她，企图将她一举挑下台去。她巧妙地避开了他俩的锋芒。每当他俩认为即将得手时，就见小龙轻身一跃又重新回到他俩的身后。经过十多个回合的格斗，他俩使尽了他们所有的招数。小龙突然将她的剑插入台中，徒手抓住他俩的长棍，顺势左右摇晃两根长棍，登时直接把他俩甩下台去。

接下来的三轮比武，掺杂着几个熟知兵法的书生。这些书生仅能勉强地拎起兵器，刚一交锋就被轻易地扔下了台。事实证明这三轮比武不但乏味，而且结果是可想而知的。

朱成终于等到了她的比武，迫不及待地一步跨上了台。与小龙和班超相反，她选了一条六节链铁鞭。她拍动了几下铁鞭，低头躲过朝着自己飞回来的鞭尾。

"朱成是在干吗？"班超疑惑地问道，"她根本不会甩铁鞭。"

"她不会有麻烦的。"小龙虽然这样说，但也不明白为什么朱成选用铁鞭。

朱成的对手分别是彭貂和一个中年女子。彭貂跳上台迅即抓起一套短剑，对朱成笑笑，随即向后退了几步。

小龙带着审视的目光在台下观察着彭貂的举动，对班超说道："不能低估了彭貂。"

"我能否喊朱成让她换件兵器？"班超正问着，恰好此时响起了锣声。

仿佛朱成和彭貂彼此心照不宣，同时攻击中年女子。朱成将铁鞭挥向中年女子。她举剑立即遮挡，可朱成又忽然摇动自己的手腕，一把打掉了中年女子手中的剑。

与此同时，中年女子瞧见彭貂飞奔而来便急忙后退，灵活地躲开了彭貂连续刺来的短剑。可是中年女子终究不是彭貂的对手。再则，她手中的剑早已被朱成打落在地。不久，她发现自己被逼到了台边，登时乱了阵脚，一时破绽百出便心慌意乱地掉下了台。

朱成伸手捡起了中年女子掉在地上的剑，随即转到了左手。当彭貂刚转过身来时，朱成的铁鞭已向他飞去。彭貂从容不迫地凌空刺出一剑并穿过一截铁链，试图控制朱成的铁鞭，然而被朱成牢牢地攥在了手里。他俩站在原地僵持了一会儿。

朱成完全可以立即打败彭貂，但她不想过早地显示自己的真本事。此刻她也没有像往常一样狂妄而低估对手。她非常清楚今天比武的重要性。

彭貂知道自己打不过朱成，便把手中的短剑直接掷向朱成。朱成卧倒在地任由短剑飞越头顶，同时猛力一拉铁鞭，扯掉了彭貂手中的另一把短剑。朱成随即放下自己手上的铁鞭，赤手空拳地冲向彭貂。

彭貂奋力抵挡了一阵，终究敌不过朱成。朱成对着彭貂一笑说："对不住了。"然后一掌推在他肩头，使彭貂失去平衡跌下台去。

至此，产生了八个优胜者。除了小龙他们三个，另外四个是年龄大小不一的军人，还加一个比小龙他们年龄大一点的年轻女子。在场的朝廷官员看着眼前的最后八个优胜者，登时窃窃私语。皇上的尚书大人是个姑娘，已经够糟糕了。难道现在连军队也要由没有沙场经验的年轻人指挥吗？

主考官知悉众多的朝廷官员很不满意已产生的八个优胜者，但别无选择，只得继续按照指定的规则进行下去。不久，他们八个抽签分成四组，由立时对抗赛确定冠军。

小龙他们三个首先得心应手地战胜了各自的对手，这让在场观战的朝廷官员们越发乱了方寸。但此刻无人理会这帮老朽，大家专注于年轻女子和军人之间的最后一场比赛。

从一开始，年轻女子就是必输无疑的。她的武功似乎不错，只不过没有像年长军人一样狠辣。只是几个回合，年轻女子便败下阵来。随后，军人也跳下了台，和小龙他们三个站在一起。他仿佛非常轻蔑地注视着小龙他们三个，简直无法相信他们竟是他的同僚。

经考官再次抽签后，军人将与朱成对战，而班超将和小龙格斗。班超听到这样的安排迅即呻吟道："真不公平。"

"好好享受被小龙踢屁股吧。"朱成咧嘴笑着说。

"我干脆认输吧，省得麻烦你了。"班超对小龙说。

"至少得略微打几个回合吧。"她答道。

小龙和班超跳上台后选了相同的剑。锣声一响，班超冲上前举剑照小龙头顶就劈。小龙轻松挡住，又直接把班超推了出去。班超借力在空中一转，着地后立刻点足跳起飞向小龙。小龙后退两步，迅即转身顺势左手一拳将班超打下了台。

朱成知道自己面对这个军人——任山，将会是一场恶斗。任山一上场恰似一驾失控的马车向着朱成滚滚而来。和一个年轻的女子争夺大将军，使得他由愤怒变得非常草率。朱成只是一味地躲闪他的攻击，惹得任山越来越愤怒，他纵身扑向朱成企图一下子扔她下台。朱成见他盲目飞奔而来，向后一仰随即转身从他的右臂下滑过，转而一脚把任山踢得跌撞着滚下了台。

朱成和小龙之间的最后格斗结果不言而喻。最后，朱成假装怒视着小龙说道："只有这么一次我让你赢。"

"当然。"小龙说，"不胜感激。"

朱成和小龙的比武刚一结束，一名官员便站起身来叫道："真是有点荒唐。难道国家的军队要由一个年轻的姑娘统领吗？"

"这不是朝廷同意的方法吗？"刘阳问，"她是比武的第一名，我们怎能食言呢？"

"可是，陛下，想想江山社稷的安危。"另一名官员道，"她真有本事统领全军吗？"

"她的文试独占鳌头。"可兰说，"难道还不够证明她的资质吗？"

"但真正带兵打仗不是纸上谈兵的事情呀。"谢侯镇定地说，"国家需要一位在军中有资历的人。"

"你们中间有谁够资格统领全军呢？"可兰问。

"朕已经颁下诏令，你们想让朕收回成命吗？"刘阳问道。

整个校场登时鸦雀无声，刘阳招手示意小龙上前，从内臣举着的托盘上拿起大将军符印，连同令牌一起发放给了小龙。

"朕任命你为我朝骠骑大将军。"刘阳以极其郑重的口吻说道，转而面对班超、朱成和任山，授予了他们一枚小一些的符印和令牌，任命他们为大将军。"恭喜各位。"刘阳说。

四个人一起颂道："多谢皇帝陛下。祝陛下功业千秋。"

"赐予你们每人一套宅子。"刘阳说，"内侍会带你们前往。今晚朕将设宴恭贺各位。"

四位将军再次谢恩，然后跟着内侍去他们各自的宅子。可兰对二十名参赛者说："你们都是国家需要的人才，很快会安排你们相应的军职。"

小龙的两个内侍名叫顾目和窦谷。他俩带着小龙来到一座围绕着小庭院的宅子。这里曾经是小龙小时候的家，已经很久没有人住了。自从她的父亲青龙侯退隐封地之后，再也没有封过骠骑大将军。

无论以什么标准，整个宅子的各种家具，都装饰得颇为华丽。

小龙对顾目和窦谷微笑着说："你们随意吧，把这里当作自己家，我会经常在外奔走。"

两个年轻的内侍互相疑惑地望了一眼，又把目光转向小龙。顾目鞠了一躬说："不明白将军大人的意思，我们是皇帝陛下亲自派给你的。"

小龙一时语塞，花了好一阵才使两个内侍同意不再整日以官职称呼她。

尔后小龙满怀喜悦地去看朱成和班超，沿着门外的石头小路向下一座小院走去。刚接近院子的门口，班超恰好出来。

"你的宅子如何？"小龙问。

"比以前住过的任何地方都好啊。"班超答道，"觉得有些不自在。"

他俩来到朱成的门口，听见里面传来阵阵笑声。朱成与她的两个内侍——季童和冯必，正在放松地说笑着。

"真的不明白她是怎么做到的。"班超说。

朱成看见站在门口的两个朋友，招呼他们进去。

"真希望我们能住在一起。"班超道，"压根儿不需要这么大的地方嘛。"

"我们大部分时候都会在御书房里。"小龙说。

"假如有朝廷官员暗中调查我们怎么办呢？"朱成问。

"我也想过这事。"小龙说，"可兰似乎有一个好主意，今天晚宴后一起讨论。"

7^章

小龙他们到达宴会大殿外的时候，任山早已经到了。尽管小龙他们主动热情地问候任山，但他仿佛爱理不理。大家很不自在地等着进入宴会大殿，不久，侍从来请他们入内。

宴会大殿的中央放着一张巨大的圆桌子，上面摆满了来自各地的珍稀佳肴。桌子正中间是一碟今晨从海边市镇运来的清蒸全鱼。鱼碟边上放着各种精致的点心。

大家入座后，刘阳才进殿。

刘阳举起小酒盅为四位大将军庆贺："朕相信在即将与匈奴的战争中诸位定能为国家效命，助朕一臂之力。"

大家都刻意地慢慢吃着，唯独朱成埋头在食物中。早饭之后她没再吃过任何食物，不想让餐桌上的礼仪影响她的一顿好饭。

片刻，可兰清清嗓子问道："我们准备怎么面对与匈奴的战争呢？"

"在可能的情况下，选择直接进攻。"任山说，"我了解匈奴。用铁拳出击是最好的办法。他们的组织松散，将领并没有多少权威。部族首领才是真正有实权的人……"

任山滔滔不绝地讲了很长时间，像是个老师在授课，而不是在回答一个简单的问题。

当他终于把他的退匈奴大计说完后，突然提出要先行告退："陛下，请恕罪，能否容臣先行退下？"

刘阳对于这样一个没有解释的请求感到很奇怪，但还是说："当然可以。明天早朝再见。"

任山站起身来，深揖行礼："多谢陛下。"

任山一走，朱成就说："他是个麻烦。"

小龙点头同意："他不会听我的命令。"

"他在整个晚宴上非常惹人烦。"刘阳觉得好笑。

"他可能觉得你还不敢处治他。"可兰说，"往好的方面想，成就了我们的计划。"

"现在到底先做什么呢？"班超问，"任命我们为将军不只是为了方便进出皇宫吧？"

"明天得面见文武百官。"小龙说，"还得召几名好的考生来担任校尉，比如说彭貌。"

"在高层军官中平衡地加入一些好的军士。"小龙说。

"可以让一些官员升职。"班超说，"大部分人自从上一次战争以来就没升过职。"

"这会很好地安抚部队。"小龙说，"但我们首先必须赢得尊重和忠诚。不然的话是没有办法真正控制军队的。"

"今晚不必去御书房了。"可兰笑笑，"在随意出入宫里之前，有人会汇报你们的动向。"

"是啊。"小龙说，"各自回自己的宅子吧，仔细思考怎么做。还有明天的早朝呢。"

"会很有意思的。"刘阳说，"有些官员估计明天会醒过来，要求解除你们的封号。"

"能否揍他们呀？"朱成问。

"你现在竟然问这样的问题真使我想不通。"班超说。

"你还这么不了解朱成也真叫我搞不懂。"小龙笑着说。

"明天最好还是由刘阳来掌控局面。"可兰说，"我会从旁协助，眼下要避免摩擦，对你们的形象有好处。"

班超捅捅朱成："可兰说的是你。你得管好你这张嘴。事关战争的成败。"

"好吧，不过只限明天。"朱成警告大家，"过了明天，我无法保证我嘴里不会说出什么不敬的话来。"

大家互相看看，耸耸肩。"这是我们所能期望的最好结果了。"小龙说。

"每天让她保证一次。"刘阳道。

"很快你就没法奖励我了。"朱成说。

"不久都得去前线了。"可兰说，"前方来的报告很不乐观。"

"这正是我们为什么得更快地解决官员心中的不满的原因。"小龙说，"希望明天有结果。"

"我有一个计划。"刘阳明快地说。

"快告诉我们。"朱成说，"我不能再等了。"

"我可用威胁的手段逼得他们服从。"刘阳说，"我的叔父下地牢还不到一周，官员们仍然心有余悸，我会明确地告诉他们这事不容商量。"

"一定会有意思。"可兰说，"大家要忍住不笑。"

第二天一早，可兰安排班超站在自己的左边。小龙和朱成在皇帝龙椅的两边，明显感受到官员们投来敌意的目光。

刘阳坐上龙椅后，早朝开始了。谢侯跨前一步："臣建议在军中设立一个新的军阶。"

"眼下是改革军制的时机吗？"可兰问。

"现在是绝好的时候。"谢侯说，"尤其是刚刚任命了几名背景不明的人统领军队。"

"你指的是骠骑大将军吗？"刘阳问，"她是朕的师父。"

谢侯愣了愣，很快又缓过神儿："当然她是没问题的，但还有几位新将军就不知道了。"

班超看向朱成，惊奇地发现她异常平静。事实上，朱成已经觉得有点无聊了。班超原本以为朱成此刻一定会非常愤怒，但却忘了在需要的时候，朱成也是能很严肃的。

刘阳逼视着整个朝廷，从龙椅上站起来。"谢侯！"他咆哮道。

谢侯的双眼瞪得大大的，立刻跪倒在地："皇帝陛下。"

"闭嘴。朕已经听够了你的说辞。你是受人挟制来制造麻烦吧？收了旁人的贿赂吗？"

"没有，陛下。我永远不会这么做。"他的声音颤抖着，目光四下里寻找支持却不见一个人出来相助。

"你解释一下，为什么你又一次提出这事呢？"刘阳质问道，"昨天已经落实了，你也没有真正反对，从昨天到今天是什么改变了你的想法？"

皇帝的愤怒吓得谢侯和几个官员失了胆色，都吓得发抖。谢侯道："陛下，请恕罪。我心中时时以江山社稷为重啊。"

"江山社稷之重在于稳定。绝对不能在战争迫在眉睫之时，为了你或者旁人改建军制。都清楚了吗？"刘阳问。

百官们齐声回答"明白了"。皇帝点点头："退朝。下午请提出有建设性的提议。范大司马，请您留一步。"

刘阳令侍卫们退下，剩下可兰、小龙、朱成、班超和范大司马。

范大司马眯起眼睛环视着他们："请恕我大胆，陛下，他们是您在宫外时结下的朋友吗？"

"范大司马，你的眼光一贯准确，像往常一样。"刘阳说，"他俩和小龙一起回的京城。"

范大司马点点头："我相信您选择将军的能力，他们一定比谢侯更能帮上您。"

"请一起来，让我们跟您汇报一下战事准备工作的进展。"可兰说。

"荣幸之至。"大司马点头道。

他们进了一间侧屋，里面挂着与御书房同样的一幅微型地图。

"我们觉得匈奴很可能从这里进犯。"小龙说，用她带鞘的剑点着代表山海关和要塞的地方。

听小龙他们解释完计划，范大司马对他们的分析很佩服。他几乎同意所有的解说，对小龙和朱成所掌握的兵法表示了极大的震惊。

和范大司马商谈结束之后，小龙、班超和朱成向宫外走去，准备去见见他们各自麾下的将士们。

营地就在皇宫城墙外附近。当他们到达营中校场的时候，任山早已经在那儿了。

"噢，老天。"班超嘀咕道，"准没什么好事。"

见小龙、班超和朱成走来，任山对着众多军官们说："有好戏了，伙计们。你们的头领来了。"

还没有完全被激怒的军官们看着小龙他们一起哄笑了起来。朱成恼怒地眯起了眼睛，但他们三人都没有迁怒于在场的军官们，反而让军官和士兵们按预设的建制分成三组。

任山带着他手下的军官们出了营地去喝酒，离开时还在嘲笑着留下的同僚们。

班超把他的军官们带到营中的一间大屋里。他站在军官们面前，一个一个地审视着他们。在他面前站着的校尉以上的军官们，有一大半已经过了中年，有些甚至有了白发，看得出被一个年龄只有自己一半的少年呼来喝去，他们很不服气。

班超清清嗓子，自我介绍道："我是这支部队的新任大将军。"

"你一个乳臭未干的小儿何德何能当上大将军？"一位膀大腰圆的男子粗鲁地说。

"凭你一路作弊赢了所谓的特科比武，怎能代表你懂得如何治军呢？"另一人补充道。

面对如此明显的犯上之举，班超并没有发火，而是对着满屋的反对声不断地点着头。等他们说完了，班超才从椅子里站起来。

"你们说的全都对。"班超开口。

军官们困惑地互相眨着眼睛，不敢相信自己的耳朵。

"讲资格的话，你们中的每一人都应该站在我现在的位置。"班超继续说，"论资历和兵法知识，我不如你们，你们提这些问题很合理。我似乎没有权力教你们怎么打仗，但你们有能力教我如何做好我的工作，只有倚重你们，才能赢得这场战争。我可以向你们保证，我一定会重视并且考虑你们的所有建议。我要求大家的只是与我合作直到我们打退匈奴，难道还有比这更重要的吗？"一阵长久的静默，军官们都在暗自思忖着。从一方面来讲，他们将会由一位娃娃脸的小孩儿指挥的事实不会变。但是，他全身都透着诚恳和真实。

一位最年长的军官走上前，向班超鞠躬："班大将军，末将挥剑听令，定生死相随。"

随后，众多的军官们也都接二连三地表示愿意相随。当班超解散他的部下时，军官们都已经宣誓效忠，并会信守承诺。

与此同时，在校场高台上，小龙居高临下地望着她的军官们。突然她纵身跃入空中，一个后翻，落在了最近的屋顶上。她取出一块布，缠在屋檐的尖角上，又跃回地面。见到她的神技，军官们无不惊奇。

"你们中的很多人对现在的情形深觉不满。"小龙说，"所以我给大家一个提议，假如你们谁能够越过我取下屋顶上的布条，就能做我的大将军。"

一开始，军官们对视着，不知道小龙说的是否是真的。稍后一名年轻的校尉上前，向小龙点点头，便直接跳起去抓屋檐。他正奋力地向上攀，小龙镇定地走过去。当他即将踏上房顶时，小龙抓住了他的腿，直接把他扔回军官队伍中。接下来是一名年龄稍长的军官，他一纵而起，小龙也一跃，在半空截住了他。小龙不想伤到他，只是抓住他的肩然后一转，他便转着掉了下去。随后的几位挑战者也都差不多以同样的方式败下阵来。军官们轮番尝试了各种方法，最后，全都没有成功。当小龙命令解散时，军官们个个向她执军礼，心服口服地称她为大将军。

在校场的另一边，朱成遇到了许多意想不到的麻烦，主要来自一个年轻的校尉。朱成还没有开口说话，这位年轻军官便跨出队伍，对着他的同僚们说："我不知道你们是怎么想的，不过我可不希望被这个丫头指使，不管她的腰牌有多么硬。你们都疯了吗？这事现在不制止，我们还怎么控制部队呀？"

"你叫什么名字？"朱成质问道。

年轻的军官慢慢地转身面对朱成："康石校尉。"

"很精彩。在我罚你以下犯上之前，告诉我，你是否有在朝中当大官的亲戚呀？"她用随意聊天的口吻问道。

校尉大笑道："我父亲是丞相，每天在朝上面见皇帝，你不敢动我的。再说了，由谁来执刑呢？"

康石的话还没说完，朱成已闪到他面前，一把锁住他的喉头，一脚踢弯他的腿，挥拳打得他直向后滚去。见康石摔过来，军官们赶忙躲开，他在沙地上滑出了好长一段距离才挣扎着站起身来。

康石气极了，向朱成扑来。一眨眼间，他又缩成一团躺在了地上，眼睛望着天空想不清楚自己是怎么摔成这样的。朱成走过去，低头看着他："你是打算现在放弃呢，还是继续这种毫无用处的尴尬练习？"

康石伸手去抓朱成的腿，朱成躲开了，他弹起身再次扑来，她低身躲过并一个扫堂腿将他绊得向前扑了出去。

眼看校尉又要摔下去，这一次，朱成抓住他的手臂，直接将他从营房的大门扔了出去。她向门口走去，扶住两扇门："不管你喜不喜欢，我是将军，你是部下。等你准备好接受这一事实的时候再回来吧。"

朱成将木门重重地摔上，放下门闩。

朱成转身面对着剩下的，还处在震惊中，瞪着她的军官们。没人想到朱成会下如此重手，她的表现与她的外表似乎不符。不管怎么说，当兵的都敬畏力量和权威。

所以当朱成问还有人要上吗，军官们全都执礼奉她为上司。

8^章

在去宫里的路上，小龙他们三个交换着各自的故事。朱成说得头头是道。

"康相位高权重。"班超说，"明天早朝，他会闹事。"

"别担心。"朱成说，"我自有办法。"

"究竟是什么意思？"班超质问，"总不能因为不喜欢旁人的言词而随意揍吧。"

"当然可以。"朱成说，"但我还不至于这样。"

"你这么自信？"班超问。

"我懂得康石这种人。"朱成答道，"只是些欺软怕硬的家伙。"

"希望你是对的。"班超嘟囔道。

进了皇宫后，他们直接走向御书房。腰间挂着令牌，着实方便了许多，禁卫们不再上前盘问。像平常一样，御书房门口的侍卫守着两扇通往书房的红色大门。侍卫队长见是小龙走来，示意侍卫为他们开了门。

"现在进宫里来不需要杀人吧？"可兰在书房的另一头问道。

"只有朱成。"小龙说。

"发生什么了？"刘阳问。

小龙他们各自诉说了与军官们见面的情景，可兰坐回椅子说："明天早朝定会有好戏。你们注意到范大司马对比武是多么疑心吗？"

"真是，假若范大司马没有一点疑心才是怪事呢。"小龙说。

"他会暗查我们吗？"朱成问，"不用多久便能知道我们是谁。"

"我最近一直在思索你们的身份问题。"可兰说，"相信已有解决的办法了。但需等我表兄妹来后。"

"新来的侍郎们？"班超问。

"对。"可兰答，"让他们接手白惹和朴阳的工作，由柴华留下指导，白惹和朴阳可去东观史馆，销毁有关你们的一些记录。"

"好主意。"刘阳说道，"另外，赶紧让探子去查悬赏捉拿小龙的布告一事。"

"早想到了。"可兰说，她不耐烦地翻个白眼。

"最好尽早把我们三个的身世告诉白惹他们。"小龙建议。

"我这就让他们来一下。"可兰说着便出了御书房。

大家登时注意到朱成呆若木鸡地坐在椅子里。

"朴阳和双生姐妹是信得过的。"小龙说。

"知道。"朱成答道，"只是这样有违我自己的本意。五年来，一直在逃亡。一想到告诉别人我是谁，直感觉后脊发凉，好像捕快离我仅一步之遥。"

"完全理解。"小龙说，"但现在已不需要逃亡了。"

"一切都已经过去，不用再担心了。"刘阳说，"若是能颁一纸诏书，把一切都结束了，该有多好啊。"

"看来有些事情，皇帝也是无能为力的呀。"班超说。

此时，朴阳和双生姐妹跟着可兰进了御书房。朴阳他们三人见每个人脸上的严肃表情，不解地对视着。

"为什么都这么严肃啊？"白惹问，"死人了吗？"

她的双生姐妹大声地叹了一口气："不要在意她。"

"正需要她呢，朴阳和她将接手一项新任务。"可兰笑着说。

"留我一人跟你的表兄吗？"柴华问道。

"往好的方面想，你可以指使他俩啊。"可兰说。

朴阳他们三个侍郎坐定后，可兰问："记得五年前的动乱吗？"

"暴动吗？"朴阳问，"听说青龙侯和白虎侯密谋杀了班彪，然后被处死了。"

"这不是实情。"刘阳说，"最后证实整个事件是耿蜀一手炮制的。"

三个侍郎惊讶地互相注视着。早些时候，耿蜀再次企图谋反，使我们失去了先帝和太子。一个自称邪神的神秘神灵支持了耿蜀，幸好小龙用她的魔力挫败了耿蜀。

"耿蜀设计害了青龙侯和白虎侯？"柴华问。

"你们是怎么知道的？"朴阳问。

"青龙侯是我父亲。"小龙说。

"白虎侯是我父亲。"朱成说。

白惹转过脸来对着班超说："你难道是班彪的儿子？"

班超点点头："母亲去世之前我一直不知道。"

"可现在……"朴阳像是找不到恰当的词，"这又是怎么回事？"

"你们已经知道了刘阳出宫后碰上了我。"小龙说。

"噢，对。"朴阳同意，"为此我还惹了不少麻烦呢。"

"在陈柳追踪同一伙坏人时我撞上了朱成。"班超说，"然后，我俩又恰好认识小龙的一些朋友。"

"我俩随即跟着小龙来到了这里。"朱成说。

"总而言之，不能让任何人知道小龙他们三个的真实身份。从纸面上说，他们三个仍然是在逃的钦犯。所以需要白惹和朴阳去东观毁掉所有关于他们踪迹的记录。"可兰说。

"似乎比现在的工作有意思多了。"白惹高兴地说，"开始吧。"

"可兰的表兄妹们来了后才行。"小龙说，"不然的话，柴华一个人怎能处理这么多的常务呢？"

"没错。"柴华同意，眯眼看着她的胞妹，"别以为这么容易就能逃离。你还得回来向我汇报进展的。"

"谁任命你做老板的？"朴阳嘀咕道。

"可兰。"刘阳说。

"你太会抱怨了。"朱成翻了翻眼珠子，"好在你不听令于我，否则我能让你的工作更有趣。"

9^章

广德拒绝部下的帮助。他全身伏在山石上，双手交替着往上攀着。爬到山岩的一半处，已是气喘吁吁。他突然暗自庆幸脱去了盔甲，不然的话他爬不了这么高。深吸了一口气后，他继续向上爬去。接近岩顶的地方，广德抬头看见两个侦察兵正往下注视着自己。他强制着不去想象部下是怎么评价他的爬山表现的。

当他爬得更高的时候，一个侦察兵伸手拉他上了山顶。广德站定后，谢了侦察兵同时拍掉身上的土。

"这边走，将军。"见广德整理完毕，一个侦察兵说。

广德跟随着侦察兵，绕过一块挡去一大半路的巨大岩石。他小心地避开地上的石头择着路走，心里早已把这场战争骂了几百遍。更糟的是，他不明白自己是怎么身陷其中的，为什么是他带领他的人白白去送死。直到几个月之前，他还在跟北匈奴的部族打仗，而赢多败少。不久前一纸军令，命他停止战斗，转而集结部队往南去进攻中原国。

将军绕过了挡住视线的巨石，暂时将这些思绪抛在脑后。在他们的身周，眼前广袤的土地上，是低矮的山丘和宽阔的沟壑。在山丘地形之外，是一大片尘土飞扬的平原，但是被一道长长的城墙所隔断。

正南面，是最大的关隘——山海关。有重兵屯扎，即使从这里望去，它也是非常雄伟。其实，这距离是相当远的，根本看不清关隘的细节。不过广德想象着，他看到了城墙头上招展的旌旗，昭示着强大的军力。

这一切让广德几乎打消从这里进攻的念头。他和顾问们考虑了很久才决定从这里进攻。他需要打一场迅速和决定性的胜仗，倘若能破山海关，他可以用很短的时间直抵京城。

当然，他也可以选择从长城其他较薄弱的关口突破。假使只需要一天时间就能破关，敌人还是有足够的时间调集比自己多十倍的援军。

中原国幅员辽阔，包括两大流域的周边山谷和平原，土地肥沃，人民以农耕为主。长期的和平使人口得到了极大的增长。单单几个大城市中的适战人口数目，就远比广德所能集结的军队人数大得多。

唯一可能取胜的方式是以最快的速度攻占京城，但现在看来，这希望非常渺茫。带着这个想法，他能做的就是一战到死。这也是他收到的军令所示，而他根本没有说话的权利。

部队在这里驻扎已经有一段时间了，广德需要在部队中统一士兵的思想。他目前的大部分士兵都是从各个部落来的，整体队伍松懈。他们艰难地向长城移动，困难反倒令部队团结了不少。他对士兵的勇猛无畏很有信心，但是他们都知道广德是在带领他们迈向死亡。

广德没有其他选择，已经不能再等了。第一次进攻必须在明天早上进行。毫无疑问，对方的探子已经掌握了他们的动向，但广德希望自己选择的攻击时间和地点可以让他打对方一个措手不及。

广德在大山石上待了几乎半个时辰，盯着远方的目标，一动不动地站着。他站了这么久，身边的侦察兵开始紧张起来。广德从边缘转身离开山岩，向他的侦察兵点点头。

"您要乘吊篮下去吗？"帮助他登顶的一个侦察兵问。

将军走到山岩南面，望着陡峭的落势，决定还是试试这不体面的做法，反正没几个士兵能看到。再说，失掉少许士气总好过让人替他收拾摔得七零八落的尸体。

见广德点头，侦察兵带他走到一处已搭建好的滑轮前。一只铁箱子挂在山岩边，侦察兵们用钩子把箱子钩到平地上。广德钻进铁箱子里，很快，回到了悬崖下面自己的部队中。

"我们明天行动吗？"他的副将问道。

"是。下令出发吧。"广德说，"天一亮就进攻。"

将领们忙着去集结队伍，给士兵们做战前动员，广德抬头看着天空，祈祷老天保佑他们的行动。不知为什么，当他抬头看着一片蓝天时，感受到老天并没有回应。他叹了一口气，去找他的马，决定还是靠自己的剑的力量，这样好过相信一些善变的神仙。

夜幕降临时，先头部队已经隐藏在城墙上哨兵的视线之外。在夜色的笼罩下，广德的目光集中在高高的墙垛上，仿佛上面站满了重甲装备的士兵。因为山海关的重要性，这里的哨兵受到良好的训练，即使在幽暗的月光下，他们也不会放过任何敌情。

广德把注意力集中在巨大的铁门上，他的取胜希望变得越来越小。虽然他的部队配备着撞柱，可是估计这撞柱甚至不会在巨型的铁门上留下印子。

广德还在冥思苦想，他的副将拍了拍他的肩。他转身面对这位辅佐他多年的老人，吐出了一口气："你觉得我们的机会有多大？"

"作为一名军人，我不认为我们有任何希望胜利。不过作为一个指挥官，要永远抱着希望。"老军人说。

广德低下了头，接受了他温和的斥责。他的一半职责在于鼓舞士气。假如士兵们知道自己的将军对战争毫无信心的话，又怎么能指望他们在战场上舍命杀敌呢？"我们今晚都应该好好睡一觉。"广德最后说。

不知道为什么，临战前一夜的紧张，却让广德立刻入睡了。他总是以为压力和担心会让他彻夜难眠，不过这一次他睡得很好。

他在天亮前半个时辰时醒来，看着他的人马已做好战前准备。当进攻的时间到了，他自己站到了一小队先遣部队的最前方。因为这里的山丘地形不利于骑马作战，所以只有一些最稳健的马和技术最好的骑兵跟着大部队出发了。他目前大多数都是步兵。

不像温和的南方人，匈奴将军都是在阵前一马当先。不然怎么才能体现一名领袖的价值呢？他的副将骑在他的右侧，举着大旗。将领们也都举着属于他们的旗帜，全军振臂高呼，为出征增加士气。广德露出一个小小的笑容，最低限度地。他的士兵们不是懦夫，不需要无用的演说，或者苍白的胜利保证，需要的是他们的将军带领他们冲锋陷阵。

广德取出他的弯刀，在空中挥舞着。一声战号响起，他驰马冲向前，五十多个骑兵分列在他两边，一起跟着冲出，飞快地越过城墙前平原上的窄沟。

在墙堞上，哨兵震惊地看见一支军队正向关卡冲来。震惊并不是出于害怕，而是惊奇于有人竟敢攻击如此固若金汤的关隘。瞬间，受到攻击的警报由烽火台发送到京城，接着京城传来严加防守的命令。当第一名匈奴士兵出现在视线中，一列弓箭手已经立在城头做好了准备。

当如雨般的箭镞在空中向他们飞来时，广德举起木质盾牌。箭羽扎进木头，一支箭擦过他坐骑的肚子时，马儿惊了蹄。在远处，广德注意到右边有一匹马倒下了，但他的目光仍然集中在前方大门上，还有在城门外的几十名守军。

广德和他的骑兵部队冲到城墙脚下时，许多坐骑被射倒了。剩下的一些冲过了防线，正在用手中的阔刀和戟狠劈城门外的守军。骑兵身后，跟着上来的是潮水般的步兵，扛着梯子和撞柱。不幸的是，在广德的草原家乡，没有围墙围绕的城池，更没有坚硬的石头，所以他们的攻城技术还是需要考验。

每一队士兵都扛着梯子靠在城墙上，底下有人固定，其余的士兵一个接一个往城堞上爬。有一小队人一路爬到了墙上，只是给守城的士兵造成了一点小麻烦而已，便被扔了下来。

墙上的守军用一种类似叉子的武器将梯子从墙边推开去，或者将热油从上往下浇淋，大部分士兵直接掉了下来。但却还是成功地耗费了一些守城的兵力。由于近距离射击，弓箭手们现在更容易瞄准目标，这样便节省了力气和箭的耗费，同时，城头指挥官们调遣士兵，轮换上阵以节省体力。

攻城的部族士兵继续涌来，沿着城墙展开攻势，使守军的战线拉得很长，不易严密防守。所幸的是，城隘的大门面对攻击还是非常坚固。随着时间的推移，一些勇猛的匈奴士兵爬上了城墙，与守军展开肉搏。

在率先冲锋结束之后，广德和他的骑兵们从城墙边撤了回去。他们坐在马上，在弓箭射程之外，注视着战斗在他们眼前铺开。眼看一个又一个人从墙头上翻落，广德叹了口气，试着不去多想消失的年轻生命。

广德他们所在的位置能清楚地听见战场上的嘶吼声。愤怒的吼声和痛苦的尖叫盖过鼎沸的厮杀声传到他的耳中。一会儿，广德幻想已经快要胜利了。他的眼睛牢牢地盯着墙堞，仿佛看见守军的人数正在一点点减少，登城的匈奴士兵越爬越高。有几名匈奴士兵已经跃上了城头，跟守军肉搏在一起。这样就给后面的人打开了一个缺口，一时间，墙堞变成了个紧张的战场。

守军们有些慌张，到处乱跑，他们没有想到进攻会如此惨烈。战事似乎有些转机，掉下城墙的守军人数好像跟入侵者的一样多。广德的目光从城墙上移开，跟他的副将交换了一下眼色。突然间，他们的希望被一下子砸得粉碎，显然他刚才进入了一个恍惚的世界。

事实上，守军明显得到了增援，士气高涨，片刻之间，便将每一名入侵者扔下了墙堞。攻城已经支撑不了多久，匈奴军开始混乱，向后撤退。守军们大声地欢呼着，喊叫声伴随着箭雨向撤离的乱军飞去，战场上到处是惨烈的景象。

当晚，广德下令部队扎营，他想象着敌军正在城头庆祝胜利，默默地祈祷着自己的庆祝不会等待太久。

10^章

百官们还未平身，康相已经上前指控了。

"皇帝陛下，臣有冤情上奏。"这名肥胖的官员叫着。

"康相，请向百官们说明你的冤情。"虽然刘阳知道他想说的是什么，但还是这么说。

"我要指控这个姑娘。"康相指着朱成说，"她羞辱了犬子。"

"程将军，你对此有何回应呢？"刘阳问。

朱成带着从未有过的镇定望着康相："你儿子是一名校尉，他在我的军中帐下。请告诉我，康相，你会容许部下对你不敬吗？"

康相嗫嚅了一阵，不知如何回答好："当然不会。我不会容忍任何类似的行径。"

"这样的话，问题在哪儿呢？"朱成回答。

"为什么我的儿子得……"康相说。

"注意选择你的用词。"朱成对他说。

康相想起了朱成在校场比试时的表现，所以沉默了片刻。门口的传令官帮了他的忙，宣布："康校尉在殿外求见。"

小龙瞥了一眼朱成，见她脸上有一抹邪邪的笑。

刘阳点点头，传令官接着说："传康校尉晋见。"

康石走进大殿，从百官中间穿过，跪了下来："多谢陛下容臣晋见。祝陛下基业千秋万代。"

"平身。"刘阳说，"你来得正好。你父亲刚为你提出指控？"

"是的，陛下。可是父亲误解了我，我为这一切麻烦道歉。"康石说。他继续跪在地上，瞪了他父亲一眼。

可是康相没准备让这事就此了结。他一阵风似的卷到朱成面前，指着她："你威胁了我儿子吗？"

可兰走到两人中间说："康相，请平静一下。这里可不是做出这种指控的地方。"

范大司马走上前去，将康校尉扶了起来，然后面对康相："看来您的公子并无不满，我们不如就将这误会抹去吧。"

康相别无选择，只得朝皇帝鞠了一躬："陛下，我为我的过失道歉。"

与此同时，康校尉行过礼退了出去。离开时，他对着朱成恭敬地点点头。这场插曲结束后，有半炷香的工夫都没有人出声。终于，刘阳清清嗓子道："众卿，继续吧。"

"是，陛下，这确实是个好建议。"范大司马道，"今天议题不多，早朝按时结束吧。"

在回御书房的路上，班超说："简直不敢相信事情竟变成这样了。"

朱成道："早说了我自有招数。"

"你干得真不错啊。"小龙说，"你的军官们也都表了忠心。"

朱成说："从今往后，康校尉是我最好的兵之一。"

小龙点头同意："从这一刻起，康校尉会做任何你要他做的事情。把他争取过来，确实是极聪明的一招，其他的军官没有了选择，只能跟从。"

当他们走进御书房，可兰和刘阳兴高采烈地跟他们打招呼。

"简直不敢相信这事情就这样解决了。"刘阳说，"还以为会以康相被抬出大殿而收场呢。"

朱成翻了个白眼："我真有那么蠢吗？"

"你不蠢。"刘阳答，"只是有点冲动。"

小龙突然举起了一只手，大家登时听到了几下笃笃声，抬头正好看到信鹰已从专为它设的开口处钻了进来。

前线有消息，可兰心情沉重地轻吹了一声口哨，鹰从房顶上盘旋而下，落在她身边的架子上。她从它的腿上取下一张条子，刘阳喂了它一块零食，拍了拍它的头。

小龙走到可兰身后，见条子很短。山海关的守将，带来了北面匈奴入侵的消息。在过去的一周里，他们一直严阵以待。小龙一直担心进攻会来得更早，而现在已经做好了开拔应战的准备。要是一切顺利，明天可以出发。

从某种角度来讲，大将军一职从来都是属于小龙的。她父亲曾经是国家最好的指挥官，把所知的一切都教给了小龙。现在带着一个不同的姓氏去延续家族的传奇，她感觉是件奇怪的事。

"天一亮立即出发。"班超说。

"你真能拖泥带水啊！"朱成已迫不可待了。

"我们出发上战场，难道你不觉得需要一点点仪式吗？"班超问。

"从来不觉得仪式能有什么大的作用。"朱成说，"再则，这是一场必胜的仗。"

"你有一个必胜的计划？"班超问。

"任山虽然是个混蛋，不过他有一点是对的。我们得乘胜追击。

打防守战容易，想要确保匈奴从此不再骚扰我们，得把失败深深地烙进他们的记忆中。"朱成说。

"我同意你的看法。"可兰说，"匈奴的各个部族之间已经互相打闹了三十多年。在此之前，匈奴每隔几年便来骚扰我们的边境，这成了他们的一个习惯。假使南北匈奴这次最终解决了他们之间的争端，五年或者十年后他们还会挑起战争。"

"你的意思是我们应该收复那片土地？"班超问。

"不。"小龙说，"匈奴赖以为生的草原，人烟稀少，有限的资源只能支撑很少的人口。收复草原能增加我们的国土面积，却没有办法为国家的其他地区提供资源。另外，匈奴各部落极度独立，想要彻底控制，得把他们铲平，或者把他们流放到全国各地去。"

"我们不要这样做。"刘阳说，"还是集中财力物力在我们自己的目标上为好。"

"或许我们应该请范大司马与我们一起出征。"朱成说。

班超惊讶地看着朱成："我也是这样想的。要是范大司马以顾问的身份一起去，我们的身份会更合法。"

"别随意屈服于我。"朱成厌烦地说，"明摆着的事，军官们还没有完全信服我们，不管我们有多大的能耐。范大司马能迫使官兵们闭上嘴，听从命令。"

"好主意。"刘阳道，"他跟你们一起去前线会更有用。到目前为止，可兰和我已经能对付最讨厌的官员了。升他为大司马不光是为了补偿这些年他早应有的待遇，更是为了增加我们的势力。"

"正确。"可兰说，"但是让范大司马出征，我们得尽快增加一些能和我们站在一起的人。最近的一些变故，说明朝中仍然不稳。选拔文官的科试很快要开始了，我相信觊觎权力的人会伺机报复。"

"最难的是找到可信任的人。"刘阳说，"仿佛我每次转身，看见的都是些想从别人的不幸中获利的人。"

朱成打量着刘阳："我从来也没想过你似乎比班超还天真。"

刘阳大笑："每个人都这么说。随便相信一个人已经很天真了，更不要说瞬间完全相信一大帮年轻人。若是我能做到这一点，其他的事情就不会很难了。"

"再说了，相信事情会变好，难道是一件坏事吗？"班超问。

11^章

第二天一早，满朝文武陪同刘阳为大军送行。将士们封闭了洛阳的北城门，命人搭建起一座高高的祭坛。

刘阳、可兰、两位大司马以及四位大将军一起站在高台上。一名祭祀官身着隆重衫袍正在做法事，他沿着台边绕圈，往空中抛撒香灰，嘴里念念有词，驱魔避邪，以护佑出征的将士。

在整个送行仪式中，朱成克制想说扫兴评语的冲动。她时时给旁人使眼色，想让他们明白这整套仪式有多蠢。战争的结果是靠将领和冲锋陷阵的战士们的本事决定的。这战争的结果没有可能，也没有理由会被这个脸戴面具、念着咒语的老人左右。

仪式进行了大概一顿饭的工夫，祭祀官终于念完了咒语。他走到皇帝面前，跪了下来："皇帝陛下，神灵告诉我这次远征将会非常成功。他们会护佑您和您所将进行的一切。"

"好！"刘阳说，"平身。"

祭祀官从台上退下，一边鞠躬一边碎步向后退。刘阳上前一步，用平时在正式场合的洪亮声音宣布道："请天地神灵指引我们保卫家园、保护子民的远征。"他放下手臂，看着他的大将军们，"朕赐予你这把尚方宝剑，它代表朕，从即刻起，将军可以替朕裁决军中一切事务。"

刘阳把剑递给了小龙。

小龙接过剑，向刘阳低头鞠躬，用最大的声音应道："臣等定当竭尽全力，为江山奋战到底。愿陛下基业千秋万载。"

四名大将军各自拿过一面牙旗，举得高高地带着部队沿着大路出发了。

刘阳解散了百官们，依然和可兰一起站在高坛上，望着大军慢慢地消失在远处。过了一会儿，两人对视了一眼，叹了一口气。

"现在只剩下你和我了。"刘阳道。

"我已经习惯有小龙的理性来平衡一下你的傻气。"可兰有点不舍地说，接着她的目光射向了远方，"战争不会善待他们。"

"也不会待我们太好。"刘阳补充道。

他俩登上了刘阳的皇家舆轿，坐在一堆数量多得可笑的靠垫中。一名内臣探头进来问是否可以起轿，随即轿子被抬了起来。

轿夫们起轿时用肩膀试着平衡，轿子前后摇摆了一下。不过一旦他们开始走动，稳当得他俩感觉不出已经快回到了城里。假如刘阳屏息静听，仍然能听到象征着真正城市生活的嘈杂声。不过这一切都不在刘阳舆轿经过的路线上。禁卫军接到皇帝今天上午的计划后，已把沿路的市民都清空了，以防任何假扮路人的刺客。刘阳无法责怪禁卫军过于谨慎，他们显然还在为之前所发生的行刺心存余悸。

行到半路，可兰想把气氛搞轻松一点："往好处想，我的表兄妹们今天到。你可以跟我一起来，我打算把他们交给柴华。"

刘阳开心地大笑起来："我怎么会想跟你一起去呢？要是他们都像你似的，肯定是怒气冲天乱飞。"

"别尽瞎说了。至少有几名表兄弟表姐妹比我脾气要好得多，比我更像我父亲一些。不过，有些确实挺疯的。这点你说得没错。"

"有谁是我见过的吗？"

"你认识劳波。"

"我挺喜欢他的。"刘阳说，"记得他是个很倔的孩子。上次我见到他的时候，他梗着脖子冲我鞠躬。叫我想起你父亲。"刘阳不由自主地皱皱眉，意识到这会让可兰想起她逝去的父亲。当他瞟向她的时候，她翻了个白眼。

"到这会儿你该明白了吧，不是你每次提起，我都要泪盈于睫的。"

"不过有时候我会。"刘阳却承认道，"这说明我比较软弱？"

他俩回到御书房，一推门，听见至少有五六个声音在同时说话。可兰径直冲进去和她的表兄弟表姐妹们相见，刘阳对着门口的禁卫军队长扬扬眉。

一向冷漠的队长显得有些窘迫："陛下，请恕我不经允许放他们进来之罪。他们给我看了您和尚书大人的召见文书，我没办法，只能放他们进来。"

"没什么，队长。"刘阳微笑着说，"可兰警告过朕可能会是这样。反正没什么危害。"

"多谢陛下。"队长鞠了一躬说。

刘阳向队长点点头，跨过门槛进了他的御书房。门在身后无声地关上，刘阳顿了顿，需要适应一下眼前的景象。柴华坐在他的桌前，显然已经放弃管束她妹妹和可兰的这些表兄弟表姐妹们了，许多人正在屋子里追来打去。朴阳坐在她身边，表情很警惕地看着这么多人又叫又嚷的。边上，可兰和劳波，她二十七岁的表兄，正在商量着什么。

刘阳想起来可兰曾经警告过他，她表兄弟中有几个跟她父亲毫无相似之处，不知道为何当时听过却没往心里去。意识到自己一下子怀疑起这些十几岁的孩子，怎么扛得住尚书侍郎所需要承担的工作量，刘阳摇摇头，向可兰走去。

劳波向他躬身行礼。刘阳问："一路上如何？"

"没发生任何意外。"劳波说。

"好。"刘阳说，"感谢你们这么快地听从召唤。倘若我们想打胜这场战争，需要你们做大量的工作。"

"他们现在并没担任什么职务。"可兰说。然后她以指撮唇，吹了声口哨。表兄弟表姐妹们立刻转过身来，注意到了刘阳，于是赶过来，单膝跪下。显然被抓到在皇帝的御书房里撒野，他们很是尴尬。

没等他们开口道歉，刘阳就说："都起来吧，你们可以自由出入御书房和皇宫。还得多谢你们肯离家来这里帮忙。"

"我们很乐意为国效力。"劳波说。

可兰向她的表兄弟走去，一脚踢在其中一名少年的胫骨上："这就是说你们这些淘气鬼可以站起来了，好好地向皇上介绍你们自己。"

可兰让他们按年龄顺序排成一列。然后她一个一个地向刘阳介绍。

"你已经认识劳波了。"可兰说，然后走近一步，把手放在最年长的姑娘肩上，"这是冯叶，已经二十五了，可是举止像十二。"

"见到您很荣幸，陛下。"冯叶说。她咧嘴一笑，好像完全不在乎可兰说的话。

"下一个是八哥。他跟冯叶差不多大。"可兰说着，走向一名身材高挑、梳着长辫子的年轻人，"老实讲，我不知道他能有多大用处。他曾经偷偷逃课去练棍术。"

八哥捅了一下可兰："逃课是因为我全都懂了。"

"算了吧。"下一个表弟哼了一声说，"你忘记了强迫我帮你做算术的事儿吗？"

"他是琚鹏。"可兰对刘阳说，"满脑子的算术。" 可兰挥挥手，止住了表兄的反对，然后指着最后两名表妹，"九梅，十三岁；年乐，十五岁。她俩可能是除了劳波之外最能帮上忙的。她们会要宝，可是如果真有事情做的时候，还是能坐下来认真完成的。"

刘阳再次谢了他们来京城后，可兰叫劳波带着他们去偏殿，解释各人的职责。柴华此时走过来，脸上全是为难的表情："这是你能挑到的最好人选了吗？根本没法搞定嘛。"

"你应该很享受这样的挑战。"可兰说，"劳波能帮上你，他们都会听他的。"

"你能找旁人负责管他们吗？"柴华苦着脸求道。

"往好处想，至少你可以把计数的事交给琚鹏。"刘阳说，"我知道你很讨厌算术。"

"还真是。"柴华同意，"也许这事也没这么坏吧。"她离开的时候，脸上已经带着一丝满意的微笑。她向可兰的表兄们走去，立刻命令他们都到偏殿去。

"他们会没事的。"可兰说，"只要管得好，他们是我见过最勤奋的人。"

"我相信。"刘阳肯定地说。

"是不是该开始派我们的任务了？"白惹问。

"陛下，我们的借口是什么？"没等回答，朴阳又急着问。

"大家已经不再陛下长陛下短了，"刘阳说，"行了吧。你这是叫我受罪啊。"

朴阳纠结了一会儿，最终同意地点点头："不过终有一天，会有人把我拖出去以大不敬罪处死我的。"

"我倒想看看谁不经我允许敢这么做。"刘阳说，"别担心了。"

"叫他不担心还真难做到。"可兰说。

"我的担心，多数是有道理的。"朴阳抗议，"再说，还是没有给我们个借口去兰台东观翻个底朝天。"

"随便什么都行。"刘阳说，"你可以说你在奉命研究历年来的日食异象。"

"这听上去好像一点儿都不可信。"可兰笑着说，"不过你是对的。没人会多看你们一眼的。不管怎么说，你们身上有令牌。"

"现在就去吧。"白惹话还没说完就已经跑了出去，并拉上了朴阳。

他俩离开后，可兰翻翻白眼："我有时候真担心她人来疯的性格会害得她心疾发作。"

"有这个可能。"刘阳边笑边走回桌后。他一坐到椅子上，登时没心情了，看着桌子上的一大沓奏折皱起了眉："差点儿忘了，昨天晚上没看完这些奏折。"

"太多的事情需要讨论。"可兰坐在他身边的座位上，拿起了最上面一本奏折，"还是开始吧。最起码这能让我们暂时不去想小龙他们几个正在奔赴战场。"

刘阳叹了一口气，伸手到柜子里取出一枚巨大的玉玺。这枚玉玺是由顶极工匠用一块上好的玉石雕刻而成。几乎纯白色的玉石上面，雕刻着一圈被称为四灵护卫的四兽。刘阳将它在手中辗转地玩了一会儿，欣赏着它的纯良工艺，然后放到左面的印泥上。他将玉玺印在一份重要的外交奏折上。可兰递给他一本奏折："别这么没精打采的，有多少人为了得到皇位，不惜杀戮。"

用了半个时辰看了一遍侍郎们过滤和节选过的奏报。在小龙他们出征去打仗的时候，天天读这些奏报，他会烦死的。

可兰从奏报上抬起头来，见刘阳脸上的表情，知道他心中在想什么："放一会儿吧。"

"不能再推到明天了。"刘阳说，"只要想想明天桌子会变成什么样，就叫我浑身不适。"

"我去跟柴华讲，让侍郎们把这些也节略了。现在有了帮手，这点工作量对他们来说应该没什么。你需要休息一下。"

"我还能做什么？"刘阳情绪低落地问。

可兰想了好一会儿，站起身来："你父亲的笔墨还在老地方吗？"

"当然。你不是在想我想你要做的事情吧？我从来都没有学会这些东西。"

"我也没有。我的目的只是要把一些没效率的事情先放一放。"她拉住刘阳的胳膊，将他带到御书房边上一个小房间里。

这屋子是刘阳父亲用来当作画室的。刘秀除了是一名成功的政治家和军事家之外，还是一位有名的画家和书法家。当他和结义兄弟们成功地夺回政权后，他亲自题写了许多匾额，换下了王莽当时置办的一些。

当上皇帝之后，刘秀没有多少空余时间，也不可能通过打一架来释放他的压力。取而代之的是，他替自己布置了一间画室，让自己可以从天下的事中暂时退出来。他的画和书法挂满墙，当刘阳走进去的时候，感觉他父亲好像站在自己身边。自从父皇去世后，刘阳还没有进过这间屋子，可他现在的感觉竟然不是悲伤。

当他走到父亲平时写字作画的桌边，刘阳笑了。他的手指抚过桌上已经铺好的纸张，可能是以前的内臣做的吧。砚台边，放着一钵水，刘阳取了水，滴在砚台中。他捡起墨研磨起来，直到墨的浓度正好。

"来，试试这支。"可兰说着递来笔架上的一支笔。

刘阳接过笔，在手中翻来覆去："该写些什么呢？"

"谁管你呢？随便写点什么。你的名字？"

刘阳下笔谨慎，慢慢地写下了自己的名字。写完后退后一步欣赏着。两个字根本无法认出来，像是一个抽风的人画的符，而不是什么有意义的字。

"这，呃……"可兰顿了顿，不禁爆发出一阵大笑，"这也实在太可怕了。走开点儿，让我来试试。"她打算写自己的名字，不过只写了一个字就笑得实在是太厉害了，"写不了，我总觉得这很容易似的。"

"也许画画比较适合你。"刘阳建议。

可兰抬头看了看最近的一幅画作，一只麻雀停在樱花枝上。画的场景用了非常时髦的画法，刘秀大师的名头可不是白得的。虽然他的画只寥寥几笔，小麻雀却极其灵动有生气。它的眼中像是闪着神秘的灵性，翅膀半张着，不过可兰看不出它是准备起飞还是刚落下。"我要是画麻雀，肯定是一团墨。"可兰说。

12^章

当夜大军就地扎营在野外，大将军们召集军官们一起听简报。二十几名军官和范大司马一起聚在营帐里。

"我们两天之后能到达长城。"小龙对军官们说，大部分军官是年长的军人，但有几个是从上次比武中脱颖而出的年轻人，彭貂就是其中的一个。"到达之后，一部分人帮助山海关守军加固长城的防卫。剩下的部队要联合行动，将匈奴人赶回到他们自己的上地上去。"

"因此，需要全军动员，将士一致，做好战斗准备。"朱成说，"这不是演习，敌军和我方将会正面交战，而我们会把自己放到战斗最激烈的地方。"

"是。"康石服从地说，"我们定竭尽全力，保证将士们士气高涨，意志坚定。"

"很好。"朱成说，"需要大家做的，不仅仅是鼓舞士气。在接下来几周里，我们随时会需要大家贡献你们的经验和建议。"

与会的军官们走出营帐后，任山转身盯着小龙他们说："不知道皇上和尚书大人在下旨封你们为大将军之前吃错了什么药。我强烈建议你们别搞错了，到底谁才是真正负责部队的大将军。只有听从我的命令，才会有机会打赢这场战争。"

朱成立刻笑了起来："你真是个可怜的人。你妄想着我们三个就这么滚在一边，然后听你的奇思怪想？你的确也负责一支军队，但不要忘记了是谁执掌着骠骑大将军的兵符。不管你乐不乐意，你都是下级。因此，你必须有所敬畏，排好队像大家一样听令，不然的话，就请便吧。"

任山震惊地盯着朱成看了一会儿，然后转身大步走出了营帐。

"好嘛。"班超叹了口气说，"他可能会去集合他的部队发起暴动。"

"不会，他会一个人闷头想怎么会身陷如此境地。最终也许会爆发，不过还没到时候。"朱成说。

"你处理得不错。"在角落里的范大司马说。

"无论如何，我们还得安抚好他。"小龙说。

"你建议我们怎么做？"朱成说，"我可不会向他磕头。"

"也是没用的。"小龙说，"任山对我们没有敬意。"小龙看着走来的范大司马，"可是任山敬重你。"

"你希望我去赢得他的信任，安抚他？"范大司马说，他摸摸自己浓密的胡子然后点点头，"我应该很容易从我的角度来压压他的身份，现在连我也是在小龙的号令之下。"

"多谢你，范大司马。"班超说。

"不足挂齿。"范大司马说，"但这样哄着他能多久？任山必有分裂野心，得想些其他法子来打消他的分裂野心。"

"烦劳你至少在接下来的几天内，尽量避免让任山介入军务，或者过多地接触士兵们。"小龙说，"有一些阵法练习，我打算在带领部队出关之前先演练一下。"

"还有，我们走了之后，山海关怎么办？"班超问，"留任山把守吗？"

朱成激烈地摇着头："无法信任任山能替我们镇守后方。"

"必须带上任山和他的全部兵力。"小龙说。

"留一半我们的部队来镇守。"班超说，"任山会有不平衡的优势。"

"假如守城的将军不如我们期望的一样配合，范大司马需要留下来。"小龙说。

"我明白。"大司马说，"我去找任山，有机会再给你们回话。"

范大司马走后，朱成在帐中绕着走了一圈："你确定我们不能直接给他当头一拳，然后把他送给敌军？"

小龙见班超正打算反驳这胡说八道，轻轻拧拧他："朱成这么说只是为了缓解一下烦躁的情绪。别理她。"

"可以趁着夜色。"朱成继续说道，"今晚，任山不会想到我们会袭击的。他肯定也会拒绝士兵替他站岗。"

"好吧。你赶紧停。"小龙说。

"范大司马能让任山安分一阵子。"班超说，"他还是很有分量的。"

"过段时间，部队能够不受任山的影响。现在，可以利用一些阵法来让他们更好地凝聚在一起。"小龙说。

"你准备了些什么？"班超问。

小龙从怀里取出一张示意图，走到桌边，将图铺在桌面上。朱成和班超弯下腰看着示意图。是一张九字连环阵的图，每队领头的是一名使剑的士兵，两边是弓箭手。负责守护领头人的是四名使长矛的士兵，每一队又另有两名剑手殿后。

"这阵法非常适用于关外的地形。"朱成道。

"我父亲很久以前曾经提到过这种阵法。"小龙继续说，"他遇到过一位用这种阵法的军阀，我父亲惨遭巨大的损失后才破了阵法。"

"我也思考过这个问题。"朱成说。她取出一张自己的示意图，图上画着士兵们形成一个紧密的阵形，排成一个塔形的盾排阵以御敌军的进攻。

"要是我们在平原上，以你的阵形排成一列，是最理想的了。"小龙说。

见小龙和朱成抬头看着自己，班超皱起了眉："抱歉，眼下我没有任何新阵法。"

"是否……"朱成说，"只是希望你对我们的想法提点意见。"

"好吧，我觉得训练将士们习用这些阵法将会对削弱任山在军中的影响力起到长远的作用。将士们能更加依赖彼此，而不是任山。"班超说。

"我也是这么想的。"小龙说，"好极了。"

"肯定是我教得好。"朱成说。

"也许吧。"班超说。

"与彭貂聊聊。"朱成说，"至少为把他安置在任山手下道个歉。"

"同意。"小龙说，"但还没有到把全部的底牌亮给彭貂的时候。"

"我以为你觉得他挺不错的。"班超说。

"彭貂很好。"小龙答，"但谨慎是必要的。"

"我觉得可以信任他。"朱成说，"不过小心一点总是好的。

虽然不用把事情全兜出来，但彭貂很聪明，他会明白并帮助盯着任山。"

夜幕降临时，班超找来了彭貂。小龙他们三人和彭貂在营帐中热情地互相问候。

彭貂向每一位大将军恭谨地躬身行礼，笑得一点儿也不拘谨，他对朱成扬扬眉说："比武的那天你不是说着玩儿的。"

"我像是在如此重要的时候开玩笑的人吗？"朱成问。

"我觉得你仍然会开玩笑的，哪怕就是身边烧着了。"彭貂说。

小龙翻了翻白眼："不宜留彭貂在这里太久。"又转身对着彭貂，"想必你一定观察到了任山将军最近的所作所为。把你放在他的军中，是希望你能对整个部队有所帮助。"

"感谢你们三位让我听令于一个傻瓜将军。"彭貂说后，咯咯笑着，"为了战争的胜利，我可以做任何事。我已做好为国牺牲的准备，将来也许有人会写下我的传奇。"

"雄心不小啊。"朱成说，"把他放在我们的接班人名单上吧。"

"当然，"彭貂同意，"你们是想让我监视任山？"

"要是他有什么愚蠢的举动，尽快报给我们。"班超再次强调。

"放心吧。"彭貂说。

两天后，地平线上已经能看见长城的影子。小龙他们对长城的了解仿佛并不比当初建造者的少。她清楚地知道城墙的厚度和每两个城堞之间的距离，弱点和长处。当真正看见宏伟的长城时，小龙似乎意识到自己根本不了解这座关隘。要是说前方高高耸立的城墙已经能使自己发出如此的惊叹，试想，要有怎样的疯狂，才会使进攻者敢于以卵击石？

离长城越来越近了，小龙下令先锋队继续前进，快马通报守军将领，援军到了。六名信使带着四位将军以及范大司马的令旗闪电般地奔驰而去。

望着远去的信使，朱成骑马小步跑到小龙身边："会有怎样一个仪式欢迎我们？"

"守关将军是可兰的舅父，但是可兰从未见过她舅父。虽然他从不参与宫廷政治，但据可兰说，他是一个精明而明事理的人。"小龙答道。

"避开宫廷政治，谈何容易？"朱成说，"这也说明了为什么他要去戍边，众人皆知这是一个没有前途的职位。"

"他没有家人，没有延续家族子嗣的责任，他主动请求承担这个职位，在这里已经二十五年了，不过这还是他第一次见证一场全面的战争。"

"我们应该不会遇上问题吧？"

"不管怎样，都不会有问题。"

"我还真有点失望。"

"很快会有足够多的行动了。"小龙说，"比我们几个加起来能承受的还要多。"

"正常有什么意思吗？"朱成问。

还没等小龙说什么，朱成一夹胯下的马，加速向前冲了出去，到了大军前面。

"她这是干什么？"班超大声道。

"希望不是什么疯狂的事吧。"小龙嘀咕道。当她和班超到达山海关脚下，他们发现朱成正跟一位膀大腰圆、全副盔甲的男子交谈。这名军人听着朱成说话，点着头，看上去略有一点像可兰。

　　小龙和班超下了马，由士兵们将马牵走。紧随其后，范大司马和任山也快马赶到。图将军和朱成一起上前来欢迎他们，朱成扮演了半个主人的角色。

　　"欢迎来山海关。"图将军说。他说得一字一顿，好像每说一个字都要花大力气。看得出来他不善于招待来客。恰似可兰保证过的，图将军是个通情达理的人，会以适当的礼节欢迎众人。朱成似佛般帮图将军分担了一部分职责。

　　"请你的军士们把我们的将士们安顿下来。"朱成建议道。

　　图将军向他的一名军官挥挥手，军官毫不迟疑地小跑着去办了。小龙观察着，很快确定图将军的操作步骤。守边的将士们长期与文明社会隔绝，而图将军天生有一种放手的领导风格。图将军显然对小龙他们的到来没有任何敌意。但他可能担心小龙他们接管后，会把近三十年来保证着边防安全的操作步骤给废除了。

　　等所有的士兵都进驻了关防营地，图将军带小龙他们几个去了一个单独的小院。托着食物和茶点托盘的士兵们在屋里进进出出，直到面前的桌上放满了各种各样的食物。

　　"我们收到了你的第一封关于遭受进攻的奏报。"小龙说，"自那以后还有冲突吗？"

　　"每天都有，匈奴每天都派一支敢死队来，试图破坏我们的城墙。"图将军说，"匈奴的长弓射程比我们的弓箭的远而且精准，为了打退匈奴的弓箭手，我们不得不派人马到城墙外面。连续不断的进攻确实令我们死伤了一些人。"

　　"我们带来了弓箭手。"朱成说，"留一半下来给你。"

　　"准备出关吗？"图将军问。

　　"有这个打算，这可能是一场持久战。"小龙说，"匈奴人定会盘桓在这片土地上，打败他们需要时间。任何有先见之明的将军在山海关都定会使用打一下便跑的策略。"

"什么时候出关？"图将军问。

"一周之后。"小龙说，"想让大军在出发之前对一些阵法演练纯熟。"

"有一点要跟你解释清楚，我们没想要代替你在这里的位置。"班超说，"无论从哪个角度来说，这是你的山海关。要保证这里的安全，谁都不可能比你更胜任。"

"多谢班大将军。"图将军说。

"你还是跟以前一样话不多。"范大司马开怀大笑着说，"距当年你还是我的校尉的日子，已经很久了吧。"

"是的。"图将军说，"请问您夫人好吗？"

"已经过世十年了。"范大司马叹了口气说。

"请原谅我的唐突。"图将军说。

一名士兵冲进门来，见他的指挥官并不是独自一人，不禁猛地停住了脚步，连续快速地行了几个礼："抱歉打扰各位将军，有一小队匈奴兵正奔袭而来。"

图将军跳起身来："我的军官可带你们回房间去。"

"我想和士兵们一起出去看看。"朱成立刻说。

突闻此言，图将军顿了顿。但很快醒悟过来，四下看看众人。

小龙和班超也表示要跟朱成一起去，图将军点点头："我带你们去部队集结的地方。"

"任山和我组织起一队弓箭手，现在即刻派去城墙上增援。"范大司马说。

图将军带着小龙他们三人穿过关隘，问道："需要盔甲吗？"班超摇摇头，他嘀咕了一句："作为习武之人，我唯一的希望是你们别送了自己的命，不然我外甥女会很不高兴的。"

"别担心。"朱成说，"可兰已经习惯了我们的行事风格。"

不久，他们到了向北出关的最后一道城门前窄小的内庭里。一队骑兵和大约一百名步兵已经集结完毕，做好了战斗准备。

图将军牵过三匹马，把缰绳交给了小龙他们。

"谁指挥这次行动？"班超问，顺着图将军手指的方向看见一位头发花白、头带长缨头盔的汉子。

空气中响彻着拉弦声，小龙抬头看见弓箭手已经站满墙垛，一排排的箭羽划出弧线向空中射去。然后，关门向外打开。士兵们无需号令已毫不犹豫地冲了出去。

小龙和朱成动作划一地跃上马背，跟在士兵们后面。班超紧张地抬头看着战马，决定不要心存侥幸了。他在成长过程中一直是个平民百姓，从来没有练习过骑马，此刻他没有信心控制好强悍的马。班超跟在小龙和朱成后面拔足追赶。

小龙注意到了班超的窘状，让马稍稍慢下来一点。她一把抓住班超的手，然后助他跃上了身后的马鞍。接着她轻促几下，马再次加速，直冲着两队匈奴士兵而去。不少敌人都已经身中数箭倒在了地上。剩下的人手举包着牛皮的木盾，弓都放在了地上。

见自己的部队接近匈奴兵，弓箭停止了，城墙上的士兵不希望伤到自己人。骑兵队冲散了匈奴军兵，将他们一分为二。还没等匈奴兵重新聚拢，步兵已团团围住了他们。小龙几个很快也追到了，跳下马来直接投入战斗。

班超跳下马，双足重重地踢上了离他最近的一个匈奴兵的盾牌。冲击力将匈奴兵直接弹出很远，并把早已受损的盾牌劈成两半。班超利用反弹力在空中一个后翻。落地后，一个匈奴兵举着一把巨大的马刀直向他脑袋劈来。他猫腰躲开，伸出两指点中了匈奴兵盔甲缝隙中间的穴位，匈奴兵立刻全身僵硬，摔倒在地。刀从他手中落下，当嘟一声落在满地的箭镞上。除非有人来放了匈奴兵，否则他只能一直动弹不得。

与班超一样，小龙也一路横扫着战场，用点穴和迎头重击尽量将更多的匈奴兵放倒。

一个匈奴兵重新拾起弓，拉开了弓弦。见他射出一箭，小龙手腕一翻，三根银针破空而出。银针将箭打掉时，它堪堪擦着指挥官校尉的头盔而过。老人的目光对上了小龙的，他向她点头致谢。她也停下点点头，随即又向下一个匈奴兵冲去。

一个身材出奇高大的匈奴兵扑向小龙，挥着重重的盾牌直砸向她的头。小龙向后一仰，眼见着盾牌边飞出的木刺从她脸边擦过。盾牌刚一飞过，一把马刀又跟了上来。小龙卧倒在地，左手一撑从泥地上跳起，脚踢中了匈奴兵的面门。他的双眼朝后一翻，直接倒在了一个同伴身上。

匈奴兵倒下时，一旁的朱成轻巧地躲开，然后转身，左侧的匈奴兵便向后跌了出去。他的脸上有一道颇深的伤口，手不住地擦着流到眼睛上的血水。可是伤口实在是太深了，他赶忙扔掉手上的剑。一个守关士兵急冲上前，利用匈奴兵的片刻分神，举剑便刺。

朱成在他刺中匈奴兵胸口之前，一把抓住了他的手腕。他震惊地瞪着她，朱成按下他的兵器，然后对准他，一脚踢弯了他的双腿。见他倒地，朱成抓住他的手肘，将他提了起来，双掌击中他的胸口。他重重地摔在地上，动弹不得。

她转身对还在发愣的守关士兵点点头说："我们抓个活口。"战斗已经接近尾声，她已经无需大声喊。

终于，守关士兵如梦初醒，突然冲口而出："你是几个从京城来的青头将军之一吧？"又一把掩住自己的嘴，躬身行礼，"请恕小的无礼，大将军。我是说……"

他的声音渐渐低了下去，朱成拍拍他的肩膀，瞟了一眼他的盔甲，能看出他是一个小军官。"没什么，队长。"她走过去加入小龙和班超与校尉的对话。朱成走近时，他正点头回应小龙的话，然后向他的副官挥挥手："把这些活的绑起来。捉了他们的俘虏。"

"死了的呢？"一个守关士兵问。

"像前几天一样会有人举着白旗前来收尸的。"校尉道，转过身来，刚好看见朱成，于是瞟了一眼小龙和班超。

"这是程将军。"班超说。

校尉行了礼："我会留下人处理这里的事情，请容我陪你们回关吧。"

"有劳了，校尉。"小龙说。她吹了几声口哨，马儿便小跑过来。

当校尉去布置任务时，班超悄悄压低声音说："什么时候教我马术呀？"

"做什么？"朱成问，"你只会吓得逃开。"

13^章

　　"字条上怎么说？"刘阳急着想知道可兰手中一张字条上的内容。

　　"等等。让我先读。"可兰一手挡住刘阳，飞快地扫视着班超一板一眼的手书，"我舅父丝毫没有为难他们，一周之内大军会出关。"

　　"还有呢？"

　　"噢，你自己读吧。"可兰将字条递给刘阳。

　　"没有提起任山。你觉得会发生什么事情吗？"

　　可兰把纸条从刘阳手里夺过来，抖着说："纸条有多小？指望给你写一部书吗？信使带着官方文书很快会到，信肯定会详细得多。再说，没有消息就是好消息。还是你盼着听到任山发了疯，想杀掉所有人？"

　　"你觉得会发展成什么样？"

　　"很难说。这种闷葫芦型，觉得自己被轻视了，一般来说都很危险。假如他想做蠢事的话，宁可现在做而不是等他出了关。"可兰摇摇头，回到座位上，"谈战事也谈够了。我们继续讨论农田灌溉的项目。"

　　刘阳也坐了下来，取出一张画着闽江沿岸农田灌溉系统修改建议的地图。这些图示充满太多技术细节，他看着直犯糊涂："他们到底建议的是什么？我一点儿都看不明白。"

"幸运的是，我表哥琚鹏曾经协助他父亲主事改造灌溉工程。我让他看了这奏报，他写了一份节略给我们。"她将报告推了过去，看着刘阳脸上的表情直乐。

"他们是想整修水坝上的漏洞和裂缝？为什么不直接说呢？"

"你不用告诉我。"可兰说，"我跟你一样想不通。现在，我假设你已经批准了。"她伸手拿起他的玉玺，在红色的印泥中按了按，然后在报告的下方盖了一章。等她把玉玺放回垫子上，拿起奏报吹了吹印痕，就合上了，随手扔进一叠批阅过的报告中。

"好吧。下一个议题是什么？"刘阳问。

"有几个省请调粮种，用来播种新开垦的耕地。"

"从皇家种子库里调一些？"

"没问题。"可兰在奏报的空白处挥笔写了几个字，可是当她伸手去拿玉玺时，刘阳一把抢走了奏折。

"我来盖这个印，这么辛苦，只有这部分最好玩。"

"不是天下的命运都掌握在你手中吗？"

刘阳不理她，小心翼翼地把章盖在她几行整洁的字旁："好了。下一项。"

"我们完成了。"

"什么意思？"

她拍拍大书桌上柴华平时放置需要他们批阅的奏折的位置："我是说我们今天的工作做完了。"

刘阳用一种完全不符合他身份的方式，跳了起来，在桌旁跳起了舞。他指指窗外："看那儿。天还没有黑，我们已经全部完成了。等下提醒我大大地拥抱你的表兄弟们一下。这可是创纪录啊。我们要怎样纪念这伟大的一天呢？"

可兰靠到桌上，把下巴搁在手掌上。她笑着说："有时候，想象一下如果百官们看见你现在这个样子，他们的表情会是怎么样，倒是挺有趣的。"

"哈，也许只能更加证实他们对我的看法吧。"

通往侍郎偏殿的门开了，白惹和朴阳进来。

"发生什么事了？"朴阳问。

"别管发生什么了。"可兰对他们说，"你们找到了什么？希望是好消息。"她看见朴阳脸上的表情，叹了一口气，"我肯定不会喜欢听的。"

"你不会。"朴阳一边走过来一边证实道，"我们把整个东观的档案翻了个遍，发现其中一本编年史缺失。查了一整天才查出它被人借走了。"

"什么时候？"可兰问，紧张得胃都抽筋了。

"一周以前。"朴阳说。

"好消息是，"白惹插了进来，"知道是谁借走的。"她走过来，将一本记录簿放在桌上，指着写有魏夫子名字的一行。

可兰见此不禁扬起了眉。魏夫子多年教授皇子，也曾在宫外设教坛教授其他贵族子弟。他曾亲自为可兰和两位皇子授课，可兰和魏夫子的关系尤其亲厚。

刘阳此时走了过来，看着魏夫子的名字，大声呻吟着："不会吧，是他。"

"是他总好过其他人，像谢侯之类的。"可兰回嘴道，"必须与旧日的老师聊聊天了。"

"也可能是个巧合吧。"刘阳不甘心。

"是吗？难道你想等他在早朝上开始声讨小龙和朱成的时候，再证实是不是巧合吗？"可兰不客气地问。

"也是。"刘阳说，"立刻请魏夫子进宫。"

"你们俩去请他。"可兰说，"就说需要他帮忙起草一份有关边境冲突的报告。"

"很乐意效劳。"白惹弹起身，立刻冲了出去，朴阳跟在后面紧追了上去。

"直接向魏夫子解释吗？"刘阳问。

"先看看他知道多少，他肯定是对小龙他们的身份起了疑心，不然的话不会去借五年前的旧案资料。还记得他有超群的记忆力吧。"

"记忆力好到可以记起我们犯过的每一个错。"刘阳笑着说。

"他借走册子已经整整一周了，可是并没有提出任何指控，我觉得还有希望。他不是个笨人。我敢打赌魏夫子知道我们比武的把戏是为了任命小龙他们为将军。"

"你认为他会替我们保守秘密？"

"基本肯定。和他谈一下，保守秘密的可能性会更大。再给他一个大司马的位置。"

"想贿赂他吗？"刘阳问。

"要是本来就打算给他大司马的位置，应该不是贿赂。你还有其他人选吗？"

可兰说："你叔父是个疯子。现在谁能比魏夫子更合适呢？"

"你愿意的话，可以由我来说。我还以为你已经没有什么可以怕他的了。"

"我想指出的是，我们眼下确实有点怕魏夫子。"

"我很肯定我们可以信任他。答案马上就能揭晓。这会儿，你最好坐着，别老是动个不停的。" 可兰随即把注意力转到探子从各地发来的线报上。探子们收集了全国各地的流言，同时也注意各地军阀们的动向。几天前，她还命令陈柳附近的探子们清除、销毁当地全部的悬赏布告。

其中一名探子，也是可兰童年的好朋友，送来了这份报告。陈柳辖区及附近所有的布告已经被除掉，烧成了灰。探子还发现陈柳县令也派了手下人在销毁小龙的悬赏布告。

过了不久，传来敲门声，可兰走了过去。听见她的信号，门打开了，禁军侍卫说："魏夫子求见皇帝陛下。"

"请他直接进来。"可兰说。

"遵命，大人。"他答道。

刘阳走到门口跟可兰一起迎接魏夫子的到来。开门后，魏夫子走了进来并躬身行礼："请您原谅我并未带笔墨来。我猜您请我来是为了讨论比边境形势简报更紧要的事情。"

"还是和以前一样的洞察力。"可兰点头说，"愿意猜猜请你来到底是讨论什么事情吗？"

魏夫子伸手从内袍里取出一卷册子："一周前，我从兰台东观借走了这卷册子。"

可兰假装看了一眼册子，扬扬眉毛："这像是一份五年前朝廷记录的抄报。你发现其中有什么特别有意思的事情了吗？"

"其实，我想指出一个段落。"魏夫子翻开册子，掠过一页然后夸张地说，"五年前叛乱的两名侯爷都有一个女儿，两个姑娘都逃脱了追捕，现在她们应该成年了。"

"真的吗？"可兰问，"很高兴你将如此重要的信息告诉我们。

这两个姑娘也许会成为江山社稷的隐患。眼下战事正忙，谁知道她俩能搅出些什么乱子来？她俩很可能还有一些谋逆的毒计，比如，混入军中，在紧要关头打开山海关，放匈奴军队进来，等等。"

一开始，连魏夫子好像也被这耸人听闻的推理吓了一跳。他突然开怀大笑了起来，并且啪的一声合上册子，递给了可兰："你比我想象的更有才能，我的朋友。不管怎么说，我也估计到你们知道我借了这本记录册。我不追问细节，虽然我能想象这一段背后的故事定是异常精彩。趁我还在这儿，还有什么事情我可以效劳的吗？"

"你可以接受任命担任大司马。"刘阳说。

魏夫子皱起了眉，探寻似的打量着皇上："多年前，你父亲曾经许过我各种职位，要留我在京中。可你父亲也不曾把我放到大司马的位置上，这可是太具政治意义的位置。"

"是啊，这一任命已经等得太久了。"刘阳说，"该是百官们明白的时候了，只有勤勉努力才能被委以重任，而这重任是为民行职，不是为己谋利。任命你是向这个正确的方向迈进了一步。"

"自王莽政权后，你父亲用尽了全力重建汉室制度。"魏夫子说，"不过看来你是打算超越他，你希望重建一个全新的政府机制。"

"迟早是需要人来做的。"可兰说，"为何不是我们呢？"

魏夫子深思地看着他俩，赞许地点点头。然后，他离开了御书房。

"他走了？"刘阳恍惚地看着可兰问，"刚才发生了什么？"

"当然是他同意了。你怎么会没有注意到呢？他表示得这么明确。魏夫子教了我们这么多年。"可兰笑着说，"你现在应该知道他的行事风格了吧？"她看看手中的册子，重新翻开之前魏夫子读的一页，"这些官方的记录对小龙和朱成的父母太不公允了。我觉得把这页拿掉能解决问题。"她轻轻地一撕，记录着污辱性言词的一页被扯了下来，只留下不平的纸齿。

刘阳从她手里接过册子，不自觉地皱了下眉："心中似乎觉得有点不妥，这是在销毁历史记录。"

"是写下如此诽谤之词的人歪曲了历史，这些是编造的。等朴阳和白惹完成了任务，也许天下人再不会知道五年前究竟发生了什么，至少后人不会把一个假版本当作正史。"

可兰将手中的一页纸撕成了十几片，走到最近的烛火旁，刘阳跟了过去。她递给他一半的纸片，指了指跳动的火焰。

他拿起一片纸凑到烛边，纸很快燃了起来，在空中留下一缕白色的烟痕。刘阳捏着纸片，直到火烧到了手指尖。他接着把剩下的点燃，烛火猛地爆亮一下，又重新变回正常的亮度。

他俩将一片片纸送到火中，直到这页纸变成灰烬。这时，屋子里充满了炭香味。

刘阳继续盯着蜡烛："我收回刚才的话，这不是破坏，是纠正错误。"

"这就对了。现在我们要做的，是把接下来的历史记录纠正了。我们得赶在有恶意的人发现这些线索之前，销毁它。"

14章

　　小龙每天黎明时分便起床，等着部队集结。四天的程序基本相似。天刚亮，相当一部分队伍集合在城墙上，由负责训练的军官将队伍分成九组，各自分发了相应的武器。今天这一组是最后一组需要学习阵法的。或者说，是最后被允许学阵法的。

　　任山拒绝让他手下的士兵们参加演练。这样一来，原打算以演练控制他的军队的目的落空了。不过，没有任山的支持，阵法也能实施，所以演练继续进行。

　　由于任山的作对，只有一半左右的人马在校场上接受了训练。所幸的是，对于一个训练有素的士兵来说，这种阵法很容易学。只需记住自己在阵中的位置，互相照应就行了。士兵们能看出，阵法让他们彼此更安全，所以很容易推广。

　　一边，小龙在指导着她设计的阵法练习；另一边，朱成组织了几千名最强壮的士兵，分发给他们方形盾牌。这种重金属盾牌几乎与身等长，可以帮助抵挡各种箭支，同时还能将他们组成强有力的攻破组。

　　朱成和她的军官们对士兵们进行严格操练，直到能够在短时间内组成一面有力的防御墙。她自己也左手持一面盾牌，跟着士兵们一起操练，力求达到上行下效的目的。

因为阵法将在草原上施展，士兵们首先掌握的阵法是几人站成长队。第一列士兵将盾牌放在地上，交错重叠，护住各自左边的一人。他们伏低身子，用自己的肩膀紧靠着盾牌的内弧以稳固支撑。第二列和第三列的士兵使戟，从第一列士兵身上跃过刺出。剩下的士兵则使弓箭，直接射箭进敌军阵中。

士兵们一遍遍地集阵散阵，同时大声喊着口号。很快，士兵们刺戟、拉弦的动作做到整齐如一人。朱成一直在士兵中间，同时也鼓励自己的军官们这样做。于是将领们也学着她的样子操练，此时，所有军阶全部被打破了。士兵们再也不怀疑他们年轻的大将军了，在心底多了一些尊重。

在整个过程中，康校尉一直站在她的身边，和她一起与普通士兵打成一片。就像她预计的一样，他成为她最热衷的追随者，谁要是批评她都得先过他这一关。

因为班超没有特别的技能要教，所以在两个校场中间来回穿梭。他让朱成先挑选一些帐下的士兵去练她的阵法，再把剩下的人送去小龙的训练场。

这天早上，班超站在小龙身边，她正看着军官们分发兵器。等部队集结完毕，装备齐全，小龙便上前训话。

跟平常一样，她的话精炼直接。她只用了几句话就把阵法的要旨传达完。她拔出剑，取过一名校尉交给她的圆盾："首先我会向你们示范阵法，接着你们各自练习这种在草原上杀敌的动作。"

她向军官们做了个手势，有八名士兵上来配合她示范。两名弓箭手一左一右在她身侧，四名手执戟或者长矛的军官站在他们身后，各自举起兵器准备从前方和两侧保护中间的战友。最后，还有两名剑手是阵形的后位。他们面向后方，背对着小组成员，以防任何人从后面偷袭。

这一组人像一个人一样，上前三步，然后又向左两步，步调一致地移动，像是由一个意志控制着。然后他们又一起后退了几步，疾转向右，全部动作没有丝毫迟疑。

他们的动作遵照小龙手下的一名将军用洪亮的声音喊的指令。

"注意他们是如何行动整齐如一人。练习的时候请一定要非常认真，因为这可能在战场上救你的命。一步踏错将意味着你和你整队同伴的生死之别。调动起你全部的感官以配合其他的队友，同时相信你的队友也会这么做。你们必须心意合一，像一个身体在动，一个脑袋在指挥。不带丝毫犹豫地配合，协同作战。当然，如果想活下来，还要学习辨识一些非语言信号。"小龙解说着。

一开始，混乱接踵而至，很多士兵互相之间并不认识，也觉得很难协同合作。他们不是绊住自己，就是撞到旁边的人身上。不过，慢慢地，通过不断的演练，这一组人开始有模有样了。其实，这些士兵都有着多年的经验，练过各种各样的阵法，因此再多学一种阵法对他们来说并不是什么难事。

"他们学习的速度还真是令人吃惊呢。"班超一边向小龙走去，一边评道。

"真正到了战场上，不一定能使得这么顺利。"她说，"有太多的事令人分心，而他们会时刻处在生死边缘，这足以叫人吓得站不住脚了。"

"你觉得我们应该再多练习几天吗？"

"不，按计划出发。"小龙说，"至少得十几天才能真正将这阵法完美地印刻到士兵们的脑子里。他们已经掌握了基本的内容，这就是现在需要做的。过去这几天里，匈奴军队一直很安静。要是我们现在不出击，匈奴有可能退兵，另找长城中薄弱的地点进犯。"

"明白了。匈奴如果绝望到一定程度，反而会孤注一掷，以死相拼。"

"试想如果我们一味增强这里的防御，而匈奴又击破了其他薄弱的关隘，这事儿看上去会有多蠢，我可不想为此背负骂名。"

"很有道理。"班超笑着说，"她在那里到底做什么？"班超指着朱成的操场。

小龙随着他望去，见朱成将她的兵力分成对立的两队："我想她很享受自己做的事情。"

"这么搞肯定没有好结果。"班超说，"我还是自己过去吧。"

班超才走了一半，朱成已经大声喊出了号令。两队士兵发出一阵大吼，举着盾牌全速向对方冲去。当两队撞在一起的时候，班超听着乱七八糟的声音不禁皱起了眉。士兵们用力地互相推搡着，努力地将对方向后推。朱成见班超走过来，对他扬扬眉像是在问他有什么话说。

他走到她身边，压低了声音，这样没有人能听见："你这是在做什么？"

朱成指指中线两边她放置的两面旗子。

"你怎么想得出这种游戏来的？"班超质问道。

"为什么不？"她反问，"难道你希望他们是在实战中第一次使用这阵法？"

班超叹了口气，由着朱成去指挥她的对阵演习。他打算去看看任山带着他的士兵在做什么。他找来一匹马，骑了上去。小龙和朱成说服了他一定要非常熟悉骑马才行。在过去的两天里，他一直试着换不同的马骑来骑去，让自己消除对马的恐惧。

短时间内肯定不能成为一名优秀的骑手，但班超已不再被甩下马了。好歹，他能将马头调向东，沿着城墙骑了大约一里路，到了任山的训练基地。

班超跳下马，把缰绳扔给向他跑过来的士兵，猫腰穿过了城墙下的入口。他向卫士们挥了挥他的令牌，一路上到城墙顶。

虽然班超已经在长城脚下度过了四天，眼前这壮观的工程还是令他颇感神奇。他脚下的城砖还有堆起墙堞的巨大石块，对此班超不得不惊叹，仅仅把它们运来就需耗费多少人力，更不要说再用它们完成如此浩大的工程。

当然，他明白这长城既宏伟壮观又同样充满血腥。数不清的廉价劳工死在修筑长城的工地上，被掩埋在他们自己建造起来的长城之下。不过就算这长城的开端如此血腥，今天的人民还是将之视为一道防御和守卫的象征。几个世纪以来，长城保证了中原国的相对安全，避免受到北方部族的侵扰。班超把手放在冰冷的石头上，很难想象，有一天它将不能再保证国家的安全。

班超挥走这些思绪，继续向东，对沿路的卫兵们点头致意。没过多久，他看到图将军和他几名士兵在前方。他们站在城墙边上向下望，看着任山指挥着他的人操练。任山不愿被孤立，他把自己的人马集中起来，做一些无谓的操练。

"早上好，班大将军。"图将军发现了他。

班超跟他打了招呼，然后探出城堞看着下面满是士兵的校场。身穿重甲的士兵一边走，一边随着指挥官的号令用自己的兵器虚劈着。

哪怕从高处望下去，班超也看得出士兵们的不乐意。一开始，他们为被分在一名真正的军人旗下感到高兴。不过很快，等他们发现任山既不讲道理，又常常表现得毫无逻辑，他们的高兴劲儿就全没了。

不管怎么说，任何脑子正常的将领，都不会为了要面子而剥夺部下参加技能操练的机会。

所以，任山的部下越来越觉得不满，不过他们还是坚持做好兵，依旧听从他的号令，尽自己最大的努力去完成，无论命令把他们指往哪里。班超热切地盼望任山不要做什么愚蠢的事。如果他带着部队陷入灾难的境地，小龙和自己也要承担部分责任。

三天之后，大军浩浩荡荡地出了山海关。就像他们承诺的，一部分军队留下帮助守卫山海关。这就意味着，出征的有八万将士。按照推算，匈奴军队应该在五万人以下。所以在人数上他们还是有绝对优势的。

不过在这盆地和沟壑地形中，人数多并不能有效地带来实际好处。

小龙他们确实有一个重要优势，有背后的城墙做后盾，有充足的补给，除非匈奴军切断他们与山海关的联系。

大军一路向着山岩盆地进发，小龙向后扫了一眼。图将军站在山海关顶，挥手向他们告别。当天早上他们将山海关城门打开，士兵们二十人一列出了城门。没有鼓声和号角的送行，士兵们击打着自己的盾牌配合着他们的脚步声，口中喊着口号。声势浩大，以至于说话都听不见了。不过朱成注意到了小龙的目光，对她咧嘴一笑。

出兵打仗是一件严肃的事情，朱成非常激动，觉得自己终于有机会将所有的兵法知识学以致用了。

匈奴乱

15^章

在这狭长草原的另一头，广德能听见皇家守卫军的战号声。等他爬上一块低矮方正的山石，他心中不禁有些害怕地望向广袤的土地。

成队身披重甲，手持武器的士兵们从山海关里不断地涌出。他能想象弓箭手们的身边是手持长矛和戟斧的士兵。轻骑兵部队随行在侧，还有无数运着补给的四轮马车。

无论如何，正如他所害怕的，这支越来越近的大军看上去军纪严明，行军整齐划一，训练有素，即使在这断垣沟壑遍布的地方打持久战，他们也不会轻易被挫败的。

可从另一角度来看，广德又很高兴终于可以正面一决高低了。当他们躲在高高的关内时，他想尽了办法都没能接近他们。当听报敌军终于出了据点时，广德正打算撤退，去寻找长城上薄弱的环节攻击。

这些年来，某些地段的长城因为少用和疏于管理，变得相对薄弱。广德觉得很有信心攻破其中一处。虽然这之后还得杀出一条长长的血路才能攻到首都，不过这样至少他们军队可以做些什么，而不是坐以待毙。

广德转向他的副将："下令撤退。把他们引得离长城越远越好。"

"得令。"老军人说。

副将去传达命令，广德将军重又转回身向着长城，看着远处代表着敌军的一大团黑色涌动的物体。他预感这支大军，将是他的终结者。看着他们继续向自己开来，一阵凉意穿过他的脊背。眼前的这一切，已经摆明了皇家守军的无声挑战，和向他发出的示威信号。当太阳越升越高，缓慢行进的部队终于到达第一座小山时，广德才从山岩边上转回身，向他的军官和侍卫们示意回去。

他们回到营地，将军绞尽脑汁思考着如何才能打败中原国的军队。广德知道自己的人数和装备都不及敌军，想要有任何取胜的机会，都得靠将领们的可行计策。通常情况下，偷袭会起到一点作用。他的部队在这山陵地形中盘桓几周了，所以比敌方更了解这里。可是自己也常常被山石倾泻搞得措手不及，所以他觉得还不能太过倚重对沟壑的了解。

曾经在这片土地上生活的人，早就在他们的大军靠近的时候逃回关内去了，所以广德没有当地人可以利用。更糟的是，他的大部分作战经验都来自与其他部族的战斗，或者是小规模的战争。他完全不具备在这种地形大战的知识和能力，他的顾问们也都没有。他只能希望对方的将领对此也一无所知。

可实际上，他根本没有足够的准备。如果他们想制订出一个完整详实的计划，还需要更多的信息。部队在撤退时，一路上，他布下了侦察兵。他们带着自己训练的信鸽，占据了不少有利地点，观察中原皇家守卫军的动向。

几个时辰之后，广德回到主营。他的副将在附近的几个山头设置了哨兵作为警戒，大部队已经在他们能找到的平地上扎了营。

广德向营地中间自己的营帐走去，这也是他的作战大本营。他路过一些正在玩着摔跤游戏或者讲着吵闹的故事的士兵们。不少人追随他很多年了，不过就算是新近分到他帐下的士兵们，也都认同他是一个能干而且有热情的好将领。

离他的帐篷还有一半路时，广德注意到他的右边有一些动静。一小队士兵围在一起，一边喊叫着一边挥舞着手臂。他眯起眼睛走过去查看这骚动因何而起。附近的一些士兵也都站起身来，想看一眼发生什么事了，不过都让开路容他先过去。

广德走近，突然看见人群中一阵激烈骚动，以为他们要打架。他冲向前命令士兵们都分开，没等他靠近就有两名士兵急忙上前挡住了他。

"小心，将军。"第一名士兵说，"他们不是打架，好像是一名老兵失去了理智。"

这会儿广德走得更近些，能看清楚几名士兵正围着一名老人，试图制服他。广德伸长了脖子，看见一名发了疯的老兵。这老人原来是他自己一个小部族里的战士，但是广德并没有认出他来。他的瞳孔涣散，鼻翼张大，看上去更像是降临人间的恶魔而非人类。

过了一会儿，士兵们终于捉住了他乱动的手脚，控制住了他。广德走过去的时候，那老兵像是晕了过去。

"他吃了什么奇怪的东西吗？"广德问。

"我们没看见啊，将军。"一名压着他的士兵说。

"把他抬去见大夫吧。"广德说，"如果能查出来是什么问题，请告诉我。"

"是，将军。"士兵回答。

六名士兵松开手，准备把他抬起来。可是这一放开，他就直挺挺地弹起身又开始乱挥乱舞。他的眼睛直往上翻，手脚四处乱挥。他的拳头击中了一名士兵的头部，把他打倒。大家又一拥而上，可是疯狂好像让老人拥有了超乎常人的力量，把靠近他的士兵一一甩开。

一次又一次，他挣脱抓住他的人。最后，广德向前一步，双拳重重击在他的脑袋两侧，老人晕了过去，士兵们赶紧上去抬起他。不过这一次，有人拿出一卷绳子，保证不会重演前一次的结局。

广德看着士兵们将他扛走，叹了一口气。如果说有什么噩兆的话，这肯定算是一个。

16^章

朴阳将一叠带回来的有关叛乱的记录放在御书房的桌上，白惹随后跟着进来，摇摇晃晃地也捧着一叠记录本。可兰从座位上站起来，过去帮她。她刚一走近，白惹就把最顶上的一本弄掉了。可兰立刻扑向前，在离地一寸的距离抓住了书角。

"好险。"白惹说，她把一叠书放下，归拢在朴阳那堆旁边，从可兰手里拿回了差点掉在地上的一本，"噢，看，这是先帝的个人记录。"

"别说得这么兴高采烈的。"朴阳对她说，"这可是无价的。想想如果可兰没接住会怎么样。你得再小心些。"

"不是什么大不了的事情。"刘阳说，"这只不过是副本。我的书架上有好多本呢，我去把它们拿来。"

"我也见过。"可兰说，"叫我说的话，你父亲的尚书侍郎们真是没事做。"

刘阳耸耸肩："父皇有太多的侍郎。他将原来王莽政权里被革职的人都复了职，又招募了不少以帮着梳理政治势力。"

"记得我父亲也跟我说过。"可兰回忆道，"他说后来侍郎的人数太多了，有人想出个主意，从史馆里搞些文件来让他们抄写副本。当侍郎们意识到这么做，只是为了不让他们闲着，这可引起了轩然大波。"她向屋内一个火盆走去，"不管怎样，我们先生了火再说。"

"我去取些副本来。"刘阳说。他向自己小寝殿旁的小书库走去。

与此同时，可兰抬起头，看见挂在椽子上点着的蜡烛。她纵入空中，踏了几步，伸手取下蜡烛。接着，她使出轻功，减弱落势，盘旋着轻轻落了地。

"你也太能炫耀了。"朴阳抱怨。

"你妒忌啊？"白惹笑着说。

可兰翻翻眼珠子，举着蜡烛走到火盆边，将火苗凑近引火的劈柴。柴开始冒烟了，火苗蹿了出来，她顺手把蜡烛扔进了火盆中。火苗舔着劈得整整齐齐的木条，火盆立刻烧旺了起来。

刘阳从屋里抱了一堆册子出来。"我以前总也点不着这火盆，"他说道，"小龙教会了我生篝火，我现在应该可以了。"

"看来走一阵子江湖对你还真是挺有好处。"朴阳说，"她教了你不少东西。"

"如果他能从小龙那儿再学到些常识就更好了。"可兰说。

他们互相打趣着，取笑着，同时翻阅朴阳和白惹搬来的书。其中一些章节很详细地记录了当年叛乱的事。这些都被从书里狠狠地扯了下来扔进了火中。

很快宽敞的空间里弥漫起烟雾，可兰决定打开几扇房顶的气窗。她借最近的一根柱子助跑着跳了下来，凌空跃到下一根柱子上，一点足，将自己送得更高，直到跃上高高的房椽。她很轻快地在厚厚的梁上走到了墙边，伸手打开最近一扇窗。然后她一个前空翻，到了下一根梁上，又打开一扇窗，就这么一路玩耍着下去。

等她飘落回地面，烟已经散得差不多了。刘阳又递给她几页记录，她用手捏着点燃，火焰沿着纸烧了上来，她在火苗快烧到手指的最后一刻才扔掉了它。

"我们拿这本书怎么办？"白惹问，"这里只有一处讲到叛乱，不过文笔很优美。为了几个字毁掉整页真是很遗憾的事。"

"我们可以涂掉它。"刘阳一边建议着一边从她手中接过书走到桌边。他将笔蘸足了墨汁，涂掉了一些有关的文字。这不是一个优雅的解决办法，在书页上留下了难看的墨条，不过这解决了问题。他将书放到一边，又在其他几本书上如法炮制。

终于，只剩下最后三本书了："这些是关于叛乱的全记录编年史。"朴阳说。

可兰拿起册子翻阅着。这作者应该是一位老一辈的尚书侍郎，记录了跟当年叛乱有关的每一个细节。首先，他记录了先帝与被人称为青龙侯和白虎侯的关系。他们加上班彪，四名结义兄弟一起从王莽手中夺回了江山。然后，书里还详细地说了青龙侯和白虎侯如何被"密谋杀害"的，甚至极详尽地记录了当年处决两位侯爷和他们的家人的细节。

其他人看着她一边读一边脸上变化的表情。刘阳问："怎么了？"

她将书啪的一声合上："没什么。只是里面有些内容让我在想，天知道小龙和朱成是怎样做到放下复仇的念头，同时又没有把自己逼疯的。"

"看了这么多她俩的父母是如何被诽谤的证据，我真是越来越佩服她们。"刘阳说，"有时候，把这些记录毁掉感觉真的很好，因为这是在毁掉罪恶的证据。可是毁掉记录却无法把记忆也销毁。"

"我们把这从历史上抹掉。"可兰说，"我忍不住要想，其实从某种角度来说我们是在助纣为虐。"

"我同意。"刘阳顿了顿，"因为一百年后，人们就没有办法知道他们经过怎样的九死一生才获得他们应有的位置。"

"这个很自然。"可兰道，"我从不认为历史能完全真实记录一个人。拿你的父亲为例就行了。"

刘阳点点头："我们就把它们都毁掉吧。"他从她手里拿过书，直接扔进了火里。

四个人看着书册慢慢地被火吞噬，书页一张张地翻开，书角变成橘红色，然后是黑色。书一点点被烧得卷曲起来，慢慢变成了灰烬。

册子消失在空气中，变成了烟，可兰问："全部都在这里了吗？"

"差得远呢。"白惹答道。

"你不是开玩笑吧？"可兰问。

"过去五年里的文件中几乎都会有一两句相关的信息。"朴阳说，"白惹和我还得去好几趟才能说我们接近完成任务。"

通往待郎们屋子的门咯吱一声响，柴华走了进来："你们四个在这里做什么？"

"焚书。"白惹愉快地对她说。

这引起了她表姐妹的兴趣。柴华走过来，看着十几本全部有叛乱记录、被刘阳涂黑了之后等着晾干的书，说："这些看上去好难看呀。"

"刘阳的杰作。"可兰说。

"这就难怪了。"柴华说道，"如果你们这里忙完了，请帮我来对付一下你的表姐妹吧。九梅和年乐打起来了。"

"她们经常打啊。"可兰告诉她，"我很快就去你那儿。"

"别等到她们把房子都拆了。"柴华说。

"你就直接扑上去把她们俩分开。"可兰说，"我就是这么做的。"

"可她们是你的表姐妹。"朴阳指出。

"好吧，我去。"可兰说。她见两位姑娘正从屋子的一头打到另一头，还互相咒骂着，不过当问起她们是因为什么打起来的时，谁也答不上来。

没办法，可兰和劳波只好一人抓一个把她俩分开。后来终于查明这场架是因为争论一个词的意思而起，大家都好好地笑了个够。

第二天早朝的时候，刘阳和可兰可没有那么想笑了。起先还正常，刘阳跟往常一样带着一大队贴身侍卫进了大殿之后，与文武百官们一起处理了几件不怎么紧要的事情，进行得非常顺利。

这时，谢侯上前一步，说："皇帝陛下，我有一事上奏。"

"有什么想法请说吧，谢侯。"刘阳说。

"多谢陛下。我想提议大家讨论一下皇嗣继统的问题。"谢侯说。

"什么？"刘阳问道，完全搞不清楚他想把这话题引向何处。

"请相信，我一直恳请老天保佑陛下江山基业千秋万代。可是，我们也必须从实际的角度考虑一下。前司空大人被关入大牢，您的皇表兄也受牵连，皇位的继承没有明确的人选了。万一有不幸发生，想想这国家会陷入何等的混乱啊。"谢侯说。

"调查显示朕的表兄并无过错。"刘阳说，"如果朕不幸西驾，皇位自然就传给他。"

"没错。"谢侯说，"可是您也没有任何兄弟姐妹。"

当然，到了这会儿刘阳明白谢侯的意思了，他尽力显得无知："是这样的。"

"陛下，我想谢侯的意思是您需要有真正能继承大统的血脉。"蔡大人说。

话说到这里，可兰不得不出来替这可怜的孩子挡驾："你们可能都太夸大这事的紧急程度了吧。皇帝陛下龙体安健得很。"

"可是尽早地开始甄选合适的人也不是件坏事啊。"康相说，"老夫乐意替皇帝陛下效劳。"

"臣也乐意。"狄侯也加了一句。

更多官员表示他们愿意花时间和精力以助这事顺利完成，可兰跟刘阳交换了一个眼色。跟平常一样，他们这是在争取更多的朝中势力。如果能在选皇后这事上插一手，便可以获得一世的荣华富贵和在皇帝身边的一席之地。

每个人都带着如此明显的私心，看来谁也说服不了他们不要参与此事。几乎所有的官员都支持此事。刘阳已经没有什么托词可以再用，唯有向他们妥协。不过首先，他至少能讲点儿策略："现在不是讨论这事的时候，我们要将精力放在战事上，不可分心。"

"陛下说得对。"可兰迅速地附议，"现在国家正面临侵略的危险。我们必须将精力全部放在如何击退敌人上，因此，选后的事要放一放。"

"请恕臣不能苟同，大人。"邱相说，他根本无意尊重她的意见，"皇帝陛下和您这样的重要人物当然为了战事相当操劳，这一点没有错。我们几位或许在战事上帮不上什么忙，这样一来，如果您能允许，就让我们去忙这件同样重要的事情，这也是江山社稷之大事。"

到了这会儿，可兰和刘阳知道他们不能再继续跟舆论的浪潮对抗了。刘阳暗自叹了一口气，但却威严地点点头，像是他终于明白这是为了国本的最好举措："陶大人，朕委托你负责此事吧。"

"多谢陛下。"老人激动地说，好像这恩典来得太突然，使他受宠若惊，当然他是绝不会拒绝此事的。对他来说，这个任务并非好事。刘阳很有策略地选定了人，他知道陶大人没家室，而且官阶也相对较低，年事又已高。这样他被迫或志愿加入有权有势的家族，在选秀上做手脚的可能性就不大。

"刚才你的选择可真是高招。"当他们安全地回到御书房后可兰赞道，"如果这个话题讨论得再久一点，谁知道最后这任务会落到谁的头上，你给了他们一个措手不及。"

刘阳倒没觉得自己有多了不起。他带着一种像是酸楚的情绪在书桌后坐了下来。

立刻，可兰明白了是怎么一回事："我不知道你为什么会这个样子，这些大员不像是朝廷顾问，倒更像是多事的老祖母，这可不是你的错。"

"我是很生气，没有一个人问起战事。一旦有任何权力角逐的机会出现，他们全跳了出来，不停地挥着手，像是生怕我注意不到他们的意见。"

可兰探过身子，摇了摇他的肩："你就别去想它了，我们还是趁这场争国丈的仗没打起来之前，先来看看边境上的战事吧。"

刘阳一听这话不禁微微抖了一抖。不过他还是听可兰的话，把小龙的战报拿了起来。

"看来他们已经出了关。虽然她没有说，但任山一定是惹了麻烦。"可兰说。

"他们要与匈奴作战，还要对付一个本来应该是站在自己一边的人，可真是不公平。"

"看来我们大家都不得不面对这问题。"

17^章

第一次伏击是在到达盆地区域的第二天早晨。小龙派出的一小队先锋很不幸地遭遇到一队比他们人数多的匈奴兵。只有一半的人活着回来。

当小龙、朱成和班超在指挥帐中开会的时候，气氛变得很凝重。最后还是朱成重新找回了她平常大大咧咧的高兴劲儿："兵法不是万能的，这两天我们的运气不佳。"

"七名士兵送了命。"班超说。

小龙叹了口气："朱成是对的，我们这是在打仗。假如想要顺利地统领大军，还得学习如何舍离。在帐中策划战略的时候，伤亡只是个数字。要不然，会动摇我们的决心，甚至造成更多的牺牲。"

"我不喜欢，但是我理解。"班超说。

"我真的非常吃惊，你进步得很快。"朱成说，"我以为你还是想不明白。"

"若是你能改变，我也一定能。"班超理直气壮地回答，朱成听了直翻眼珠子。

这时，范大司马和任大将军陪着一名当地人进来，大家叫他老胡。他身体精壮，肌肤黝黑发亮，是长时间的日照造成的。他一辈子住在附近的盆地里，所以对周围地区很熟。

除此之外，老胡还是一名地图绘制高手，他绘制的地图提供了现今这个区域最完整详尽的记录。盆地里住的人很少，即使是皇家兰台中的地图，也只是绘出了商旅和军队最常用的路径。对打仗几乎可以说是毫无用处，地图上的大片区域是空白的。

老胡带来好几卷他自己绘制的地图，先恭谨地向每一位大将军致意，然后把他毕生的心血放在桌子上。

"多谢你来相助。"小龙说，"你这样冒了很大的风险。"

"不碍事，大将军。"老胡答道，"这么做对于我们家族来说，是件正义的事情。有朝廷的撑腰，我们不怕。"

"老胡还同时召集了一批家族里的志愿者来为我们担任向导。"范大司马说。

"我们是最近才组织起来的，希望能派上用场。"老胡说，"我们中间最机警的几个，一直在暗中盯着匈奴的动向。"

"我不希想你们有过多的冒险。"班趄说，"匈奴人不留俘虏活口。"

"我们只是远远地观察匈奴的部队。"老胡说，"很抱歉无法提供太多的细节。但从我带来的地图上，可以知道匈奴部队的大概位置。"老胡展开一卷特别长的地图。朱成抓住一头，帮他一起把地图铺在桌上。大家仔细地查看老胡制作的地图，上面的线条清晰，细节着实惊人。

地图描绘了整个盆地区域，连一些小山丘也绘了出来，并加了标注，老胡确实非常熟悉这一带的地貌。有一半的山谷还注明了泥石流细小的标记，表明哪里会有道路堵塞。幸运的是，整个匈奴大军都在图中有详细标注的区域内。

大家熟悉地图之后，老胡指着地图南边说："我们的整个部队现在集中在南面。匈奴分布得比较散，他们的主力部队在这个区域。那里的山岩地形是一道天然屏障，易守难攻。另外，匈奴在这个区域附近也有较多的兵力。"

老胡接着他自己的思路又讲了一会儿，提出了有可能建立防御的几个地点。经过讨论，大将军们和范大司马对于总体的战术基本上达成了共识。根据老胡的建议，大部分兵力将在东西两侧建立起防御性的布局，以防止匈奴军从两边包抄。与此同时，小龙他们也派出几组小队去袭击小股的匈奴兵。

士兵们将采用小龙和朱成排练的阵法，他们很有信心这一战术会有好的成效。

讨论结束之后，朱成要求复制一些老胡的地图给每一队的指挥官，以便保证了解敌我之间的准确位置。"

老胡说："自愿担任向导的人已在门外了，随时听命于你们。"

"好极了。"小龙说，"把向导们分到各队去。"边说边向营帐外走去。她在两排分列的卫兵中间穿过，来到站着的二十多名男女向导们面前。他们都跟老胡一样，体格瘦长精壮。几个看似十来岁的少年，还有一名老人看上去倒是够做小龙他们的爷爷了。小龙真诚地谢过每一位前来相助的向导。

即使有能力打持久战，但有了老胡和向导们的加入，小龙他们瞬间仿佛掌握了战争的主动权。把匈奴的优势几乎完全抵消了，为加速战争的胜利奠定了基础。

小龙召集了校尉以上的将领来见志愿向导们。将领们对这一进展表现得格外兴奋，热情地与向导们打着招呼。他们对向导们的尊重，远远超过小龙所能想象的。这当然是长期纪律和经验在这些将领们身上的反映，他们意识到自己处在不利的沟壑地形之中，而向导们能帮助摆脱窘境，甚至挽救许多士兵的生命。

将领们带着各自的向导离开后，班超注意到任山不见了。

"范大司马，您能找到任山吗？"小龙立刻问。

范大司马飞奔而去，大家都有一种不祥的预感。小龙他们三个回到指挥帐中，班超不住地前后踱着步。

"他会去干什么呢？"他问。

"可想而知，是吗？"朱成说，"任山现在知道了匈奴在哪里，一定是去偷袭了。"

"必须制止他。"班超叫道。

"当然。"小龙坚定地说，"但要等他出了大营之后。"

"我不明白你的意思。"班超说。

"抓他一个正着。"朱成说，"方能撤他的职，旁人才无法反对。"

"现在等什么呀？"班超问。

"看他朝哪个方向去。"小龙说。

班超还是魂不守舍地来回踱步，朱成站起身把他拉住："老实地坐着，你不停地走搞得我头都痛了，还怎么动脑筋啊？"

班超老实地坐下，笑着对朱成说："我不信你能动脑筋。"

彭貂突然冲进了营帐："任山带着一队人出发了。范大司马让我来通知你们，任山向盘山盆地去了，我不知道是什么地方。"

小龙走近桌边的地图，点了点离大营不远的一处山石盆地。据老胡说，有一队大约千人的匈奴兵驻扎在盘山盆地。凭任山带着的这一小队人马，加上他一向轻视战略，重诈术，而盘山盆又是易守难攻，毫无疑问，他会被杀得片甲不留。

"情况比我想象的更糟糕啊。赶快截住他们。"彭貂叫了起来。

"你带一百骑兵，从这里的山谷过去。"小龙说，指着地图上的一条窄线，迂回地跟着任山到盆地的一个交叉路口，截住他。

"我一个人吗？"彭貂问，"我可没有阻止他的权力。"

"范大司马肯定早已在那儿了。"朱成说，"我们随后就来。"

彭貂再没多说一句话，直接冲出了帐篷，明白情势的紧急。

朱成抬头看着小龙，扬扬眉："从后门走？"

"好呀。"小龙答。

班超还没有来得及问发生了什么事，朱成已在帐篷的另一头打开一个箱子，取出三套士兵的军服，扔给小龙和班超各一件，自己套上军服，戴上了头盔。

在小龙和朱成的催促下，班超穿好了盔甲，跟着她俩走到帐篷后面。小龙揭开帐篷的厚布，让他俩先通过。

班超还不是很清楚在做什么，他猫腰跟着她俩穿过了大营。见她们向西，明白是要信守刚才对彭貂的承诺。但为什么要这么神秘地伪装呢？班超在军事上并无太多的经验，只有些常识而已。

离开了营地之后，他们除下了盔甲，这样呼吸顺畅一些。小龙把头盔夹在臂下，将汗津津的头发向后拢了拢。为步兵们配备的头盔是起保护作用的，谈不上舒服。把这一大块铁砣子戴了片刻而已，她的下巴已痛起来。

"你看上去太难看了。"朱成对她说。

"这不是说笑的时候。"班超说。

"你也一样。"朱成一边说一边小跑了起来。她跃上了一块大石，又在空中连错几步，跃上了另一块岩石的顶端。这片沟壑中布满了上一次崩塌时留下来的许多巨石。多数人是无法抄这条小龙指出的近路，不过对他们三人来说不成问题。在多年逃亡的生涯中，他们的轻功已经练得出神入化。

他们相互紧跟着，跳过一块又一块巨石，跃过沟壑，轻松地爬上陡峭的山坡。没多久，到了一个路口，藏身在一些大树后面。

任山和彭貂带的骑兵队还没有到，他们耐心地等着。其实，他们来这里只是指导。如果事情跟计划的一样，他们无需出面。

彭貂率领的骑兵将截住任山和他的队伍，一场激烈的争吵不可避免。任山不负责任地带领部下前去送死，让范大司马得以在适当的时候行使职权，免去他大将军的职务。

"你确定这个计划行得通？"班超不放心地问。

"没有不行的道理。"朱成胸有成竹地回答，"他的人早已对他不满了，尤其是对在关内演练一事。现在只要向他们指出，他们被带往的是怎样的一个陷阱，他们就会彻底醒悟。"

"范大司马在军中声望很高。"小龙补充，"老兵们仍然记得他当年带领他们得胜归来的事情，因此他的决定一定会得到拥护的。"

"话是这么说，不过我仍然有种不祥的感觉。"班超说，"这正是为什么我们来这儿。"

"完全正确。"朱成说，"有我在能出什么错？"

"哦，对哦，当然。"班超说，"我差点忘记了，你能叫吉星听令的呀。"

没等朱成回应班超的尖酸之词，小龙就举起了一只手。远远地，一阵阵规律的足音越来越近。他们担心地看着任山和他的人进入视野中。范大司马走在他的身边，虽然脸上毫无表情，但是他双肩绷得很紧，显示他也很紧张。

小龙将目光牢牢地盯在彭貂应该和他的骑兵隆隆而来的一条小路上。她的手指用力地叩着石头，注意力如此集中，她几乎在不经意间催动了魔力贯入山岩中。她猛地把手甩开，避免了碎石造成的巨响。

在她因此分神的一会儿工夫，彭貂和他的一百骑兵出现在小路上，挡住了任山的去路。

如果任山有什么值得称道的地方，就是他能在很短的时间里看清形势。马蹄声刚落，他便质问道："这是什么意思？"

"任大将军，请恕末将无礼，不过我觉得有必要提醒您，您正带着部下走向一个圈套中。这个盆地里藏着一千多敌军，易守难攻，我们没可能攻下它来的。"

"胡说！"任山咆哮道，"你只不过是个小小的校尉，懂什么战略战术？给我赶紧回到营地去，不然我要就地处置你。"

"这是你的权力。"彭貂镇定地说，"我知道你不会杀了我，然后带士兵送死去。"

任山抽出剑，准备向前走去。范大司马迅即按住了他的肩膀："等一下。听听这孩子有什么说的。"

任山身后的士兵们登时喊起，同意范大司马。

这情形让彭貂有些不知所措，因为他没有什么可以多解释的。他只是简短地看了一眼地图，不很清楚盘山盆地易守难攻的具体道理。

所幸的是，范大司马及时解了彭貂的围。他立刻掌控了局面，站在任山的对面，与彭貂为伍："今天早上所看的地图显示，沿着这条道一直下去，便会到达一处瓶颈地区。匈奴兵一定会在瓶颈地区伏击我们，不利的地形会使我们进退两难，匈奴可以轻易地全歼我们。"

他说得简短明了，大家明白这是在挑战任山的权威。范大司马说完之后，全场一片寂静。正当士兵们等待任山给出一个满意的回答时，远处传来一阵号角声。

"发生什么事了？"一个士兵闻声大叫。

与此同时，小龙、朱成和班超跃出了藏身处，发现远处的匈奴兵正奔袭而来。

匈奴乱

18^章

"匈奴兵来了！"朱成的嗓门最大，大声地喊道。

士兵们瞬间抽出剑准备战斗。小龙望着从山坡上向他们直扑而来的匈奴兵，命令步兵们尽快夺取对面的斜坡高地。一部分士兵已经爬了上去，迅速用强弩向攻上来的匈奴兵发射。与此同时，朱成命令骑兵赶到谷底，以便迎头痛击冲过来的匈奴兵。

小龙跃过了一排正在登坡的步兵，挡在匈奴兵之前。她落在坡底，抬头看着正举剑怒目圆睁的匈奴兵向自己冲来。

已经容不得再浪费时间了，小龙伸手入袖取出一把银针，向前一个箭步，身子一转，手上的银针全射了出去。每根袖针都击中了一个匈奴兵，几乎将第一梯队的匈奴兵都打倒了。

朱成跃过了一排骑兵，甩出一排破空匕首，打倒了不少匈奴兵。

此时，下一波的匈奴兵已冲到她俩面前。她俩各自为战，拳风所及之处，匈奴兵倒地一片。与此同时，剩下的几波匈奴兵仗着人多，正以排山倒海之势冲向彭貂的骑兵。匈奴兵以不要命的速度冲倒了不少彭貂的骑兵。但是，小龙的人马渐渐地重新组织了起来，互相配合作战，从马上狠力劈砍着两边经过的敌人。在班超的指挥下，一列步兵站在骑兵阵后方不远处，向着冲过骑兵的匈奴兵猛砍。与此同时，剩下的步兵用弓箭射破了匈奴的阵法，引起了敌军的恐慌。

小龙一直很留心身边的变化，她发现有箭镞铺天盖地向她射来。她全部的袖针已经在刚才的攻击中用完了。她完全可以抽剑将这些箭扫到一边，不过作为一名武功高手，她总是希望能不用剑，徒手完成一些事情。小龙瞥见脚边一匈奴兵掉下的圆盾，她一脚将盾牌踢了起来，飞过了自己的头顶，将射来的箭扫了开去。

盾牌重新回落时，她抓住了盾牌边缘，发力一转把盾牌像只盘子一样扔了出去，打倒两个匈奴兵。接着小龙急冲上山坡，跑出箭的射程。一路上，她踢倒了几个匈奴兵，使他们翻下山坡，直接滚到了正举着长剑和长戟等着匈奴兵的骑兵阵中。

朱成也同时注意到如雨般的箭向她飞来，她正好打倒了一个匈奴兵，从他手里抢过了剑，往空中旋转抛出，剑锋像陀螺般在空中急转，把射来的箭全数击落。

然后她伸手接住回落的剑，跟着小龙冲上了山坡，顺带又打倒几个匈奴兵。到了这会儿，这一仗的胜负已经很明显了。冲下山来的匈奴兵跟往回跑的几乎一样多，朱成他们紧追在逃跑的匈奴兵身后，勇猛地追杀着。

山坡下，班超看到匈奴兵开始溃败撤退。他呼叫着战士冲锋，刚一开口，士兵们就已经冲了上去，迎上最后一波匈奴兵，把他们全都逼回到来的山坡上。

士兵们冲锋的时候，班超留在后面查看伤亡情况。虽然见过很多死亡，从曾经路过的小镇上噩梦般的瘟疫泛滥，到自己母亲的死，可从来没像现在这样，在耀目的阳光下，尸横遍野，漫天尘土。

虽然几百名倒下的大都是匈奴将士，可是除了盔甲的区别之外，死去的和垂死的士兵们看上去又有什么两样？等班超从这震惊中摆脱出来时，小龙和朱成已经回来了。她俩站在班超的身边，望着小山谷，战场上士兵们正四处查看躺在地上的人是否还有救。

"快去解决任山。"朱成说着，直接走了过去，小龙和班超跟在后面。

事实上，范大司马已经找到了任山，在他们来到之前，和彭貌一起将任山绑了让他跪在地上。"由大将军发落。" 范大司马说。

小龙示意几名士兵："带回营地，在众将士面前审判。"

"是，大将军。"士兵们鞠躬说。

几个时辰之后，打扫战场的事已经结束。将士的尸体被火化后，士兵们记录下他们的名字，祭奠他们的英灵。同时，任山在大营中间的空地上受到审判了，士兵们一致要求把他锁起来，押解回京城。

小龙他们三个年轻的大将军面对匈奴英勇作战的事迹传开后，所有反对他们的声音随之销声匿迹了。彭貌受了应得的嘉奖，他在阻止任山的冒险行动中，为避免重大伤亡，立下了功劳，荣升为参将。

在严肃的审判结束之后，士兵们庆祝第一次与入侵者的战斗胜利。当欢呼声和纪念阵亡将士的歌声响彻整个营地的时候，小龙他们三个回到了指挥营帐里。

跟士兵们分开之后，班超终于觉得是时候表达一下他对于这场战斗的一些感受："我不知道战争会如此惨烈。"

"我也是。"小龙承认，"一生中已经见过够多的暴力死亡。"

朱成闭上了眼睛，深深地叹着气："如此大规模的战斗，一时很难理解。路边遭劫的受害者，被吊死的杀人犯，甚至是不幸地被卷入火拼中牺牲的无辜者，我们都可以找到方法来理性地看待这些事。可是战争，它实在太巨大了，沉重得当我们面对战争的后果时，没有办法理性地接受它。"

"我永远也说不出比这更雄辩的发言。"班超过了一会点头评论道。

"你也许终究会的。"小龙说,"现在只是我们麻烦的开始。"

"你指的是匈奴兵知道我们具体的位置?"朱成问。

"当时,我以为也许是他们的哨兵发现了我们。不过你说得对,他们怎么可能在如此短的时间里集结一支部队袭击我们?"班超问。

"我不懂匈奴是怎么知道我们动向的。最有可能的是,附近的几座高山上有匈奴的哨兵,他们有某种传递消息的方式。"小龙说,"无论如何,对我们不利。这次我们是运气好,匈奴显然没有料到我们有骑兵在这儿。未来的日子总不能每次都靠运气吧。我们得尽力将大家集中在一起,直到先锋和向导们把附近的山峰摸清楚了,确定没有匈奴的暗哨。"

"匈奴是怎么把侦察情报送回去的?"朱成问。

"匈奴人不擅长训练信鸽,但除此之外我没有什么更符合逻辑的解释。"小龙承认。

"这是目前最好的推论。"班超说,"除非还能想出更好的。"

"也许是吧,我也没法解释不可解释的事情。"朱成翻了个白眼。

"今天你把士兵们指挥得真不错。"小龙赞许地对班超说,"作为一个没有经过正规训练的人,真是好极了。"

"我没做什么。"班超说,"士兵们知道应该做什么。"

"最好的领袖是不需要做过多的引导的。"小龙引用了一句古话。

"是,不过他根本没训练过他们。"朱成笑着说。

"哦,快别说了。"小龙对朱成说,"这可是班超第一场真正的仗。"

　　朱成正准备反驳，想着这也应该是她自己的第一场仗。但突然想起，自己的第一场仗是在五年前风和日丽的一天，她的生活和她唯一知道的世界以最惨烈的方式在她面前被砸得粉碎。与此相比，没有什么更让她震撼的。要是今天自己所经历的惨烈与父母死去的那天有任何相似之处的话，她不应该让班超更觉悲伤。所以，她只是耸耸肩，然后说："你干得真不错。"

19^章

"你非得和我一起去。"刘阳说。

"我才不去呢。"可兰答，"想想会怎么样，可怜的康相只是想让他女儿跟你在御花园有一点单独相处的时间，而我跟在旁边。"

"可你是我最信任的参谋呀。"刘阳道，"肯定能找到足够的理由让你也在场的。"

"我可不只是个参谋。"可兰叹了口气说。

"我不明白。"刘阳对可兰说。

"你也真是的。"柴华说，"你总看得出，可兰也是个姑娘吧。"见皇帝还是不明白的样子，柴华也叹了口气，"人家会把可兰视为对手的，尤其是你俩已经这么亲密了。"

"噢。"刘阳想了一会儿，"我还是觉得你应该去。"

"都讲得这么明白了？"可兰问。

"反正你是没有办法避免这些闲话的。"刘阳说，"假如她是块难啃的骨头的话，我可需要你帮忙解围。"

"哦，好吧。"可兰说，"我反正已经被说三道四得够多了，再给他们增加一点嚼舌头的话题也没什么。"

"太好了。谢谢你。"刘阳说。

"别笑得太得意。"可兰对他说，"你就是高兴有人陪你一起遭罪。"

"解释一下你为什么一定得去。"柴华说。他在桌子另一头的椅子上坐下，把管理侍郎们的活留给了劳波，跑来跟刘阳和可兰聊天当休息。可兰真心承认，她的表亲们个个都不是省油的灯。九梅和年乐再没有打架，不过冯叶最喜欢搞恶作剧，没事很无聊。工作质量无话可说，但是他们的言行举止实在让柴华不可忍受。

不管怎么说，可兰和刘阳刚从早朝上下来，很高兴有柴华过来一起聊聊天。小龙不在，柴华是可兰和刘阳最好的听众，柴华和小龙有着相似的专注素质。

"委任陶大人全权负责选皇后一事，真是个聪明的主意。"刘阳说，"当时以为是成功的一招。他没什么家人，在京城里的联系也不多。似乎只有他是唯一真心地为皇嗣担心。"

"他为这事真是尽心尽力，花了大工夫啊。"可兰咧嘴一笑说，"别这么不懂得感激。"

"如果他能花这么大力气在其他事情上就好了。"刘阳说，"目前的情况是，我要相亲相到天荒地老了。"他翻了翻眼珠，大力吐出一口气。

"这也不算是最坏的结果。"可兰说。

"可我们正在战事中。"刘阳道。

"我们不比你高兴多少。"可兰道，"但你选的督办人碰巧是想真正做点事的官。你至少得对被拉来见你的姑娘们斯文一点。不然的话，会让你惹上大麻烦。"

"我倒略懂一点怎么叫别人自己惹上麻烦。"刘阳带着一抹笑意说，想起当初可兰帮助自己出逃的事情。可兰的父亲发现后给了她不少麻烦。

"换作其他姑娘可能糟糕多了。"说着可兰也笑了。

"陶大人给了你这些姑娘的资料了吧？"柴华问。

"在这儿。"可兰说，将一大沓资料推了过去，"我们可是翻阅了更大的一堆，这些选出来的是最难拒绝的。"

柴华翻着最上面一本册子。"哦，看，这姑娘会吹笛子和弹古琴。"看到这里，她眯起了眼睛，向册子凑近了些，"生性拘谨？等等，这是你们选出来的最难拒绝的？"

"相信我。"可兰说，"这堆里，她也是最难拒绝的一个。继续看吧。"

过了一会儿，柴华抬起头做了个鬼脸："我很高兴不用跟这些人相处。祝你们好运。"

"这些册子中推荐人的信息比姑娘们本身的信息要多。"可兰道。她手指抚过册子，从中间取出特别厚的一本，翻开一角，一张画像啪的一声掉了下来。

她将画悬在桌子边上，然后绕了一圈，和柴华一起打量着画："看，这本册子还告诉我们，她父亲对外表最看重。没错，审阅这些册子的确是个苦差事，不过从侧面让我们对这个朝廷的官员们了解了不少。"

"大部分信息只要聊上一会儿就都能知道了。"柴华指出。

"唉，别气我了。为了不至于疯掉，假装着能从中获得些有用的东西呢。"可兰说。

"我真要为撕碎了你的美梦道歉。"柴华说。

"不管怎么说，明天的见面只是未来很多个中的第一个。"可兰说，"如果不是在御花园散步，可能会是一顿私宴或者其他什么。"

"或许你可以直接瞪着人把人吓跑。"刘阳建议。

"说不定我还真的需要这么做。"可兰说。

第二天，刘阳和可兰在早朝之后没有回御书房，而是向御花园走去。跟往常一样，御林军护卫在左右。为了做好准备，队长已经下令将花园仔细搜查了几遍。可怜的侍卫们仔细地检查了每一个角落，把每块石头都翻了起来确定下面没藏着个刺客什么的。因为刘阳得单独和康相的女儿以及可兰待在一起，队长命手下把守在花园的每一边。他们坐在石头上像哨兵一样。刘阳无论怎么说都说不动，也省得去说服他们放松一些。

等了一会儿，一顶轿子出现在视线中。六人抬的轿子在他们面前停下来。康相从轿子里出来，拉起轿帘让身后的女儿出来，二人深深地鞠躬行礼："叩见皇帝陛下，祝陛下江山永固。"

刘阳示意二人起来，说道："请平身。"

完成了繁文缛节，可兰走上前来。康相的目光立刻冷了下来，可兰早料到会这样。康相从来不喜欢可兰，当他明白可兰将陪同刘阳和他的女儿一起去花园时，几乎失去控制。他妄想反对，但知道无济于事，便按捺了下来，带着藏不住的怒意看着三人向花园走去。

好长一会儿，他们这么默默地走着。可兰担任向导的职责，一个人退在后面。她保持在刘阳和康蓉荷身后四步远的距离。见他俩还继续玩着谁都不说话的游戏，可兰觉得她该帮忙挑起个话头。

可兰清清嗓子，指指右边的一棵树："这是一棵杉树。皇上的祖父几十年前从西方得来的，有人说这是中原国里唯一的一棵。"

蓉荷袅袅婷婷地向树走去，伸出两指捏住一片小叶子。然后，她摘下树上的一颗特别的果子，托在掌中赏玩着："真是一种美丽的树。"她轻柔地说。

刘阳看出来了，蓉荷确像她的资料中所说的一样。一个懂规矩的魂魄，不是一个活生生的人。见刘阳和可兰没搭话，她也沉默了。当可兰再次打破沉默时，她以一种平淡的方式加入对话。刘阳还耐得住平淡，可以接受花半个时辰东拉西扯一番，然后从此各走各的路。

随着可兰将谈话继续引向深入，刘阳介绍了一些植物和历史掌故。有一丛灌木是一位大使出访时从西面的一处泉眼边带回来的；一株植物表面有尖刺，只能生长在沙漠等等。

过了一会儿，他们来到一个人工湖边，上了湖中小桥，向着湖心水面上的亭子走去。在建筑技艺上，这亭子的地基藏于水中，当越过栏杆走到水边时，从远处观望，好像是行走在水面上一样。

来到亭子里，三个人在桌边坐下。宫女们已经备好了水果供他们享用，这会儿正用布盖着。等可兰和刘阳都取用了水果，蓉荷只取了一次。这里没有植物可供谈论，有关景色的话题也穷尽了，三个人又一次坐在沉默中。

终于，刘阳受不了这种沉闷，但他却话不择词，冲口而出："这戏也该演够了。"

可兰一手抚上额头，重重地叹了口气。

"你在告诉我，这都不是真的吗？"蓉荷问，"皇上。"她最后才想起来用敬语。

"是的。"刘阳答道，"这原本不是朕的主意。"

出乎刘阳和可兰的意料，蓉荷吐出一口气，一下子塌坐下来。"谢天谢地。"当她看见他俩脸上的表情时，咧嘴一笑，"我也是在装扮，是我父亲逼的。要是有得选，我宁可留在家里，泡在我的锻造房里。"

"在册子上没看见这些啊。"可兰道。

"当然不会，我父母是不可能让这些上册子的。"蓉荷说。

接下来的时光过得很轻松愉快了，三个人像朋友一样聊天。

时间过得很快，蓉荷该回家了。刘阳和可兰送她出御花园，快走到蓉荷的轿子边时，蓉荷翻了翻眼珠子，又变回一种高兴又无知的样子。

刘阳向康相表示很享受这一下午的时光之后，父女二人便离开了皇宫。他们走后，可兰拧了一下刘阳说："这次算你走运，下一次可得管住你的嘴。"

"是啊。"刘阳说，"从好的方面来讲，我们相识了一个平常人。这让我对接下来见其他人有了些希望。"

"别抱太大的希望哦。"可兰说，"大部分姑娘被洗过脑，肯定会表现得像册子上描绘的一样。"

一回到御书房，他们就去看柴华和侍郎们。刚到侧殿的门口，柴华便打开了门，见到刘阳和可兰来，松了口气："终于回来了，你得训练你的鸟儿听我的指令。我一直叫它飞下来好让我取下字条，可它就这么一直盯着我看，好像是在决定我值不值它花力气似的。"

"它可能真是这么想的。"可兰笑着说，"是我训练猎鹰的。"可兰把她的手指放进嘴里，一声长哨，大鸟拍拍翅膀飞落到桌面上。它伸出脚让可兰取下字条，又飞回梁上。

可兰展开字条，其他人围了上来，都急着想知道是什么消息。可兰推开旁人，退到角落里自己先看了一遍。小龙在这张小小的字条上塞下了相当长的一段话，列举了导致任山被捕的缘由，包括不听命令、擅自出征、置部队于险境等等。

可兰把字条上的信息告诉了大家，一阵欢呼声立即响了起来，大家嚷着要庆祝。虽然可兰的这些表亲还没有见过这些大将军，但知道了他们的为人处世，都为这消息颇感高兴。

“我还担心呢。”刘阳说。

“是收拾他的时候了。”可兰同意，“现在终于可以放开手脚干实事了。”

“任山的麻烦没有我想象的可怕。”刘阳说。

“或许是因为小龙派人盯着他，没有机会。”柴华说。

“也可能是他们故意设个局让他钻的。”可兰说，“这很符合朱成爱出歪点子的性子。”

20^章

除掉了任山后，整个大军团结一心。可是刚解决一个问题，又出来了一个新问题。小龙他们对匈奴了解大军行动的担忧被证实了。

将任山投入牢里的第二天，他们派出了十二个组，每组各五十人的巡逻队，由向导带着去占领附近的山峰。七个组顺利地进入了预定的地点，其他五个组遭到匈奴的伏击。

两个组仅回来了一半将士，匈奴俘虏了另外三组的全体将士。

"匈奴人会怎样处置我们的人？"班超问。

"估计带回草原当奴隶。"小龙皱着眉答道，"不幸的是，我们要等到战争结束之后，才能要求归还或交换俘虏。谢天谢地，向导没被抓住。"

"但我们还是不清楚匈奴是怎么掌握我们大军动向的。"朱成一边咬着嘴唇一边说。

"这情形不能再继续下去。"班超说，"对士气很不利。"

"老胡说他的先锋查到一些证据，证明匈奴人在山上有哨所。"小龙说，"我们先前的推理是正确的，匈奴占据高处侦察了我们的动向。否则，只有我们中出了内奸。"

"我们的行动命令并没有在军中大肆扩散。"朱成说，"想不出有任何内奸能够探到我们的计划，而且匈奴会有足够的时间赶在我们之前，等待伏击我们。"

"有些被袭击的小组中甚至开始有传言说匈奴对我们施了魔法。"班超说。

"我们不能这样坐以待毙。"小龙说，她走到老胡的地图前，挪动着小旗子，放到今早占领的七座山头上，然后挑剔地审视着这一地区，"这些山头已被我方控制，匈奴人想再发动攻击就没那么容易了。"

朱成说："再各加派一百人上山头，这不会影响我们大营的兵力，但是能让这些山头更稳固地掌握在我们手里。至于其他的几座山头，我想你们俩再带些士兵一起去，以便保护他们。"

"我们两人？"班超问，"你呢？"

"我去办点儿杂事。"朱成说，"有几个朋友在关内，可以让他们去摸摸匈奴的情况。"

"什么样的朋友？"班超问。

"马贩子。"朱成说。

"走私的？"班超问。

"是运货的。他们瞒着朝廷贩运人和物品到关内外。"朱成并不介意地说。

"怎么做？为什么？"班超问道。

"这一带城墙下有很多暗道。"朱成解释道，"不过得知道上哪儿找走私的人。不然的话，他们便会消失在最荒凉和破败的地方。他们一次只运一小队人，你别发傻，天下的人有各种原因需要暗自在关内关外穿行。有时候是逃犯，有时候是弃家的孩子，还有商人为逃避债主，等等。这种行当里，没有人问太多问题，除非你想成为一个麻烦。"

"你要他们做什么？"班超问。

"为什么你总是对我的行动这么怀疑！"朱成不耐烦地说，"他们曾经好几次穿越这里的盆地和沟壑，对这一带地形很熟悉。当然，他们最擅长的是避人耳目。如果我们的向导没法刺探到匈奴人的秘密，我的朋友也许可能做到。"

"是个好主意。"小龙说，"你需要多长时间才能联系上他们？"

"我得出去一天。"朱成说，"你们应该能守住这里的哨位吧。"

"哦，我还真不确定。"小龙说，"没你的吸引力把将士们凝聚在一起，我怀疑将领们都不听我和班超的。"

"拿我开涮啊，你开玩笑学得倒挺快的。"朱成说着拿起剑，利索地别在腰上，又把令牌收进了袋中，侧身从怀中取出一个装满了钱币的小钱袋，"我现在就出发，这样日落前能过关了。"

"你要带上护卫吗？"班超说。

"开什么玩笑？让护卫跟在我屁股后头，毁我的名声啊？我独自生存了这么长的时间了。"朱成说，"现在也不需要这麻烦。"

"合理。"小龙赞同地说，"去吧，我和班超利用这段时间增派兵力去加强几个已占领的山头的守卫。"

"我不会为错过了爬山而不高兴的。"朱成道。她已经准备出门了，又再次闪回到地图前，手指沿着一片水域的边缘比画着。

"你是在盘算让你的狐朋狗友顺便给你带点惊喜来吗？"班超问。

"当然。"朱成答道，"我从来不放过任何一个机会利用我的特殊技能。长久不练习可不行。哪里还会有这样的好机会，一下能干掉整支军队的呢？等老胡的人传来确切消息，这应该是匈奴人最珍贵的水源。如果机会合适，给匈奴下药。"

"会不安全吗？"班超问。

"我的药只有几天的药效。"朱成不耐烦地说，"不管了，我走了。"她挥挥手，大步走出了帐篷。她也没费工夫去牵马，因为到了长城下马就用不上了。她走了之后，没有直接往南向山海关去，而是继续向西走。暗道是不会修在明显、方便的地方的，这也能保证它的隐秘性，使之留存至今。

沿着平原一路走去的路上，朱成有足够的时间思考现下的形势。这游牧民族打一枪换一个地方的策略确实挺让她吃惊的。惯常的做法是，匈奴人总是用他们骁勇善战的将士强攻。她曾预料匈奴会直接派出全部的兵力冲击我方大营。但这位匈奴将领倒是有些狡诈，需要比他技高一筹。当朱成接近长城脚下时，她琢磨了一个比去侦察和下毒更大胆的计划。

既然有地图相助，为什么不用地图做更有利的事呢？可以派出人马斩断或者袭击匈奴的补给，起到动摇匈奴的军心，迫使他们增派更多的人力保护军需的作用。如果军需危机足以让他们头痛，就可以扰乱他们对战争的谋划，增加我方胜利的机会。

朱成花了几个时辰一路疾行，终于到了一处略显残败的长城下。勉强看见远处的哨兵，他们的目光正牢牢盯着远方，注视着匈奴军队的动向，没在意一个独自向长城行来的姑娘。她当然不会走正当入口，而是掉头向西走了一里多，来到了城墙脚下。

朱成尽量不引起怀疑，确定周围没有人注意她，才猫下腰把一块中等大小的石块移到一边，露出了城墙底下的一个洞，她跳进去后落到城墙底下的一间暗室里。她双腿伸进去，身子一挺滑了下去。落地之后，手腕一翻，甩出一把拴着绳子的匕首。匕首扎进了石头中，她拉动另一头，这样便把石头拉回了原来的位置。她点亮一支火把继续沿着地道前行。

在指挥营帐中，班超和小龙对视了一下。"我们也开始吧。"小龙说。

"把增派的兵力送到各自的山头需要不少时间。"

"我们还需要做些什么？"小龙像是在自言自语，"不如让自己忙一些，在朱成带她的朋友回来，以及巩固好这些山头之前，我们不会有大的行动。"

没多久，一个几百人的队伍集结好了，他们出发向东而行。彭貂和范大司马留在大本营暂代指挥官之职。三个年轻大将军身先士卒、勇猛作战的事迹在全军早已传开，这让将上们产生了敬意，同时也能够坦然地接受他们一些略为幼稚的举止。

小龙在阵前打头，班超殿后。老胡走在小龙身旁，大家毫不迟疑地向既定的山头进发。

"你认为匈奴最有可能在哪儿伏击我们？"见一路上没有出现状况，小龙不放心地问老胡。

"这里向前半里地，有一个交叉路口。"老胡答道，"假如匈奴对周围一带地形熟悉的话，会在那里设下埋伏。要不然，也可能从任何地方冲出来。听说上一次匈奴是从陡峭的山坡上冲下来的。"

"那不是个稳妥的战略。"小龙道，"即使这样，如果不是我们的士兵平时训练有术的话，遭遇这样的突然袭击，也会措手不及，以至于吓得拔腿就逃都有可能。"

"你的意思是，要不是你们几个大将军迅速果决出击，后事就难以预料了。"老胡说，"别谦虚否认，我已经听说了战况。"

小龙叹了口气："是的，好吧。希望今天的行动一切顺利。"

一杯茶的工夫之后，他们接近了老胡刚才说的那个交叉路口。小龙示意部队继续前进。她自己冲上了右面的山坡，举目向东望去。很不幸，她的这一谨慎举动没有起到作用，因为在路口转角处，埋伏的匈奴兵此刻已经冲杀了出来。小龙跃下山坡，在空中一路猛踏，要赶回队伍的前方，迎战冲上来的匈奴兵。

当她赶回老胡身边时，班超已经大声号令将士们摆好阵形。很快，小龙所授的九人阵法沿着山坡中线自北向南散了开去。他们兵器在握，目光紧盯着潮水般涌近、几乎疯狂的匈奴兵。

小龙审视着眼前势态，断定这次敌军人数是上次伏击时的两倍之多。她有些忧虑，可是不容她细想，她能做的就是拼全力斩杀尽可能多的敌人。她不能在这里施展魔力，除此以外，她得使出浑身解数。

此刻，士兵都站定等着匈奴兵靠近，她却一人冲了出去。她的暗器用完之后还没来得及补充，她便一头扎进了敌人最稠密的地方。她跃过敌人头顶，先将两名冲在最前面的魁梧士兵踢向两边。一落地，小龙便向后仰倒，双掌一触地面，身子一转，又绊倒了两个匈奴兵，叫两人跌成一团，头直扎进土里。

然后，她又弹起身子，抓住下一名接近她的士兵，把他抛上了半空，跟着又补了一脚，将他踢到两个冲上来的匈奴兵身上。她落回地面，双掌击中两名匈奴兵的胸口。内力从她双掌中涌出，将两人推飞了出去。小龙继续像风车般在敌军中旋转着，将所有挡着她路的人都甩了开去。没有被她推倒或者扔出去的也因困惑和震惊一时失了神，被赶上来的阵法冲散成两股并搅杀。

在实战中，小龙的阵法发挥了奇效，弓箭手们没了后顾之忧，全神贯注于弯弓射箭。使戟和盾牌的士兵也都动作划一地出击，刺杀得敌人不敢靠近，失去了冲锋的惯性。与此同时，每一队阵形都稳步向前，打倒一波又一波的匈奴兵。这些游牧部落的勇士们在阵法的锋芒之下开始溃败。

没有将士之间的组织和配合，好像每一个匈奴兵都同时面对九个对手，不用说，他们很快被打退了，而且失掉了士气。

班超在队伍后面指挥，这时他也决定出战杀几个匈奴兵。阵法已经浑然一体，不用班超临场指挥。匈奴兵也不可能分兵包抄我军，所以他的注意力可以转移了。

他一跃纵到了空中，向前俯冲，一路追打着匈奴兵，在他身后也留下了一片被打晕的匈奴兵。他终于赶上了小龙，正好赶得及将两名偷袭她的匈奴兵踢开去。他俩并肩御敌，一路所向披靡，扭转了不利的战局。

冲到阵法中间的匈奴兵不一会儿就明白了他们几乎不可能再前进了。一些没有立刻被杀，或者被打晕的匈奴兵失去了战斗力，只能束手待毙。

一个时辰之后战斗结束，小龙的队伍也已安全地到了山顶。当士兵们安下营来，小龙和班超带着一小队人从来路退了回去，清点己方的伤亡情况。这一次远远没有上一次的伤亡重，眼前一片士兵的身躯，他们强忍着悲痛。地上躺着的，大多是匈奴兵。

留下一队士兵负责清理战场，小龙和班超带着另一队向下一座山峰出发了。他们很快到了山顶。匈奴兵已经得了教训，小龙能想象匈奴将军大发雷霆，痛斥将领们无能的样子。

21^章

若论战况，和小龙估计得差不离。隔着几座山头，广德收到了这场战役的报告。敌军的年轻大将军们用新奇的阵法和出其不意的战术，改变了战斗的态势，赢得了胜利。

当战报说他的部下在战场上害怕而逃跑时，广德低下了头，长长地叹了口气。很显然，这些年轻人很有天赋。他多么希望这可以为他所用，而不是用来对付他。不过，首先的问题是，这些十几岁的少年们是怎么获此重任，统领皇家军队的？通常，广德善于跟年轻而没经验的将军交手，可这几个年轻人太不普通了。

总的来说，敌军到目前为止的表现，证明他们比想象的更优秀。打了败仗回来的部下显得很不安，他们压低着嗓子，用谈论神和魔怪的语气议论着敌军年轻的大将军。一开始，其他勇士们大不以为然，笑着嘲讽他们败在几个半大孩子手下。不过等他们自己也战败后，广德意识到自己部队的士气受到了极大的影响。

再叹了一口气，广德向主营大帐走去，卫兵们不敢问发生了什么事，他铁青的脸色一望而知，侍卫默默地走在身后。他以训练有素的步伐走在高低不平的地面上，胸中却塞着满满的惧意。某种东西告诉他，这是一场赢不了的战争。他从一开始就知道想要战胜庞大的皇家禁军，凭他一些微末伎俩还差得很远。

广德的主要战术靠的是运气，以及敌军的失误。可是，日子一天天过去了，看来老天并没眷顾他。在每一个转折口，敌人都能挫败他的计划。哪怕是他最后的希望——统领皇家禁军的年轻大将军不堪重任，却也被证明跟事实差得太远。

从广德获得的情报来看，敌军将士们很尊重三名年轻的大将军，没有一丝犹豫，全都遵从他们的号令。这也正常，前两天不可思议的事情，已经证明了他们武功极强，可以以一当十。可是他想，只是自己出生入死，身先士卒并不是一个好将领的全部。广德认为这几个年轻人一定有着非凡的个人魅力，这可不是广德想办法就能够解决的问题。不管怎么说，这仗一直打下去，伤己比伤敌人会更惨重。

广德想破了脑袋，急需想出个法子来对付眼前的严重挑战。最重要的是，皇家禁军已经控制了这一地区大部分山头。很快，他们现在的据点也将岌岌可危。侧翼尤其容易被攻击，他提醒自己要加强防御。

以这个速度，敌军要不了几天就可以对自己完成包围，他们斩断了自己的补给线，广德别无选择只能投降。不管以什么代价，他不能让这事发生。现在唯一的问题是，他要如何筹谋应对。在做出任何决定之前，广德打算去和他的副将以及军师们商讨一下，不过到了最终，只有一个解决办法，那就是请求援兵，把敌人引到草原上去。在这沟壑地形中，他们所习惯的骑兵战法根本无法施展开来。

把战火引到家乡对士气并无益处，还会给自己的百姓带来危险。但至少广德可以再次回到他熟悉的地形中作战。他知道如何在广袤的草原上指挥打仗，组织骑兵，发挥出他们的长处。最重要的是，在草原上他能打败两倍于他的军队，他的战绩证明了这一点。即使敌军大将军善于谋略，他们在抵御方面的优势也会被抵消掉许多。

22^章

见到远处有烟升起，朱成不禁露出微笑。她开始跑了起来，越过了斑驳的草地，绕过一个小弯。远处，她见一堆篝火旁人影闪动。她注意到闪动的人影比她期待的要多，随即听见传来的刀剑相撞声。

朱成向着人群狂奔而去。跑近后，朱成看见她的朋友们正和六个蒙面人奋战。她抓住撞上来的第一个蒙面人的手腕，发力一拧。然后一使绊，蒙面人在空中飞了出去。朱成觉得还不够，随即又用手肘向下一压，击中穴位，令他无法动弹。她旋即转身，肩膀撞上另一个蒙面人。撞得他趴倒在地，她踏上一只脚防止他起身。蒙面人发现没法甩脱她，猛地晃动一阵，才伸手去拔佩剑。他提剑艰难地向她的腿刺出，却没得手。再试的时候，朱成用两根指头夹住了他的剑，把剑从他手中抽走，刚好用它挡住向她扑来的第三个蒙面人的一剑。朱成将手中的剑一弹，把他的剑震得脱了手。剑当啷落地，朱成向前一探，手指在他的胸口正中一点，蒙面人双眼朝后一翻，双腿便软倒在地。

此时，朱成的朋友们已经收拾了另外几个打劫的蒙面人。唯一清醒的只有还在朱成脚下挣扎的蒙面人。她扔上半空的一把剑这时也落了下来，在离他脸不到一寸的地方扎进了土里，蒙面人吓得立刻停止了挣扎。

朱成的朋友们向她走来，大声地跟她打着招呼。大家你来我往地开着玩笑，朱成指指脚下的蒙面人："他们是从哪儿冒出来的？"

"已经跟了我们一段时间了。"王阔说。走私帮尊他为首领，他也表现得像个头领。

"知道是为什么吗？"朱成问，检视着还趴着的蒙面人。

"也许我们应该问问他。"毕宇说。朱成退开一步，毕宇拎起蒙面人，用小刀抵住他的喉头："愿意说给我们听听吗？"

毕宇的声音中带有森森的寒意，显然他也听出来了，重重地咽了一下口水，花了好一阵工夫才鼓起勇气开口，刀还架在喉头。蒙面人开口说道："你们看似是些好下手的目标。"

"我们可都带着兵器，"王阔说，"这像是好目标？"

"商旅通常都带兵器。"他犹豫地说。

"他以为我们是商旅。"戴玉爆出一阵大笑说。他走过去以一记短拳击在那人下巴上，把他打晕了，自己还在不停地笑着。随即他把他扔在路边，拿上行李继续上路。

"你传的讯息里没有说清楚是什么样的任务，所以我们带了很多家伙来。"李陵说，拈了拈她的包。

"嗯，应该都会用得到。"朱成说，"现在告诉你，这里头没有多少油水。"

戴玉拍拍朱成的肩膀："算了，你为我们做了这么多事情，难道我们还要赚你的钱？"

朱成笑了："说不定你真在乎，想要你们帮我刺探匈奴大军的消息。"

七名走私贩子停下了脚步，盯着她看。"为什么需要我们做这事？"李陵问。

"我现在是一名将军。"朱成说。

他们的嘴张得更大了。"你指的是皇家军队？"谈闻质疑道。

"还有什么军队？"朱成答道。

"这事从何说起？"邵春追问。

"我一路走一路跟你们说吧。"朱成说，"很有趣的故事。"

朱成回到大营已经是第二天大清早，她穿过一排排的营帐，向行礼的士兵们点头。她瘫倒在自己的床上，立刻睡了过去。

"要叫醒她吗？"两个时辰之后，班超问小龙。

"太晚了。"朱成闻声坐起来瞪班超一眼，"你最好有个足够的理由。"

"已经中午了。"班超道，"要是匈奴现在进攻，你还睡吗？"

"我即刻翻身下床，抓起剑，一定比你杀的匈奴兵更多。"朱成反唇相讥。

小龙弯腰进了帐篷："任务完成得怎样？"

"我的朋友开始行动了。"朱成说，"要是找到有意思的线索会报来给我。我把地图给了他们，让他们一路走一路做标记，你们的事情办得怎样？"

"送三组人上了各自的山头。"班超说，"前往第一个山头时碰到匈奴兵的偷袭。匈奴受了教训，接下来一切顺利。正准备送第四组人上去，你来吗？"

朱成站起身，随手佩好了剑："当然去了，匈奴人也许已经忘了教训？"

事实上，匈奴没有再出现。到了晚上，他们已经在附近的每座山头布下了相当的兵力，好像匈奴完全不知道他们的行动。可是，匈奴人如此安静却又使他们担心了。

送完第三组人回来的时候，小龙他们三个聚在指挥营帐中，把彭貂和范大司马也请来共同商议。人到齐后，班超走到地图前，简单地总结了情况。从现在所掌握的情报来看，大部分匈奴兵分散在三个高地上，还有少量的兵力散布在周围。我方大营设在此处的南面，所控制的山头形成一个半圆，包围着匈奴的大营。以这个方法包围的主要目的是把匈奴大军困在当地。

经过详细的讨论之后，小龙脱口吟出《孙子兵法》中的一句："不战而屈人之兵，善之善者也。"

"攻击匈奴的补给线。"朱成说，"我的朋友估计很快会带来匈奴补给线的位置。"

"这是个好的开始。"范大司马说，"不过我们终需一战。"

"在这种地形中很难展开大规模的战役。"小龙说，"我们的人数比他们多，士气也高。只要拖住他们在这盆地沟壑中，便能慢慢把匈奴耗死。"

"总结一下，就是说我们是在玩一个等待游戏，直到派出去的探子能给我们带来更多的信息？"班超说。

"没有确切的消息贸然行动是很愚蠢的，正如任山的教训一样。"范大司马说着站起来向外走，"你们全都让我极为佩服，虽然我是顾问，与你们一同出征，可是我从你们身上学到的似乎更多。"不等其他人再说什么，他一阵风似的出了屋子。

"好吧，我没有范大司马说的好。"彭貂说，"不过你们是知道的，我敬佩你们。"

班超刚想说什么，朱成便发出怪声制止了他："真的还要再讨论一番吗？就此打住，其实我们每个人都非常棒，不提这事了，好吗？"

"很有道理。"彭貂微笑着说，站起身也走了出去。

"你的探子除了刺探之外还会做些什么？"小龙问朱成。

"我不记得是否给了我朋友一些会给匈奴军队带来大麻烦的东西。"朱成撇撇嘴答道。

"他们准备怎样下手？"班超问。

"他们不会，匈奴人自己会。"朱成说。

"什么？"班超追问。

"你可是在诱她的口供哦。"小龙说。

"我真不明白发生了什么事。"班超辩解道。

"很显然，把东西偷偷下到食物中嘛。"小龙说。

"谁允许你泄露我的秘密？"朱成佯怒道。

小龙翻了个白眼，问："你的药会有什么效用？"

"不会很严重的。"朱成答道，"只是搞乱一下匈奴的消化系统而已，这在一支大军中产生的破坏力是惊人的。"朱成有点得意地说。

"能想象。"小龙笑着说，"大家争着上茅房还真是没法考虑如何打仗这种大事。"

班超同情地皱起了眉："对于匈奴人将要经历的事，我完全不羡慕。"他也笑了起来。

"你最好不要。"朱成同意，"我收藏的药能叫最坚强的队伍都跪下。"

"药多久才起作用？"小龙一边看着地图一边问。

"王阔他们几个会在回来之前把药放进匈奴的军粮中。"朱成答，"我给了他们整整一包，这东西哪怕用极小量也很有效。他们会仔细地把药均匀地撒到各处。不过不知道多久才能起作用，这取决于匈奴人什么时候打开那些粮袋。"

"你朋友们回来之后，我们就开始进攻怎么样？"小龙问，"我们可以先收拾一小股敌人，根据他们提供的具体位置，再派人去切断补给线。匈奴人可能想不到我们会这么快出击。"

"这决定性的一击能迫使他们的将领重新考虑整个远征的计划。"班超附和着。

当天晚上，王阔他们几名走私贩子到了皇家军队的大营，小龙他们再一次把彭貂和范大司马请来，听取了他们的建议。

"一切按照计划进行。"毕宇说，"我们找到了匈奴的补给队伍，扮作商贩，给匈奴添了点儿惊喜。这是匈奴的补给线路图。"他递给小龙标注好的地图。

他们互相传看着地图，范大司马满意地点点头："我们一定能用上这图，哪怕是切断匈奴的补给线一阵子，也足以叫匈奴乱了阵脚。一支不知道自己下一顿饭在哪里的军队是没有战斗力的。"

"我想准备明天发起攻击，"班超看着大家，"你们有没有查出匈奴是如何知道我们行动的？"

"事实证明，就像你们怀疑的一样，匈奴也有一只用来传递信息的鹰。"毕宇说，"有个当兵的告诉我，是匈奴的将军自己亲手训练的。"

23^章

可兰跌坐回椅子中，双手按住了太阳穴："头痛病快发作了，晚宴要多长时间啊？"

"岳大人和柯相太啰嗦了。"刘阳答道，"没一个半时辰完不了。"

"根本不应该去。"可兰抱怨道，"让他们知道他们有多讨厌。"

"你可以讨厌。"刘阳说，"我不能。"

"一定有律法规定了皇帝可讨厌任何人。如果还没有这条律法，我们赶紧立一个。"

"我能以此名留青史？"

"为什么不能呀？此时此刻，我还真想不起有什么更好的主意。"

刘阳没有接可兰的话茬，倒是将陶大人送来的参加晚宴的两位姑娘的材料推了过去。"好了啦。你父亲在情势所逼之下，也不得不混一下这些社交圈。你认识这两位姑娘吗？"

可兰拿过两份资料，打开第一本，里面推荐的是一个名叫季莲的姑娘。她的父亲大约和范大司马同时从军中退休，凭着军功获得了一处不小的房产。他能名列权贵主要归功于他母亲的家族，多年来出了几位公卿和高官。他是家族几个世纪来，代代为官的最后一脉。他只有一名女儿继承家族血脉，所以拼命地推荐自己的女儿以壮家族声望。

可兰在记忆深处搜找着关于季莲的碎片。可兰父亲不结党，一些纯粹的文官自以为比军人更高贵。因此可兰的父亲不到万不得已，是不参加社交聚会的。

但可兰却认识"官二代"，她谈得来的，或者说称得上喜欢的很少。这种感觉也是互相的，她从不掩藏自己的想法。在成为尚书之前，她的行事也常被人非议，她似乎在每件事上都不循规蹈矩。一些接近皇家的年轻贵公子和小姐们在刘阳和皇室成员面前，都会极尽讨好之能事，把他们夸到天上去。可兰讨厌这些，但刘阳的父皇对可兰倒是赞赏有加。

从某些方面来说，她这种无礼的做派，倘若没有先帝撑腰，连她父亲也无法从皇亲国戚的怒气中为她开脱。刘阳懂得她是真心对待朋友，并不是冲着他的名号，便跟她走得很近，从此他们成了最好的朋友。虽说他是个皇子，但可兰骂他笨时从不犹豫，估计这世上也仅有可兰敢骂刘阳。

想起这一切，可兰完全忘记了刘阳的问题，直到他伸手过来，又拍了拍面前的册子："你在发白日梦啊？我知道这事无聊，不过我还是需要你的帮忙啊。"

"对不住啊。季莲一直是个安静的姑娘，但只是表面。她顺从，想取悦别人，其实她也很想反叛，却不知道如何去做。"

"她不是疯子？"刘阳评论道。

"不是，至少不算太疯。据说，在家里她可是有点疯疯癫癫的，可能像她父亲吧。他得学学什么时候闭嘴。"

"另一个姑娘怎么样？"

可兰把第一本册子放到一边，打开下一本。一看见名字，她的五官就堆砌出一个犯恶心的表情。

"这不是一个好信号。"刘阳犹豫地说道。

"颂熙是岳大人的女儿，她父亲品级不高，不过有权有势的朋友不少。他们经常参加一些达官显贵宴会。他们根本不属于同一阶层，这就提供了一个机会，颂熙的势利劲儿就更像是拼命攀附的感觉。她几乎跟你的堂兄堂姐一样令人讨厌。"

"这些日子，我的堂兄堂姐可没有什么好势利的。"刘阳说，"小龙他们几个查清我叔父是什么样的人之后，没人想跟他们有任何瓜葛。再说，没收了他们所有的钱财，剩下的只有宅子，还有没找到的私藏的银钱。"

"还有吗？"可兰不信地问。

"肯定有。我特意嘱咐审理案子的官员给他们留下了点儿。我想让堂兄们能有些东西赖以为生，这不是他们的错。"

"你别跟我说他们是无辜的，对自己父亲的计划一无所知。"

"公平一点嘛。是他把他们推到如此境地的，就算他们做了错误的决定，我也不应该太怪罪于他们。"

"把怪罪他们的责任推在我身上吧。设身处地想一想，我是不会做出跟他们一样的事情来的。"

"如果我父亲想要谋反，我肯定会制止他的。"

刘阳叹了口气："不管怎么说，你我都没有什么确凿的证据，证明他们参与了犯上作乱。就算有可能我叔父并不是父皇的同父异母兄弟，但他们一辈子以为自己是我的堂兄，我很难把他们赶尽杀绝。也许我善待他们的话，他们能成为正直的人。"

很长一段时间，可兰什么话都没有说。她只是坐着，仔细地打量着他："这听上去有些可怕。"

"什么？"

"有时候，连你都变得如此有智慧。"还没等刘阳对此做出回应，可兰推过来一叠书，"白惹早朝之后带回来的，这些是还在世的史官写的。她不知道如何处理，这里提到很多关于叛乱的事。"

他俩一起翻着第一本书，发现文字写得非常好。这本史书描述了四护卫最初同门学艺的岁月，一直到推翻王莽和顺应天下民意夺取政权的复杂过程。这史书的作者无法解释反叛之心从何而起，但他还是忠诚地记录了官方的故事版本，却没有让任何一丝个人的观点流露在他的作品中。

"我觉得应该整本毁掉。"可兰说，"我也不想。可是毁掉几段，只会引来更多的怀疑。"

"有人为此辛辛苦苦地写了好多年。"刘阳说，"也许是某个人的毕生心血啊。再说，这本书的语气的确不一样。其他人笔下极尽诽谤之能事，我不介意把其他的都销毁，可是这本书太不一样。"

可兰努力地思考着，想找出一个可行的处理方案："若是我们把这些书放在你隔壁屋里呢？现在这些书可能是危险之物，不过到后世，它们就是一页历史了。我们可以让未来的史学家有一天发现这些记录。"

"也许我们应该早一点想到这法子。"刘阳道。

"但最危险的记录反正还是必须销毁的，我明白你的意思。"

晚餐的时候，刘阳和可兰坐在一碟碟一盘盘由御厨花了几天的时间精心烹制的餐点中间。宫人们有条有理地分布在屋中各处，保持着警醒。

他们到得比预期的早，惹得宫人好一阵紧张，手忙脚乱地准备着桌子，脸上带着惧怕的表情跑来跑去。因为刘阳从来没有请过私宴，这也是很多宫人第一次面对面地见到皇上。他们知道他是个性格温和的主子，可即便如此还是没法消除他们的敬畏感。

为了帮助宫人安稳情绪，刘阳和可兰假装没有注意到他们的慌乱。他俩默默地坐在桌旁，看着宫人们多次调整着桌子上的碗筷，挑剔着御膳房送来的餐点。

时辰一到，门口的令官就宣布客人到了，请求晋见皇帝陛下。刘阳命人请客人进来。

进门之后，他们先恭敬地行礼请安，说些"祝千秋万代"之类的俗词。刘阳不动声色地接受了这一套，让大家坐下。

两位姑娘一左一右坐在刘阳身旁，可兰则被困在岳大人和柯相中间。柯相听上去至少还不算是个完全的蠢货。可岳大人在皇帝面前表现得卑躬屈膝，对旁人却是颐指气使的。他谁也不睬，哪怕是他理应假装尊敬的。他的声音里充满了谄媚，可兰在想他怎么会以为别人觉察不到。

"这些点心可真是精致。"颂熙用她娇滴滴的声音说。

季莲急于取悦，也匆匆地加了一句："真是。御厨的手艺可是天下闻名的。"

"大家开始吧。"刘阳宣布。

众人拿起筷子，开始夹菜。因为可兰没打算多说话，她往自己的盘中夹了巨量的菜肴，这完全不合宫规仪制。比如另外两位姑娘，只是小口小口地吃着，防止出现满嘴流油的窘态，让自己看起来更像个淑女。

一开始，大家都忙着品尝佳肴，可兰无助地暗自祈祷这样的状态能一直持续下去。不久，毫无悬念地，岳大人张开了他的一张肥嘴。

"尚书大人，菜肴可还满意？"他询问道。

"很好。"可兰答道，"多谢你的关心。"

"大人，您觉得我女儿如何？"他问。

可兰看出了他的企图，说："是个不错的姑娘。"

"您也一样。"岳大人评论道。

"岳大人，坐在这里的我，是当朝尚书。不多一点也不少一点，你最好把这事记清楚了。"可兰严厉地说。

岳大人被可兰的怒气给吓了一跳，可兰并不想斗嘴，但岳大人会到处散布可兰的谣言。所以，最好现在堵住他的嘴，事后再担心谣言的事。

神奇的是，岳大人竟然就此闭嘴了，整个晚宴再也没和可兰搭一句话。柯相担心她会迁怒于自己，所以也避免和她说话。

这正中可兰的下怀，当刘阳跟其他人有一搭没一搭地交谈时，可兰冷静地坐着观察。其实，这本来是他们的计划。为了展现一个明君的形象，刘阳得保持礼貌和亲切。但可兰没有也无需这种好名声，和蔼可亲与她无关。自从她救了皇上的命，再加上两人之间的绝对信任，没有人能够动摇她的地位。她明确地宣告了，不管她的年龄和性别如何，她都有足够的能力担此重任。

有些官员因此尊重她，而有些却因此恨她入骨，不过，至少大家明白了她拥有绝对的权力。这对可兰来说已足够了。

24^章

两天后，小龙他们在指挥营帐中查看挂在墙上的地图。老胡也在帮着策划。一队肩负阻截匈奴补给线重任的人马已经出发了。因为人数少，行动起来方便又快，所以他们计划绕个大圈子以便避开匈奴的哨兵，然后打匈奴一个措手不及。

此外，一队负责攻打匈奴辅助营的战士已整装待发。他们正在拟定一条迂回渐进的路线，尽可能地不让埋伏在山头的匈奴侦察兵及时探得动向。好在小龙他们已经占领了许多周边山头的制高点。老胡一进营帐便仔细地查看地图。他拿起地图旁的毛笔，在红色的墨汁中点了两下。从代表他们主营的一点开始，画了一个箭头穿过山脉直抵匈奴的辅助营。

"你看得真快嘛。"朱成说道。

老胡笑笑说："别担心，这样很合理。"他随即张开五指放在地图上，覆盖着十二座标了小旗子的山头，"匈奴肯定不会在这里出现，这一片地区在我们控制的山头视域以内，却在有匈奴埋伏的山头的视域以外，似乎是条安全的路线。"

小龙认真地考虑着老胡的提议后，点头表示同意，然后指着匈奴附近的一条小道说："我们大概会在这个位置被发现，但他们的哨兵到那时发现我们，再组织反击，恐怕会为时已晚。"

朱成说："我们应该分头行动，一人去追阻截补给线的小队，我们抽签怎么样？"

"应该你去。"班超说。

朱成眯眼看着班超："为什么？觉得我无法指挥一场大战役还是怎么的？"班超看着朱成愣住了，她大笑起来，挥挥手示意无需解释，"放松，我明白你的意思，这样的行动我在行。再说了，由我去跟走私贩子交接比较好，你没我了解他们。"

"我一直想问呢，你是怎么认识他们的？"班超问。

"算不上什么故事。"朱成说，"我撞上王阔的时候他正被一群禁卫军追杀。你能想象出的，我向来藐视律法。所以我直接杀进去，把禁卫军赶跑了。"

凭朱成脸上的表情，小龙知道事情远没有这么简单，所以当班超继续追问时，小龙拧了他一把。尽管她俩已差不多放下了复仇的念头，但许多往事仍然深深地埋在心底。恰如小龙变得不再容易受自己的情绪的控制一样，朱成不再有从前的大怒大喜的情绪变化。当然，重新忆起当年的经历仍是痛苦的。

小龙赶紧换了一个话题，问道："你觉得我们获胜的把握大吗？"

"当然，我们必定成功。"朱成说，"一旦切断匈奴的补给线，抓一部分人当人质，匈奴马上会吓得束手无策，不久匈奴便会投降的。"

"没这么容易。"小龙说，"匈奴还是有机会撤退的。"

朱成探身看着地图，同意小龙的观点："要是带队的匈奴将军是个优秀的将军，一定会撤退。我们必须追击，我们是铁了心要彻底地解决匈奴。"

"在草原上打仗会大不相同，对不对？"班超问，"我们有足够的骑兵吗？"

"没有。"小龙说，"现在应该调集过来。"

"再叙吧，我得走了。"朱成说，"我带上几个人一起去，仍旧照着先遣队的路线。正午出击，你们也在同一时间动手。"

"好计划。"班超说。

"你带彭貂一起去。"小龙跳起身，"我们一起去告诉他这个好消息。"

"你的意思是不给彭貂机会逃避可能不幸的命运吗？"班超打趣地问。朱成一拳打来，猫腰躲了过去。

"你最好离远点。"朱成对班超说，"没关系，我时刻防备着你。"

他们一路弯弯曲曲地走向彭貂的帐篷。虽然彭貂已升任参将，却仍然与校尉们住在一起。朱成走进营帐，校尉们手忙脚乱地从床上爬起来，或者从游戏中抽身出来行礼。朱成迅即道："放松，不是来抓赌的。"只见彭貂还在呼呼大睡。

小龙他们三个走到彭貂床边。

"居然还睡得着？"班超自语道，"声音大得都能引起地震了。"

"令人佩服。"朱成说，"我没有办法在这么吵的地方睡觉。"

"好吧，现在该醒了。"小龙说，摇摇班超的肩膀。他翻个身，又继续睡了。

朱成不耐烦地一把抓住班超的衣领提起他来。班超睁开眼睛："发生什么事情了？"

"快醒醒。"朱成说，"需要你去执行一个任务。"

虽然依旧迷迷糊糊，彭貂竟然抓到了需要的全部东西。朱成和班超带了十二个士兵及一个向导便疾行穿山而去。在月光下连夜行军，月光照射在山岩上，一切都笼罩在银光中。

第二天一大早，朱成他们追上了先头小队后，一起重温了作战计划。匈奴的军粮、马草等军需品将由几十个匈奴兵押送着经过这里。而朱成他们是精心挑选的几百名将士，故只需正面出击就能解决，但重要的是选对时机。

朱成和彭貂把队伍分成两组，各带一半人，埋伏在狭窄小道的两旁，士兵们伏在草丛中和隐蔽在大树及大石头后面。从远处无法看出已有埋伏。

不久，一阵轻风带来了远处轻轻的马蹄声，匈奴的补给车队慢慢地进入他们的视线。随着补给车队越来越近，士兵们下意识地伏得更低了，朱成发现眼前补给车队的规模比预计的大很多。经过观察，朱成很快判断出有一大队骑兵护着补给车队。

根据王阔的线报，补给车大约由一百名匈奴兵押送，但并没有提到任何关于骑兵的事。估计很可能是匈奴援兵的先头部队，恰好遇上补给车队了。

鉴于突变的情况，朱成飞快地想着对策。原先计划的正面出击似乎不再是个好主意了。虽然小道狭窄限制了马的行动，可是骑兵还是占有高度和速度的优势。

朱成即刻让包中尉通知彭貂先按兵不动："有轻骑兵随补给车一起来了，另作计划。"

"好。"朱成又说，"告诉彭貂准备一些带火的箭羽。"

她潜到尔上校身边给他一个哨子："等我信号，使劲地吹。"

"行。我一定尽力吹，大将军。"尔上校赶紧说。

朱成迅即滑下缓坡，奔向负责看管油桶的士兵，随军携带的油桶用于焚烧拦截下来的军需。她看着士兵问道："谁愿意和我一起去匈奴的军粮车上浇油？"

"我去。"郭宜自告奋勇。

"我的轻功不错。"另一名军官宣称，"我也去。"

朱成随即带头匆匆地向山坡顶上跑去。待山坡下的士兵们把油桶提上来后，她将两只油桶挂在戟的两端，逐一递给了所有自告奋勇的士兵。

一切准备就绪，朱成和士兵们耐心地等着匈奴。终于，望风的士兵打出了信号。朱成站起身挑着两桶油，略略向坡上跑了几步然后一跃而下，匈奴兵压根儿没有反应过来，第一桶油已经泼在满载的军粮车上。朱成用左手抓住戟空着的一头，在空中一挥。另外一桶也飞了出去，全部浇在了另一辆车上。

"吹哨子。"朱成对着尔上校大叫。

尔上校忙不迭地取出哨子，拼命吹了起来。登时哨子的尖利声响彻云霄，哨子的高频率声音似乎使马儿发了疯。正准备攻击朱成的匈奴骑兵突然失了控制。马儿瞬间左冲右突企图摆脱骑手。

与此同时，带火的箭如雨般从空中飞向匈奴。

哨声停止后，匈奴骑兵才得以控制他们的坐骑。匈奴四下环顾，发现朱成在小道的另一头的前方，并向他们挥手。愤怒的骑兵一齐掉转马头向朱成追去。她以最快的速度跑了起来，仿佛领着马队飞快地向前奔跑，这场景真可谓惊心动魄。朱成事先牢牢地记住这一片的地形，她直冲进了乱石岭，弹跳在一块又一块的巨石上。

正当匈奴兵以为快追上朱成时，她又跃过一块石头，消失一小会儿，始终轻松地保持遥遥领先。不久，匈奴骑兵就迷了路。

远处半空中浓烟滚滚，朱成沿着山坡一路跑上跑下，跃过一块又一块大石。当她再次见到彭貂的时候，小队已经大获全胜，匈奴粮车还在冒烟，车上的货物大多化为灰烬。被俘虏的匈奴兵一群一群坐在地上，低垂着脑袋。朱成笑了，拍拍彭貂的肩："小龙和班超一定会为你高兴。"

"把队伍集合起来吧。我虽然引开了骑兵，但他们很快会顺着烟的方向回来的。"她指指半空中的浓烟。

彭貂抬头看从焚烧的军粮中升起的黑烟，点点头。一会儿，整队人已经集结起来，带着抢来的一些辎重和俘虏，向自己的主营迅速开拔。

同时，小龙下令向匈奴大军的另一处辅助营发动攻击。在军官的一致要求下，她和班超同意留在后军督战。今天这场战斗的规模决定了这会是一场血战，虽然匈奴将士应该不是小龙他们的对手，可是仗打起来后，发生意外也是常事。

但今天的战略简单明了，出差错的可能几乎没有。小龙他们将采用突袭的方法，安排弓箭手和弓弩手在各制高点上。先由弓箭手向匈奴营中发箭，主攻紧随其后，再次将小龙的极其有效力的九人阵法用上。班超和小龙跟随在大军的后面，处理信使传来的战报，及时调度指挥战斗。

信使跑去传达命令时，班超叹了口气："宁可自己亲身在前线。"

"那样当然痛快。"小龙说，"但已经讲定，必须让校尉们自己见机行事。"

"知道。"班超说。

即刻又来一个信使："报告！"

"快说吧。"小龙说。

"弓箭手和弓弩手已开始射击，箭像雷雨般向匈奴飞去。匈奴大军四分五散，一些小队的匈奴正准备出逃。"信使一口气说完。

"有意让少部分匈奴逃出去。"小龙说，"在防线上留一个口子给点逃出去的希望。下一轮箭后，迅即开始全面进攻。"

康石站在最高处，以便审视整个战场。此时，匈奴兵似乎终于集结了起来，准备共同抵御小龙率领的皇家禁军。虽然匈奴营地平整开阔，但营地中间排列的帐篷却把开阔的平地切割成了一条条窄窄的走廊。

这样更有利于施展小龙的阵法。每一组士兵恰似一个无法阻挡的整体，沿着每条通道向前推进，手握尖利的兵器，连续刺中冲上来的匈奴兵。弓箭手压后把箭继续射向远距离的匈奴。每一小队的身后都留下了遍地的匈奴尸体。

匈奴勇士素以毫不畏惧著称，可是现在的情形是，在皇家禁军的战术面前只有挨打的份。更何况是在突袭的情况下，匈奴变得溃不成军，甚至比新兵还要胆小脆弱。匈奴的将领也无计可施，不知道怎么应对。因此逃跑成了他们的主要办法。

信使传来的好消息一个接着一个，班超感到压力减轻了不少。最后一个信使说："已将匈奴兵逼到退无可退，迫使他们投降？"

小龙摇摇头："匈奴的主力一定知道了我们的袭击，援军已经在路上了。我们的目的不是全歼眼下的这支队伍，而是包围他们的主营。"小龙随手写下新的命令。

信使将小龙的新命令传去前线，康石下令停止了追击，匈奴兵趁机逃跑了。与此同时，小龙他们的另一支分队向周围扩展开去，很快占据了附近山上的制高点，成功地阻挡了匈奴兵向盆地撤退。假如匈奴不想被包围，只能向北撤退，即回到草原上。

　　当成功占领制高点的报告传来时，小龙将一枚小旗插在地图上。后退一步，她双手交叉在胸前，注视着墙上的地图。目前已控制了匈奴部队与长城之间的一片广阔的区域。

　　班超走近，手指抚摸着地图："一天之内有这样的成绩真不错，匈奴没有再推进的空间了。"

　　小龙点头同意："撤回营地吧。朱成今晚也应该会带回好消息。"

25^章

当广德收到从前线传来的战报时，他毫不掩饰地将脑袋丧气地垂到了桌上。派出的援军到达现场的时候，皇家禁军早已没了踪影。援军只能帮着收殓，火化阵亡的士兵。

总的来看，死伤情况并没有想象的严重。许多辅营中的将士竟丝毫无伤地逃了出来。可是部队的士气却受到了严重的打击，没料到皇家禁军会突然从天而降，广德和他的军师们以为皇家禁军只是围困他们而已。

可是现在，只要环顾帐中，广德看得出，大家的意志都严重地被动摇了。他无需看地图或者做任何调查就知道皇家禁军一定趁此机会占领了几个山头。到现在，匈奴大军已经被皇家禁军从南面、西面和东面三面包围。正北就是草原，是他原本打算撤退的地方。不过广德有一种预感，一旦离开山区，再想回来恐怕很难了。也许在草原上，至少能和皇家禁军打个平手。希望能说服上面让自己的队伍退到草原，而不是继续推进全面入侵中原国。此刻，广德再也不觉得自己是在打进攻战。

仅从皇家军的三个大将军主动带兵出关这一事实来看，广德知道这几位年轻的将军是来彻底解决来自匈奴的威胁的。

正当广德准备说话，一个士兵送上一封战报。他读过一遍，抬头看着他的军师副将们："最新的一批军粮补给被阻截并烧毁了。"

军师、副将们全都倒吸了一口气。

"怎么可能？"一个军师怀疑地问道，"我们中间一定是出了奸细，不然怎么能发现我们的补给车队？"

"可能他们雇了本地的向导。"另一名副将说，"我们去搜查时，发现当地人的屋子全都空了，根本没有人。很多人可能逃回了关内以避战火。"

"他们正是因为有了向导，才能突袭我们的辅助营。"嘉克米说。

"为什么没有被我们的哨兵发现呢？"沙克说。

"这颇叫人担忧。"阿里特承认。

军师和副将们来回地争论了一阵子，广德只是默默地注视着远方，压根儿没注意大家的讨论。他终于清清嗓子说："不管怎么说，他们已经为我们做了决定，只有一条路可走。"

"我们必须撤回草原。"沙克插了进来。

"骑兵部队已经在候命了。"广德说，"大约有五十名骑兵护着补给团来的。"

"既然这样，皇家守军又怎么能阻截我们的骑兵呢？"一名军师道。

"报告中说得不太详细。"广德说，"不过，大约有两百人突击我们的补给车队。"

"用了什么战术？"嘉克米又问道，"我们的骑兵是不可战胜的。"

"很显然在山里并非如此。"阿里特喃喃道。

"我倒是想看看他们在草原上如何与我们的骑兵抗衡。"尤日克说。

"下令撤退吧。"广德说，"让我一个人想想。"

"是，将军。"军师副将们齐声道，退了出去。

广德又拿起两份报告，叹了口气。他需要好好地想一想。虽然广德曾接受严格的军事训练，可他只有在草原上打仗的经验。他从没遇上过将士如此同仇敌忾，一致御敌，分工如此缜密的队伍。

对方应变的战术，或者叫阵法，给广德的军队以致命的打击。再说，他自己对部下还没有到绝对控制的程度。从广德强行推行的整体行动的练习来看，他不相信自己的军队能像敌军一样做到同仇敌忾。各个部落互相并不信任，虽然一起与北方部族对抗，可是多年的宿仇无法如此轻易地抹去。

倘若广德实事求是地面对现实，就会发现取得胜利的希望非常渺茫。军中的士气几乎崩塌。

广德收拾自己的情绪，挺起胸，阔步走出了帐篷。大家正忙着准备撤退，一组士兵正忙着擦拭武器，然后小心地收在个人物品中。旁边，一个士兵把包袱装上马背，轻轻地拍着马儿，似乎在说，我们回家了。

士兵们正麻利地收起帐篷，大部分帐篷由轻便材质制成，方便在长距离的行军途中携带。广德一走出他的帐篷，一名军官便指挥着一小队人前来把他的帐篷也拆了。他的营帐比他士兵的大不了多少，也没有多少奢华的装饰和家具。

广德并不在意这些东西，大部分匈奴部族喜欢强调官阶之间的平等。指挥官几乎都是自己动手拆卸打包帐篷，扛上肩就走。广德的卫兵们不允许他自己干。再说了，广德也明白自己最好还是站到一旁，好好想想怎样打赢这场疯狂的战争。

26^章

朱成直到第二天才带着队伍回到营地。一进营帐，瞧见小龙和班超正在查看地图，把代表匈奴的标记移到草原地带，重新布置。

"回来了？"班超欢呼道。

"你以为这么容易能甩掉我？"朱成说，她大步走过来，扑通一声坐到了椅子上，"想不想知道我们是如何完成任务的？"

"非常乐意，洗耳恭听。"小龙兴奋地说。

朱成从头到尾，把整个任务中发生的事件绘声绘色地告诉了他俩，讲得好像他们也亲临了战场。

她一讲完，班超评道："彭貂也是好样的。"

"嗨，"朱成道，"你忘记了是谁单枪匹马，把敌方骑兵队引开的？竟一点儿都不尊重我的功劳。"她咧嘴一笑又问道，"你们的情况怎么样？匈奴大军撤退了吗？"

"整个战役中没有什么特别的意外。"小龙说，"一切按照我们的计划进展，可以称之为大捷。"

"我们不但赢了战役，同时还绝对地控制了附近的主要山头。"班超说，"已派小队占领了这些山头。看哪支军队敢接近长城一步。"

"我们需要这样的保障。"朱成说，"进入草原，军需补给将从盆地沟壑中经过。如果要保障这条路畅通，看守住这片地区显得非常重要。"

"可不断变化路线，"班超说，"让向导们轮流带领军需队，我敢打赌向导们各自都有自己的最佳线路。"

"好主意。"朱成说。

"我们的下一步是什么？开进草原里去吗？"班超问。

"不急。"小龙说。

"打仗并不只是占领多少地盘。"朱成说，小龙点点头。

小龙他们三人出了指挥帐，向临时搭建的军令高台走去。小龙用脚趾钩起一根短棍，纵身而起，一个前空翻，右脚背踢中短棍。当她落到台上时，短棍的一头击中了锣。

响亮的锣声吸引了将士们的注意。小龙、班超和朱成站在台中央："刚刚收到情报，匈奴已经退兵了。"

军士们一阵欢呼，赞叹的叫声响彻了整个大营。喊声平息下来后，朱成说道："我们的远征还没结束。但从现在开始，不再是抵御，而是进攻了。不管匈奴跑多远，我们一定要追下去，使他们闻风丧胆。"

将士们爆发出一片赞同声，同仇敌忾的喊声经久不衰。将士们高举着剑，向大将军们致敬，然后继续他们的庆祝活动。

"我从来没想到战争也可以如此欢乐。"他们在长凳上坐下来，班超说。

"是暂时忘记战争令他们欢乐。"小龙说，"我父亲常说，一个好的将领最重要的职责是让他的将士们相信他们并不是处在战争中。"

朱成也跌坐在长凳上，像是陷入了沉思："我父亲曾经说，优秀将领的职责，是要给他的将士一个为之奋斗的理由。"

"我根本不知道我父亲会怎么说。"班超笑着说。

小龙想了一会儿说："据我所知，你的父亲是他们四兄弟中最好学的。他看重和平和生命，认为那比什么都重要。他也许会说，一个将领的职责是保护好将士。"

"谁是对的呢？"班超问。

"全都对。"小龙说，"也可能，没一个是对的。又有谁真正明白战争呢？"

"或者说人类为何要对彼此做出如此残酷的事情呢？"朱成脸上带着一个不自然的笑容说。小龙知道朱成一提起父母便会深深地陷入悲伤中。

班超道："我们还都在纠结着过去。"

"可能一辈子都会这样。"小龙说，"但重要的是别让它侵蚀了我们。"

"我已明白在生命中还有比复仇更重要的事。"朱成承认，"打败匈奴至少叫我明白了这个道理。"

"战争似乎还是有一点好处的。"班超说。

朱成说："不明白你是什么意思。不过，你说的话听起来有点哲理啊。"

"我得去干点儿活。"朱成决定，"我去一下兵器库，得多做些铁棘。"

朱成出去之后，班超问："铁棘是什么东西？"

"看后，你就能明白了。"小龙说，"是用来对付马的武器。"

尔后，小龙拿起毛笔，写了一封简短的总结，刘阳他们可以了解一些前线的真实情况。小龙写完，将字条卷起送往鸟舍，交给驯鹰的士兵："把字条送往宫里。"

27^章

"匈奴已经退回草原了？"刘阳指着地图兴奋地问道。

可兰看着小龙送回来的正式官文，肯定地点点头："到了这会儿，他们带着大军向草原的方向出发了。"

刘阳的目光顺着图上草原的宽度浏览了一下，皱起了眉："这幅地图没有太多的有关那一地区的细节。"

"因为是一马平川，绵延不尽。"可兰说，"完全没有起伏，时间久了常有人在这绿色的草原上发疯。"

"你见过吗？"

"我的老家在草原边上。没有什么比在月光下骑马驰骋更令人有快感的了。"

"下次回老家的时候记得带上我。"

"什么时候才能有这样的机会呀。"可兰说，"不过肯定行，我的表亲们已经接纳你成为我们家族的名誉成员了。"

刘阳两眼放光："太好了，我真荣幸。"

"最好还是别觉得荣幸了。我们家族的人可疯了。"

"难道比我家的人更疯狂吗？"

"说到这事，在早朝上面对你的所谓表亲，"可兰说，"必须替他们说话吗？"

"你知道答案的。"

"反正不管我说什么，他们都不会多喜欢我一点的。"

"这没错，不过其他人会更加尊重你。"

可兰深深叹了口气，站起身来："是，是，我知道。我们去把这事解决了吧。"

早朝快结束的时候，刘阳趁着一个讨论的空隙说："有一件事朕想听听诸位的意见。"

"臣等自当洗耳恭听。"康相代表满朝文武说。

"事关如何处置我的堂兄堂姐。"刘阳说。

"他们没有其父所犯的过错。"劳大人说，"作为成年人，应为家族的罪担一些责任。"

"我同意。"谢侯说，"圣上的调查揭露出这么多的贪腐。"

"也许，就他们在这些事件中的角色，理应承担一点罪。"蔡大人说，"不管怎么说，他们没有向圣上揭发，本身就是犯罪。"

虽然明显非常不情愿，可兰还是开口了："我想最好还是带他们来这里亲自听听他们自己的辩解。"

"这是个极好的主意。"刘阳说，"带朕的堂兄堂姐上殿。"

百官们发出了一阵惯常的嘁笑声，惊奇地对望着。之前，他们以为皇上会将他的堂兄堂姐送去流放，于是打算配合他。现在得调整一下自己的说法了。

刘阳的堂兄堂姐被带了进来，他们傲慢地穿过退到两旁的百官，在高台前跪下，齐声说："皇帝陛下江山千秋万代。"

"免礼吧。"刘阳说，"今天传你们来，是给你们对你们罪状的指控一个自我辩解的机会。"

"陛下，我向您保证我们对父亲所谋划之事一无所知。"刘散申述道。他此时已汗流浃背，不过作为一名重要的皇族成员，多年的练习让他依然能够以一种气宇轩昂的姿态说话。他和他的姐姐并没表现出犯人的样子，在这非死即生的关头这样的表现很关键。

"但凡我们能觉察的蛛丝马迹，已经毫不迟疑地通报了。"皇上的堂姐刘玖加了一句。

"皇帝陛下，"可兰说，"我相信陛下的堂兄们说的都是实话，倘若他们参与了谋反，为何叛乱的时候没有在一起呢？"

"有道理。"刘阳说。

"我们应该找出真相。"可兰继续道，"可是在没有证据指证他们罪行的情况下，应被视为无罪。他们既是前司空大人的家人，也同样是皇家一脉。要是他们的罪是因为和前司空大人的亲属关系，那么为什么不能因为和陛下血浓于水的关系而被免罪呢？"

"尚书大人的话极为有理。"朴大人见机行事地转了话锋，"前司空大人的不义之财理当收归国库，可是作为皇室一脉，他们也应该获得一些生活费。"

"这个建议好。"刘阳说，"有人反对吗？"见无人出声，刘阳点点头，对他的堂兄堂姐说，"传朕旨意，判你们二人在谋反一案中无罪。你们可以继续拥有宅子，按月领取饷银。"

两位堂亲立刻叩头，谢陛下的宽宏大量。

"维护公平正义是我们大家的职责。"刘阳向他们保证，"我相信你们定会好好地利用自己的身份和饷银，以善举为你们父亲所做的错事弥补。"

"皇上圣明。"百官们齐声颂道。

刘阳示意内侍宣布退朝，百官鞠躬行礼退出了大殿。

见堂兄堂姐想留下，刘阳等百官们退了出去，才挥了挥手对御卫们说："在外面等候。"

禁军队长飞快地看了一眼可兰，命令手下退了出去。确定可兰在刘阳身边，他们则在殿外等候。

大殿里剩下他们几个，堂兄堂姐一改之前傲慢的举止，一脸巴结。见刘阳走下高台，急忙上前，对他的宽宏大量极尽阿谀奉承赞美之能事。

"多谢陛下相信我们的清白。"堂姐刘玖说。

"无需多谢朕。"刘阳说道，"你们以前对我很好，叫我如何能不相信你们？我们终归是一家人。"

"不过让我们入宫辩解不是件容易的事情。"堂兄刘散说，"多谢陛下给我们机会为自己解释。"

"其实，可兰才是你们应该谢的人。"刘阳说，"她在决定你们命运的时刻，替你们据理力争。"

他俩显然吃了一惊，可还是向可兰鞠了一躬。终于，两人觉得马屁拍得差不多了，在保证很快再来求见之后便离开了。

可兰走上高台，一屁股陷进了龙椅中："你的计划成功了。你的死乞白赖的堂亲们现在肯定爱死你了，将来说不定还会叫你为他们的孩子赐名呢。

"你说这种话的时候我从来都是不听的。"

"这样只会更加鼓励我。"可兰说，"好吧。至少在未来的一段时间，他们会老老实实地待在自己的宅子里。下面要着手的事情是你父亲的冥寿，还有陶大人主持的选皇后一事。"

"冥寿的典礼无须操心，米大人会替我们安排好一切的。"

"他不会替你写祝词吧。"

"已经写完一半了。"

"我看见了，你写了五个字。"

"你知道我不擅长这种事情的。"

可兰坐起身，挑剔地看着刘阳："这个仪式是为了纪念你的父亲。"

"我最爱父皇的理由也是他们最不想听的。他们想听他的丰功伟业，战胜了多少敌人，推行了多少律法，斩了多少犯人，这些我都不想讲。"

"但现实是，百年之后，这才是人们会提起的东西。你能做得最好的，也是唯一能做的事情是复述几个有意思的数字，世人爱怎么想怎么想吧。"

"回去我便开始写。"刘阳被说服了，"选皇后的问题怎么处理呢？"

"嗯，停止选皇后的最容易的办法就是告诉陶大人你已经在他送来的人中选定了一名候选人。老人听到可能会开心死了。"

"这不是个好主意。"

"真的，唯一能逃开选皇后的方法就是去前线。"

"没人会同意御驾亲征的。"

回到御书房时，白惹和朴阳在等他俩。

"两天没见你们人影了。"可兰说，"任务完成得怎么样了？"

"应该快完成了。"朴阳说，"自从你们决定把重要著作都保存起来，任务变得容易多了。现在不需要通阅全书找出提到叛乱的记录，只要找出有提到这段历史的书，然后锁起来。"

"如果我们决定得早，你们现在应该完成了。"

"这意味着我们得回去继续读奏折了？"白惹问道，"我还是喜欢现在这个工作，发现了不少极好的画作。"

"她每一张都细细检查了呢。"朴阳抱怨道，"我怀疑她压根儿不懂绘画。"

"你错了。"可兰说，"她的祖父可是宫廷画师。"

"什么？你和柴华怎么可能变成武官家的家仆呢？"朴阳想知道。

"我的父母没有本事。"白惹道，"他们花光了家里的财宝和房产，我们得出去找活儿干用来还债。祖母和可兰的祖父相熟，帮我们找了这份差事，做可兰的贴身侍女。"

"难道我是这里唯一真正的乡下孩子？"朴阳道。

"反正没有天生贵族这回事。"可兰说，"五代之上，我的祖先也是在土里刨食。再往上十几代，怕是刘阳的先祖也一样。"

"只有你敢说这种话。"刘阳笑着说。

"这是事实。一个人只有当他获得了足够的权力之后才能为自己扬名立万，才能被称为贵族。"她振振有词地说。

"我没法跟你争辩。"朴阳说，"我不敢大声把这话说出来。"

"应该有更多人把这种想法直接说出来。"可兰说，"这样会少些磕头来磕头去，多些思考的。"

"有时候我想，如果换一个时代，你可能是个不错的革命者。"刘阳说。

"换一个时代，我想试试呢。"可兰答道，"不过现时现境，我已经拥有权力，现在我命令你去写完那份讲稿。"

"你打算帮我吗？"刘阳问。

"让我表兄来帮你吧，他们擅长各种事情。"可兰站起身径直出去了。

28^章

朱成将一个袋子扑通一声放到桌上，里面的东西撞击着发出声响。

"什么东西？"班超问。他狐疑地扫视着袋子，见有尖利的金属透过布面戳了出来。

"之前跟你说的铁棘。"朱成说，"前两天开始我一直在不停地做铁棘，这是最新一批出炉的。"朱成一拉袋口，滚出两个铁棘。看上去很简单，也很容易制造。它是由一个木质或者金属球体四面配上尖角构成，因此无论怎么放置都会有一个尖角冲上。

班超小心翼翼地拿起一只，打量着尖尖的刺角，想着人或者马被这东西刺中，不禁皱起了眉："我记得你说过这东西对付战马很好用，看得出来为什么。"

"如果我们使用得当，这能彻底地令敌人骑兵瘫痪。"小龙说。

"要是马蹄上扎进了铁棘会怎么样？"班超问。

"被杀死，或者不能再成为一匹合格的战马了。"小龙说，"很残酷，但匈奴的骑兵对我们太具威胁，战马给了他们太多的优势。"

"需要把铁棘融合到我们的作战计划中去。"班超说，看着桌子的另一边，拿起手边的一张纸。这是开进草原后的第二天，他们三人带着一大半的队伍来追击匈奴兵，余下的由彭貂和范大司马负责留守大营，守卫盆地以及周围山头的哨所。

小龙花了一整天的时间筹划，部署一个最稳妥的作战计划。目前他们的兵力跟匈奴的相当。但匈奴有将近两万人的骑兵，他们只有五千。这让他们处于劣势，所以第一个目标就是减少匈奴骑兵数量。

小龙拿过刚才画的图纸，又在上面加了几点批注："这样应该行了。"

"看不懂这是什么意思。"班超说。

"你不需要看得懂。"朱成很不友好地说，"你可以拿去跟炳师傅商量，看看他的进展如何。应该已经做出来第一批马钉，我的样板很好用。"

"这的确是一个非常好的主意。"小龙说，"大家都很佩服你。"

"连我都佩服自己了。"朱成得意地说。

黎明之前，小龙他们三个已经起身，让勤务兵叫醒了今天参与行动的将士们。集合完毕，队伍以七纵队排列，浩浩荡荡地出发了。他们在草原上跋涉，足足走了一个时辰才望见敌营。第一排士兵腰上别着短剑，肩上则扛着一个巨大的木架。第二排士兵举着盾，手持长矛。下面两排手持弓箭和强弩，殿后的两排是步兵和骑兵。

编队完毕之后，将士们就地待命等匈奴人的反应。太阳升起后，草原上投下了绵延不绝的云朵的影子，匈奴人的营房开始骚动起来，骑兵如同一大团黑影翻滚着冲了过来。

小龙他们几个坚持随大军上战场，骑着马在最后一排士兵之后。在他们的前方，战地将领在马上来回疾驰，大声喊着鼓舞士气，令将士们热血沸腾，忘记自己是血肉之躯。

战场的另一头，匈奴将军也做着同样的事情。他们的大军看上去正如传说中一般蛮勇生猛。即使距离很远，小龙也能感觉到匈奴的好战。只有少数几个披着盔甲护体，大多数只是披挂着毛皮，马背上的士兵也是如此。手里的弯刀在初升的太阳下熠熠闪着光，匈奴的三角旌旗在风中猎猎作响。

两军就这么对阵了快半个时辰，军士们在烈日之下煎烤着。小龙心中正希望匈奴兵主动请降，然而，突然马蹄奔腾声回荡起来。她抬头见几百名匈奴骑兵向着他们的方向驰来，手中的刀高举，大张着嘴发出令人毛骨悚然的喊叫声。

匈奴骑兵越来越近，将军们用尽全部力气大声命令军士们保持镇静。值得夸赞的是，没有一名皇家守军擅离职守，或吓得倒退。他们稳稳地站着，等待命令。

等匈奴兵冲过了一半的距离，将军们依然命令按兵不动。小龙坐在马上，看着匈奴兵涌过来。很快，匈奴旗帜上的字都能看清了。匈奴兵笔直地向前冲来，像是不可避免地犁地一般地犁过皇家守军的防线。

当第一排将士能够对上攻来的匈奴兵的目光时，指挥官喊出了一声命令。第二排的士兵们移开盾牌，像是打开了一排门。随着一个灵活的动作，第一排士兵退到了第二排身边，拉动手中的绳索。木架的一半弹了起来，露出一排尖刺，角度刚好能够刺穿一匹马。当尖刺抬起，卡进指定位置后，木头护栏被放了下来以固定住直立的尖刺。同时，另一排负责压重的尖刺又刺入了地面，将木架牢牢锁在原处。

士兵们一松开绳索，便整排向后退开十几步。与此同时，两排弓弩手轮番从前排士兵的头顶上向外发箭。见马儿疾驰而来被利刺绊倒时，第一排士兵将他们的盾牌又紧紧合在一起，准备好了承受冲击力。

大部分支架都竖立起来，匈奴的冲击反而加固了刚刚竖起的护栏。但也有一些被碰倒了，让战马跃过直冲前排士兵。但是很快匈奴兵连人带马被砍了下来。将士们勇猛作战，把箭雷雨般地射向匈奴。敢于冲上来的匈奴兵，也被如闪电般刺出的长矛戳穿。

第二拨和第三拨骑兵放慢了速度以避免像第一批骑兵那样直接撞上对准他们的尖刺。可是后面的骑兵无法减速，这样前后战马撞在了一起，造成一片混乱，也给了弓箭手更好的瞄准机会，被射下马的骑兵不计其数。

一些骑兵终于重新控制住胯下的马，甚至逼着战马跃过护栏，大多数都没有成功。这样持续了一会儿之后，就算没有别的原因，大部分护栏也都被倒地的战马压毁了。这时，弓箭手们已经用光了箭，开始向后退。只有持长矛的战士依然坚守着，不断挑下冲过来的敌军骑兵。

在整条战线上，防线一点点地向后退去，由中间开始慢慢弯陷进去，这样就鼓励更多的匈奴骑兵往里冲，好像钻进一个口袋。

转眼，战场的重心移到了阵形的中部，小龙发出号令，命两翼的士兵包抄过去增援。但是敌人的冲劲太过猛烈，阵法终于守不住，朱成命他们自动分散。

弓箭手射完了箭羽之后，有序地向后撤退。战场陷入了完全的混乱，步兵们和落了马的敌兵夹杂在骑兵之间进行着白刃肉搏，战争最惨烈的一幕上演了。

这时，持长矛的士兵也已退下，迅速从战场上跑开。匈奴兵还以为他们吓跑了胆小鬼，兴奋地怒吼着，带着重新鼓起的勇气再次向前冲。这给正在搏斗的皇家守军带来了不小的压力，他们挣扎着与比他们人数多得多的匈奴兵战斗。

　　就当大军看似被击溃时，小龙提起插在身旁的大旗，在空中挥舞起来。她掉转马头，向着战场相反的方向驰去。朱成和班超跟着她一起纵马飞奔，各自举起令旗撤退。

　　大军见到信号，迅速向后撤离，这让匈奴兵一时不知所措。很快他们的天性战胜了一切，紧随着逃跑的对手追了上来。

　　一见身后的匈奴兵追了上来，小龙的骑兵们抽剑割开了挂在马鞍上的袋子。他们一路疾驰而去，铁棘四下散落在地上，整个战场上便布满了成千上万的锋利铁棘。

　　匈奴兵全速冲进了陷阱中，他们胯下的战马数以千计地倒了下去。地上撒满了铁棘，几乎无一匹战马幸免。马蹄不是直接踩上铁棘，就是撞上已经倒地的马。片刻之间，几千匹马倒在了地上，骑手们或被甩下马，或被马压死，真是惨不忍睹。

　　小龙他们勒转马头，目睹着眼前的混乱一点一点地发展，直到自己的将士们已经撤回了大营。这场短暂的战斗把大部分匈奴骑兵带向了死神。剩下的骑兵继续试图在已经倒地的马和人之间回旋着，完全没有意识到地上的危险。等他们发现地上的铁棘，已经太迟了。

　　小龙他们交换着眼神，显然他们又取得了一次重大战役的胜利，可是没有人高兴得起来。跟往常一样，他们并不享受战争无论是给他们自己人还是给敌人带来的痛苦和悲伤。朱成的小装置与小龙的作战计划配合得非常完美，他们没有庆祝，反倒是默默地黯然回了大营。

　　接近大营的时候，迎接他们的是冲天的欢呼声。打胜仗回来的和留守的士兵庆祝出奇的胜利。事实上，结果的确令人惊叹。不到一万名士兵，折损不满三百，却消灭了一半以上的匈奴骑兵。

　　"不管从哪一个角度来看，这都是一次决定性的胜利。"小龙说。

"说这样的话是不是太早了一些？"班超问。

"当然不是。"朱成说，"我们已经有了下一个计划。"

"你们什么时候计划好的？"班超问。

"跟我们今天的做法是同样的理念。"小龙说，"这里，是她画的图示。"

班超接过小龙递过来的一张图示，图的下方画的是盆地和沟壑地区，标示着由彭貅和范大司马指挥的一半大军。不同的箭头和标记表示让匈奴兵突破他们之后，被包围在两半大军中。"等一下，这是不是意味着我们要让他们把我们的大军分成两半？"

小龙挥手让朱成不要说话，然后自己说："再仔细想一下，你会明白的。"

"我们有向导。"班超说，"一旦到了山地，我们可以和另一半大军配合，而且能继续获得补给，而匈奴的补给线就完全被切断了。"

朱成伸手过去，拍拍班超的脑袋："你还不算蠢。从现在开始，你得学会在脑子里完成思考，而不是大声说出来。"

"我还不太有经验嘛。"班超争辩道。

"我们已经在前线挺长一段时间了。"朱成说，"你的经验足以跟其他指挥官的相比。现在是你该做出自己的作战计划的时候了。"

"等我自己指挥部队的时候，我会制订计划的。"班超说，"不过在此之前，你们想战术，我尽自己的全力去配合。"

"没有人会交给你一整支军队让你去指挥。"朱成告诉他，"我们可不想分裂这个国家。"

"我们得送消息给彭貅。"小龙打断了他俩的斗嘴，"让他们准备应战，如果让匈奴兵突破我们这道防线而一直打到长城边，就不妙了。"

"你认为如此明显的陷阱骗得了他们吗？"班超问。

"你设身处地地替他们的将军想一想。"小龙说，"你的目标是什么？"

"当然是突破长城。"班超答道。

"如果挡着你的部队看上去在中线薄弱呢？"小龙再问。

"我会直取长城。"班超毫不犹豫地说，"可是你难道不觉得他能看到问题的关键吗，尤其是经过了今天一役之后？"

"他能。"小龙告诉他，"但，他别无选择，只能陷进来。"

"他不能永远地停留在草原上。"朱成说，"他会抓住任何机会，尽全力向长城进发。想要成为一名好的指挥官，你得完全了解你的敌人，知己知彼，百战不殆。"

"班超应该是知道的。"朱成笑着说，"这可是最著名的兵法。"

"你会背诵兵书，并不代表你明白其中的意义。"小龙说，"听上去也许很奇怪，直到我下棋能赢了我父亲的时候，我才明白这其中的道理。"

"我带了一副棋来。"朱成说，"你想下吗？"

"现在？"班超问。

"为什么不？"朱成说，"我们会有一阵子不需要做任何事情。将领们可以完成打扫战场，掩埋牺牲将士的工作。今天这一仗之后，匈奴军应该不会希望再跟我们立刻打上一仗了。我们等到明天再派人去，看看他们是否有投降的意思。"

"你怎么能把这种事情说得如此轻描淡写？"班超问。

"这种本事是慢慢培养出来的。"朱成一边在她包里乱翻一通找着象棋，一边说，"过去，我能哄得我父母给我任何我想要的东西。"

"这我信。"小龙一边帮朱成把棋盘摆好一边说。

29^章

眼见着最优秀的骑兵这样轻易地被毁掉了，广德觉得像是飘浮在一场噩梦中。当战斗终于结束时，受伤的士兵到处可见，尸体堆积如山，仅剩下大约五千骑兵还能战斗。

尽管副将们极力反对，广德还是上马亲自去视察尸横遍野的战场，以求找出惨烈失败的原因。战场上士兵们的尸体清楚地说明了一切，可是广德依然无法相信被打败的事实。

当哨兵来报说有一股敌军正在接近时，广德以为皇家大将军们是来试探他还有多少兵力的。他派出了全部的剩余骑兵，想给皇家守军尝尝他们这些生在马背上死在马背上的汉子的厉害。两军的数量相差如此悬殊，广德根本没做任何战术考虑，况且，这些骑兵不属于他的部族，因此也不怎么听他的调遣。

广德由两侧的侍卫保护着，驰到了战斗现场。目光所及之处，部下尸横遍野，他们的坐骑躺在浓密的草地上哀号着。而敌军却没有多少伤亡。

广德勒住马，向草原的一头望过去。破裂的兵器和一片片木头散落在尸体周围，绵延很远。草原上一直刮着的微风这时突然凛冽起来。风呼啸着刮过他的耳边就像是在唱着一首挽歌，为今天逝去的将士哀悼。

在远处，有一杆皇家守军的大旗插在地上，正随风招展，像是在宣告谁拥有这战场的主权。这和自己被撕成两半躺在地上的大旗形成了鲜明的对比。广德叹了口气，跳下马。他弯下腰，捡起了撕裂的旗帜，抖落掉上面的泥土，将它折好放入自己的怀中。

接着他走到被用来阻挡他的骑兵阵的一堆碎木旁，跪在地上检视着。他捡起了几块，想搞明白这是一种什么样的装置，如何能有如此大的阻挡力，可是却毫无头绪。一些士兵向他回报说，这东西看上去仿佛靠魔法驱动，像在地上自行滚动的梭子。

"捡起这些木条。"广德对身旁的卫兵说，"带回去给工匠们看看，是如何工作的。"

不等卫兵回答，广德继续向战场走去，在破损的兵器和倒地的战马间几乎是毫无目的地走着。

过了一会儿，他来到一大片死马密集的地方。他弯下腰，小心地捡起一个铁刺样的东西，他想这很可能是使他的骑兵几乎全军覆没的罪魁祸首。这个金属质地的星芒状物件确实看上去尖利得能刺穿马蹄，广德能想象到这东西是如何造成混乱的。

虽然已经麻木了，广德却不得不佩服这个作战计划的指挥。他举起铁棘，眯着眼看了一会儿，才将它放进自己腰带上的小袋中。他不发一言地回到马边，跃上马背，一路驰回大营。

广德一夜辗转难眠。一闭上眼睛，仿佛又看到战马一排排倒下时的惨烈景象。作为一名资深的将军，广德知道自己以后取胜的希望已经非常渺茫了。没想到关键性的一场战役会来得如此之快。在草原上的大多数战争都会持续很长时间，两边互相角着力，而不是直接硬碰硬地火拼。

他更知道自己的大军已无退路，却也别无选择，只能继续挺进。

匈奴乱

上面来的命令再清楚不过了，不管有多绝望，部队都要战到最后一刻。当皇家军的特使来劝降广德时，他真的想考虑这最后的一条活路。他和副官们都穿上部族的服饰——一种五彩饰着金边的皮质制服，在最大一顶帐篷内的高台上就座，宣来使晋见。

几名特使进来时，广德和副将们困惑地对视着。三名皇家特使只是十几岁的少年，其中两个还是姑娘。他们看上去不像是士兵，可是全身盔甲，腰上挂着铸造精致的宝剑。

中间的姑娘向前一步，用匈奴话行礼。

虽然有些吃惊，广德他们还是用惯常的礼节做了回礼。

"将军，多谢接见。"小龙重新用汉语说。她这话是对着坐在前厅一个身材魁梧的虬髯汉子说的。他看似四五十岁，但更像是一个家庭小业主，而绝非匈奴大军的统帅。

"请坐，请用些我们的茶点。"将军说，"这茶比不上你们南人的好，一点小意思，不成敬意。"

小龙他们坐在广德将军身旁的三个座位上。这座位比匈奴人的要低很多，明显是要给来客一个下马威。

"如果我没猜错的话，这茶叶是高丽国来的吧？"朱成说，难得表现得如此斯文镇定。

"正是。"匈奴将军道，"这茶的味道像极了贵国的龙井茶。你们觉得如何？"大家一起围绕茶的话题聊了一会儿。然后到了商讨这次会议真正主题的时候了。小龙看着将军，觉得他是一个务实的人，决定开门见山，直切主题："我们今天来不想浪费时间，是希望你们投降，我们有权决定有关的条件。"

匈奴将军叹了一口气："既然你们这么坦诚，我也必须以诚相告。事实是这一个问题我们别无选择，根本没有谈判权力。"

"我们知道你们受北方部族的胁迫。"朱成说，"我们可以为你们提供保护，如果北方部族打算实施报复，不管他们的威胁是什么，我们都可以以盟军的身份帮助你们。"

匈奴首领们震惊地眨着眼睛，对视着。

"请给我们些时间商量一下。"匈奴首领说。

"好，我们在外面等。"小龙说着站起身来，走出帐篷，静静地等着，避免在匈奴人耳目所及的范围内讨论任何重要事情。

小龙他们原本打算派一名军官做议和代表。当他们听说匈奴将军亲自去战场视察后，小龙建议自己前来试探此人。

从他视察战场的表现来看，可以肯定他不像是滥杀使者的人，虽然历史上匈奴人曾经这么做过。不过到目前为止，他看上去更像是一个被逼到绝境，却又深明大义的志士。小龙他们全然不知北方部族给这些南方部族施加了怎样的压力，可以肯定非常严重，才迫使这些向来比较友善的南方部族不得不选择向皇家守军出兵。这就是为什么朱成提出了如此优厚的条件，她觉得这样可能动摇他们将战争进行到底的决心。

过了颇长一段时间，一名亲兵出来请他们进帐篷。

"你的决定如何？"小龙开门见山地问道。

"感谢你们的条件。"将军说，"你们给出的条件远比我们希望的优越。可是，我们还是不能接受。"

"是否无论我们给什么样的条件都无法使你们回心转意？"小龙问。

"恐怕是这样的。"广德将军坚定地说。

"我只能带着这个坏消息回去了。"小龙说，"再次感谢你们的好客。"

　　三人离开了帐篷，跨上了马，驰离了匈奴大营，完全没有人来为难他们。一路上看到的士兵也都很克制，没有人冲上来制造麻烦，或者为刚刚的损失来诘难他们。

　　他们一路慢慢地骑回大营，班超道："我还以为你说过匈奴人不太能接受外人，他们看上去挺好客的。"

　　"很大程度上是因为这个将军。"小龙说，"他看上去不像平常的匈奴武夫。"

　　"你觉得他们受到怎样的压力？"朱成问，"他看似很想弃战。"

　　"他拒绝你的条件时，我几乎能感到他的痛楚。"班超说，"说到你的条件，我不记得我们被准许有如此大的权力。"

　　"如果这意味着结束战争的话，刘阳肯定不会有意见的。"朱成道。

　　"我担心的不是他。"班超说。

　　"把持反对意见的官员送去匈奴。"朱成说，"看看还有哪个官员敢再反对。"

　　"好吧，至少我们现在不用考虑这事了。"班超说，"反正他们拒绝了。"

　　"只是暂时。"小龙说，"很显然，他关心部下的生死安危。到他没有别的选择之时，不管什么样的条件他都会接受的。"

　　两军再次相遇是几天后的事情了。这一次，小龙派出了一半的兵力，向匈奴人的据点开进。他们进发的时候，士兵队伍拉得很开，形成了一条长长的战线。大部队行进得很慢，给匈奴人留出了足够的时间集结迎战。两支庞大的队伍再次短兵相接，深知对面这些人可以叫自己的生命终止于此。

广德坐在马上，被数圈护卫围着，在前沿阵地关注着战役的发展。当敌军如一股激流涌上来时，他一挥手臂，待命的将士也向前冲了出去。两股强势的兵潮撞在了一起，兵刃相交的声音立刻响了起来。

没有行动迅捷的骑兵，广德只能倚靠将士的勇猛。虽然他在战争中积累了指挥的经验，但他不具备一个好将军所需的创造力。自从上次惨败之后，他担心敌军再使诈，极力在他的人马深陷进去之前发现可能暗藏的陷阱。

这一策略的问题是，由于皇家守军的战线拉得如此之长，广德根本看不见战线的两头。就算他站在马蹬上，也只刚刚看得见最右翼的部队。

他完全想不出敌军为什么要这么做，不过广德可以肯定他们又在使什么计谋。可是过了很长时间，都没有任何异常的事情发生。两军对垒，时不时地这边占了上风，一会儿那一边也有突破。但是，整条战线保持着平衡。

突然，皇家守卫军在中路露出破绽。一开始，皇家守中路的军队只是向后退去，突然他们四下散开，不再是向后方撤退，而是并入了两侧。

这叫匈奴兵颇觉困惑，他们不知道如何继续。广德一眼看出这是一个计谋，不过他又觉得这是一个可以冒险的机会。根据现下的形势，也许可以将计就计。将全部兵力压进这个缺口并且冲出去，他们能重新返回盆地区域。

因为大部分骑兵已经无法再战，所以匈奴在草原上作战没有一点优势。广德不指望能打败这支看上去不算勇猛的皇家守军。他完成任务的最后希望是带着士兵穿过盆地，突破长城上的某个薄弱口。

想到这，广德大吼一声，命令全军向中路冲锋，同时策马扬鞭冲了出去。一时间，将领们也遵照着他的命令，一批批地向前冲锋，所有的匈奴兵冲过了皇家守卫军防线中路上的缺口。

广德很快越过了他的护卫，催马跑到了队伍的前方。他从一名士兵手中接过大旗，高举过头。有他带头，匈奴军冲劲更猛了。他们直线向着盆地和沟壑区域驰去。他的目标是占领往东的一个阵地，希望皇家军还未占领全部的山头。

广德回头看皇家卫军，希望能识破敌军的意图。皇家卫军似乎懒得追击，广德登时有些担心，搞不清楚皇家卫军到底使的什么计。

一刹那间，广德意识到上当了，想命令撤退，可是时机已经错过。无法掉转马头，从来路退回已不可能。他咬咬牙，草原上已经无计可施，不如继续向前冲。广德将大旗举得更高，加倍用力地向前冲去。

在一大堆护卫的中间，小龙他们也同样密切关注着战役的进展。见匈奴勇士们向着设计的缺口冲击，直扑盆地区域时，他们都不禁松了口气。小龙命令皇家卫军停止追击，让匈奴毫无阻碍地通过。

看着匈奴如潮水般地奔离战场之后，皇家卫军又重新集合。不久，广德意识到后面没有追兵，速度稍稍慢了一点。可这团黑压压的草原勇士们仍旧以惊人的速度向前推进。

看着匈奴兵消失在地平线上，小龙、朱成和班超分别派出信使通知在盆地内待命的队伍。与此同时，他们开拔向南行军，一个时辰后，小龙命令大军原地待命。

小龙他们决定再等待一会儿，尔后继续追击匈奴大军。因为他们是在等待朱成朋友给匈奴军下的毒开始发挥效用。

30^章

可兰后退几步，歪着头打量着刘阳。他穿上了在重大庆典时才穿的华服，看上去有些大。"转个身来看看。"可兰说。

皇帝不耐烦地叹口气，照她说的做了。他转身的时候，白色的袍边一下飞了起来，像是一只旋转的陀螺。"我觉得傻极了。"

"是啊，建议你不要在公开场合这么转。"可兰说，"肯定会令百官们印象深刻。"

"这就足够了。"刘阳将袍子抖落下来，放回特制的架子上。刘阳这边掖一掖，那边拉一拉，足足有好长一会儿，才满意华服的样子。如果放置不得当，袍子会有皱纹，等需要在纪念先皇的时候穿，就没那么平整了。

可兰终于把刘阳从架子边拉开："没有人会真正在意你的外形，你觉得会有人说什么吗？你披块破布出现，百官们也会觉得是最新的潮流。"

"这听上去好像有点意思。"刘阳一边由着她拉自己，一边说。

可兰停下来，认真地好好考虑了一会儿，才把这想法撇到一边："我都不知道上哪儿去找破布。算了吧。"

"对。越少戏剧化越好。"

"我还以为戏剧化是每个贵族天生的权利。像你父亲冥诞纪念这种大场面，就是他们秀政治姿态最好的场合。"

"这最讽刺的是我父皇，他肯定不会同意如此大肆庆祝他的寿辰的。"

"我觉得一点儿也不讽刺。"可兰说，"这些葬仪啊什么的，本来是纯粹为活人准备的。死去的人不会在意这种时候谁带最多的礼物来。"

"可是大家希望我在意啊。想想也累。"

"不要想。让我看看你写的演讲稿。"可兰扑通一声坐到一张大椅子里，把文稿读了一遍。她把讲稿翻来覆去看了几遍，直到刘阳问她觉得怎样。

"如何？不要再翻来翻去了，告诉我有什么问题。"他命令道。

"我这才想起来，应该叫魏夫子帮你写的。他是最擅长写这种东西的。不管他写什么，都比你东拼西凑出来的东西要好。"

"去见他。可以让他看看我写的，或者让他再改一改。"

可兰站起身，抬头惊讶地看着刘阳："等一下，你想去找他？我还以为你躲他还来不及呢。"

"他是挺让我怕的。"刘阳承认，"不过自从上一次，他查出了小龙的身份之后，我终于意识到有他这样的人站在我们这边是重要的。"

刚过中午，他们想着魏夫子应该还在家中，于是离开御书房，跟平时一样，带着十几名御前侍卫，向魏夫子的住所走去。

他俩穿过半个皇城才到了魏夫子的宅子，因为要等侍卫们跟上，整个路程用了差不多一顿饭的工夫。他们原本可以坐轿子，会快许多，可是可兰不喜欢。她认为这么一点距离还要乘轿挺傻的。

到了魏夫子家大门前，一名御前侍卫上前叩门。一名仆佣开了大门，见是皇上站在门口，差点儿心疾发作。他迅疾跪了下来，快得差点儿脸撞在地上。

刘阳亲自扶起老人："不必拘礼。你家大人在吗？"

"在的，陛下。"仆佣答道，目光朝着地面，"我去通知大人陛下到了。请随我来客厅坐坐。"

老仆人退到一边让可兰和刘阳通过。两名近侍随同他们进去，其他人等候在大门外警戒。他们跟在老仆身后，穿过一处雅致的庭院，走进客厅，老仆请他们在厅中的椅子上坐下。他慢慢退了开去，还不停地鞠着躬，然后疾奔去通知魏夫子。

刘阳客气地叫两名侍卫在屋外等候。他和可兰在椅子中坐下来，将主位留给魏夫子。

等了一杯茶的工夫，可兰觉得有些闷，于是在屋子中四处转转想找些事做。她瞥了瞥她和刘阳中间的小桌。上面竟刻着围棋盘，她拉出一个小抽屉，里面有棋子。她拣起一枚黑子，放在棋盘中间。"你走。"

"我们是客人。"刘阳说，"不经允许不能随便动人家东西。"

可兰笑着指了指整个屋子："说到底，这一切都是你的。魏夫子才是这里的客人。"

"他可能会挺高兴我们还记得怎么下棋。"

"正是。"

"你知道我围棋下得不错，你会输的。"刘阳得意地说。

"这可说不准哦。你外闯江湖的时候我日日练习呢。"可兰不在乎地说。

"有时候我觉得你忘记了我有多了解你。"刘阳带着一抹笑说，"你没耐心下这种棋。"

"听着很对啊。"可兰说着眯起眼看刘阳放在棋盘上的一枚棋子，想着可以用什么策略去对付他。

等魏夫子终于赶到，刘阳已经快赢第二盘了。他进来的时候脚步很轻，他俩又如此专注于棋局，完全没有注意到他出现，直到他开口说："看来这是你学得不错的一样技艺。"

"他能下赢我，可见是学得不错。"可兰说。

魏夫子笑笑说："你的个性不适合玩这个。你没有足够的耐心。"

"刘阳也这么说。"可兰道，"但这是我无法改变的事情。"

"我想你成不了围棋大师，还不至于使天下不太平。"刘阳说，他伸手入怀取出了他的讲稿，"魏夫子，我们来不只是借用你的棋盘，是想请你帮忙看样东西。"

"我已经知道是什么了。"他说，"想让我看一下你在先皇冥诞庆典上的讲稿？不用改了。我早就料到你会为此而来，已经写好了，请容我去取来。"

魏夫子走出了屋子，刘阳和可兰交换了一个眼色。两人没有想到他会如此配合。魏夫子很快带着一卷用他行云流水般书法写的文稿。虽然他俩完全信任他的能力，但魏夫子还是坚持让他打开试读几句。

回到御书房，刘阳和可兰坐下来，细细研读了一遍魏夫子的文稿。当他们把它和刘阳写的文稿摆在一起时，谁是大师便显而易见了。魏夫子文中所用的句式结构更适合这个场合，而他更是字斟句酌了一番。

"我就是花上一个月，也写不出接近这样水平的文章。"可兰说，"你想赌多少钱，这最多只花了他一个下午。"

"如果你是以此为生，估计就能写得这么快了。"

"你还记得我们的疯狂上前线的计划吗？"

"当然记得。怎么能忘记？"

"如果我们真的能实现这一计划，可以让魏夫子帮柴华打理朝政。你觉得怎么样？"

"嗯，是个绝好的主意。"刘阳开始兴奋起来，"不过，怎么才能付诸实践呢？谁能替我上早朝？"说完，刚才的兴头减了一大半。

"百官们留在家里，日子一长说不定还要谋反。"

刘阳拍了拍她的后背："我们还是专注于明天的事，先别想这些不可能的梦吧。"

第二天在祭奠仪式现场，刘阳无法不赞叹组织者的能力。先帝的巨幅画像挂在场子中央的高大建筑上，周围花团锦簇。长条桌上摆满了各式食物，糕点和水果。此时，百官们都已经到了，根据自己的官阶坐在垫子上或者桌子边。他们的面前也摆上了酒水美食，欢快的乐声飘扬在空中。

司仪宣布皇上驾到，百官们起身，重复着一些祝词。刘阳走向自己的红木龙椅，然后令大家平身。自己依然站着，直接开始朗读祝词。他花了一晚的时间默记了每一个字。此刻侃侃念来，令人肃然起敬。

刘阳首先提到父皇在夺回皇权之前的艰辛，然后赞扬先帝治下的和平岁月，将被后人传颂并称之为最幸福和稳定的朝代之一。最后，他说到虽然父皇的盛名无法企及，但他依然将尽最大的努力以先帝为榜样，延续和推行他的良政。

演讲非常成功，当百官们终于说完了赞美之词后，刘阳宣布："来吧，大家都坐下，一起欣赏为我们精心准备的歌舞表演和丰盛美食吧。"

百官们举杯，为先帝祝冥祷。等大家重新坐下，乐声响起。身着丝绸舞裙的舞伎们走上台来，鞠躬，开始表演。

她们跳跃旋转着，仿佛空中有丝线悬吊。舞姿或婀娜或健美，和着节奏流转。等她们舞罢，全体齐声叫好，举杯示意。

刘阳挥手示意在一旁的宫人："请发赏。"

舞伎之首向前一步，接过一大盒金银珠宝，她和舞女们跪谢皇帝陛下的赏赐。

一天之后，刘阳和可兰已经在前往山海关的路上了。他俩留下魏夫子和其他尚书侍郎们执掌一切，没有跟百官们讨论便偷偷溜走了。为了避人耳目，刘阳发了一道公告，宣布去庙里闭关向神明祈福，以祈祷对匈奴的战事顺利。

有了这道公告，刘阳不用解释接下来这一段时间为什么不上早朝，也不接见任何晋见者。但是这样几周没有问题，可时间久了，百官们会坐立不安或产生怀疑。到时，他们就给了魏夫子伺机公布实情的权力。

从前线送来的情报看，刘阳和可兰相信他们能在胜利之前返回京城。当刘阳把计划告诉禁军队长时，他差一点心疾发作。虽然他不能违命，但他坚持要皇帝带上一队御前侍卫。

他俩最后还是带上了几名宫人和十几名侍卫上路，趁着夜色离开了皇宫，他们扮作前往前线的信使。一离开京城，可兰一把撩开逼仄的马车帘子，深深地吸了一口气。

"不要这么夸张啊。"刘阳说，却也掩不住自己的兴奋，把头伸过来看看外面的风景。

"当然了，这么长时间了，这是我第一次体会到自由。我已经三年多没有离开过京城了，不像你，从江湖上放假回来也才不过几个月的时间。"

"不是放假。"

"不是放假是什么？"可兰追问，"在我看来你可是玩得很开心。"

"我要为当时把你留下，道多少次歉啊？下次我离宫出走时，一定带上你。"

"还会有下一次吗？"

"嗯，似乎我们现在是逃出宫去啊。"

"这不算，我们是出宫办事的。"

"好吧。总有一天，当所有的事情都安排停当，我们可以真正去放一次假。"

"我觉得好像永远都不可能有这一天。"

"什么？"

"当然是指所有的事情都停当了。"可兰补充了一句，继续看着车窗外掠过的风景，心情好快活。

31^章

"匈奴人都在这里了吗？"朱成问她右边的哨兵。

哨兵点点头，张开手比着山下一大片的帐篷："我们在这里已经盯了匈奴好几天了。他们好像除了静坐在帐中，什么也没有做。"

"多谢。"小龙对哨兵说。他鞠个躬退了出去。待他和几名哨兵离开之后，小龙他们在窗台边继续讨论。

"看不出匈奴有何计可施。"班超等哨兵们走远后说，"他们自回到这盆地沟壑之后，一直被困在峡谷之中。"

"匈奴肯定在筹谋什么事情。"小龙说，"不然的话，何不直接投降呢？一味这样按兵不动，耗尽储水可不正常。他们的储水肯定不多了。自从包围匈奴的第一天起我们就切断了水源。"

"现在想来，在水源里洒点药应该好过直接切断。"朱成说，"我们错失了一个好机会。"

"这么做很难控制。"小龙说，"谁知道匈奴会不会恰好在一片有毒的水流里取水呢？很可能白白浪费了药物。"

"也对。"朱成承认道，"有些药还真是很难搞到的呢。可匈奴仍然毫无动静，倒让我紧张了。我们把匈奴从草原上赶到这里已经有五天了。"

自从草原上一役，匈奴被打得溃不成军之后，他们取道山峡之间，直奔盆地地区，一路上不断地被山石倾泻和其他障碍所阻断，当匈奴意识到这是皇家卫军设置的障碍时，已经太迟了。

两支皇家军从很远的地方对匈奴大军形成了一个包围圈，将他们围得水泄不通。匈奴退到了一处相对可坚守的山谷之中，准备防守。没多久，皇家军果然赶到了，派兵把守了每一个山头和关口。山谷登时变成了一个牢笼，匈奴人的一举一动都无法逃脱山上哨兵的监视。

"想不想今晚去探一下？"小龙问。

"当然喽。"朱成说，"料想班超可能会有意见。"

"冒这样大的险好像没必要吧。"班超说道，"再耐心等几日，匈奴肯定别无选择，只能投降。"

"你可以不去。"朱成建议，"盯着部下，我去冒这个险。"

"还是我一起去比较好。"班超说，"不然，怕你把整个大营烧了。"

"别给朱成出主意了。"小龙说，"她已经有不少这种鬼点子了。"

"别担心。我已经想好了。"朱成对他俩说，"我若放火，只是为了引开匈奴人的注意。不会烧整个大营的。"

"你们打算怎么溜出去呢？"班超问。

"不必溜。"小龙答道，"出去后不用回主营。我们的大军分布得很散，各支队管理有序，没人会注意到我们不见了。我们一整天都在来回跑。我们不在时，假如有新情况，范大司马和其他几个管事的能应付。"

意见统一后，三人趁着夜色掩护，偷偷溜近匈奴大军的营地。三人身着黑色夜行衣，拿黑布掩住下半边脸，用极快的速度沿着一面山壁溜下，碰上匈奴哨兵，直接轻松地跃过他们的头顶。

　　进入敌营后，三人借着阴影的掩护移动，避开营中走动哨兵的视线，慢慢地接近了大营的中心。然而三人越接近中心，火把越多，越难避免亮光。

　　当真的进入大营的中心，这里似乎跟别处并无不同。匈奴将军和他的副将们没有特殊的大帐，因此他们三人也不得不放弃原来想要窥视匈奴将军的行事计划。

　　此刻，三人都不知道要查探些什么，便分头行动，朝不同的方向走去。过了一会儿，小龙撞见一座略大的营帐，打算去一探究竟。

　　她先掀起了帐篷布的一角，见里面完全一片漆黑，便猫腰进去。由于几乎没什么光透进帐篷，小龙的眼睛过了好一阵子才适应。小龙终于看清了帐篷里堆满了容器。她走向最近的一个，伸手一摸，容器仿佛自己动了起来，离开了地面。小龙将容器前后一晃，听到里面水声响动，她绞尽脑汁想着应该如何处置这些容器。

　　最终，她决定把容器里的水放光。小龙从腰带上解下匕首，往空中一抛。她催起魔力，任匕首在容器堆里四处飞走，不久所有盛水的容器都切开一道口子。如此，到了早上，所有容器里的水便会漏个精光。她想着任何一个匈奴兵向头领报告此事时都会很倒霉的，不过她已经顾不了这么多了。

　　小龙确定了每个容器上都开了口子，便离开营帐，继续在大营里探察。忽听得有一群人走近，便跃过最近的一顶帐篷，躲着等他们过去。

　　其间，班超在大营里东躲西藏。他没有小龙和朱成两人自信，每次冲向下一个藏身之处前，都会左看右看。过了好大一会儿，也没从出发的地方走出多远。

　　突然有人在班超肩头拍了一下，他差点儿大声叫起来。小龙一把掩住他的嘴，一直等他明白过来她是谁才松手。她示意他跟着她。班超见能跟着小龙，不用自己到处乱闯，高兴极了。他们两人没再找到什么有用的东西，转而决定去找朱成。小龙跟班超讲了自己所做之事，两人觉得很快会被匈奴哨兵发现的，得赶快撤退。

在小龙误撞上储水库的时候，朱成找到了存储食物的地方。她沿粮仓帐篷外转了一圈，在帐篷底划了道口子。虽说是一顶大帐篷，但里面存留的粮草可不多。她走到最后剩下的几个堆粮食的帐篷里，想证实里面是不是下了毒的一批粮食。

朱成几乎将她整个头探进粮仓中，才掏出一点粮食来，一下子就判定这是她的伙计们下了药的一批粮食。哪怕匈奴省着吃，最迟明天也得动用这一批了，可以保证一定有一部分匈奴兵会中毒。这是个绝对有利的信息。

朱成想着待会儿得与小龙和班超仔细商讨具体细节，于是溜出帐篷去找他俩。没过多久，见他俩正猫腰躲在帐篷阴影里。小龙当然早已发现了朱成，朝她的方向望着。班超顺着小龙的目光看过去，挥了挥手。

朱成松了口气，打算站起身径直朝他俩走过去。突然，匈奴哨兵的喊叫声从大营的另一头响起，她便僵住了，用眼光向他俩发问，小龙点点头。

他们身周的帐篷里猛地冲出全身盔甲的匈奴兵。他们肯定是抱着剑睡觉的，出来时剑已经都出鞘了。

反正已经无处可躲，朱成叫道："你们干什么？"一匈奴兵听到叫声转头看着她，她纵入空中，一转身，踢中他的肩头。

"我把匈奴装水的容器都弄破了。"小龙一边矮身躲过向她脑袋砍来的一剑，一边回叫道。她飞快闪到一边，击中对手的胁间。一下击得匈奴兵气短，弯下腰直喘大气。

小龙又一步踏入火把明亮处，直接迎上匈奴兵。她低头冲入向他们三人袭来的一组士兵中间，一把抓住前头两名使剑士兵的胳膊。她一拧两个人的手腕，他们就飞了起来，然后摔在地上。她又和刚才一样，对付了剩下的一些匈奴兵，回到了刚刚打退了另一群人的朱成和班超的身边。

同时，匈奴兵又涌了过来。"他们在这儿。"一匈奴兵叫道。他取出号角就要吹响，小龙冲了过去，从他手中夺了过来，一脚踩成两半。还没等他意识到手中的号角被小龙夺走，她的一掌已经拍在他的胸口，内力送出打得他透不过气来。小龙便这样一路向前打去，跟朱成、班超会合。三人腾挪转移，打倒了一大片匈奴兵。但是越来越多的匈奴兵涌了进来，似乎整队匈奴大军都到了。

"得赶快走。"班超冲姑娘们叫道。

还没来得及走，五名光着膀子的僧人从近旁转了出来，向他们三人走来。五人全都身材魁梧，向前走的时候肚子一上一下颠动着。假如不是他们肌肉强健的胳膊和腿，很容易被误认为是慵懒庙卫。

三人都在江湖上行走多年，一下子认出靠拢来的五个僧人。三人听说过这五人的名号叫"五岩"。他们来自北方匈奴部族，一半的时间在庙里，另一半的时间在江湖上打拼。重要的是像他们这样的武功高手一般不参与两国交战，因为他们自认是置身在这个世界之外的。

他们五人出现在这里，说明了北方匈奴部族对于这场战争的重视。可能是被派来监视广德的，以前没有在战场上见过他们。

"我们不能就这么走了。"朱成一把扯住一个匈奴兵的前襟，脚下使绊将他摔倒。当匈奴兵扑通一声跌倒在地上时，她已经放开了他被拧断的胳膊说："我们得看看这五人是不是名副其实。"

"好吧。"小龙说，"反正匈奴兵已经把场子给让出来了。"

见五岩靠近，围着的匈奴兵停了下来，往后退，留出很大一块空地。匈奴兵最终围出一个大圈子，留下小龙他们三人和五个僧人站在中间。双方互相轻蔑地打量着对方好一会儿，然后其中一个僧人说："若是不想被整个江湖耻笑的话，摘下面罩来让我们看看你们的真面目。"

朱成大笑着，反而把面罩拉得更高了一点："就让江湖人笑吧。只要我们不摘面罩，他们又怎能知道笑谁去？"

几个僧人不接朱成的话茬，各自准备好了兵刃。其中两人使的是能当棍使的长锤。另一个僧人舞着一根沉重的黑色铁棍。他身边的一个僧人取出一根索连棍，当空一舞，发出尖利啸声。最后一个僧人使一柄戟形兵器，一头开了刃形同一把铲子。

"互相照应。"小龙轻声说，"看来他们会联手。"

"我才不担心。"朱成说。见僧人们越走越近，她还是听了小龙的话，紧随其后。

很快，他们与僧人只有几尺之远了。突然，五个僧人以惊人的速度发起了攻击。朱成避过直冲她脑袋劈来的黑棍，又即刻跃起，同时矮身躲过使两长锤僧人的出招。长锤突然转了方向，向她袭来。虽然猝不及防，她依旧一把推开其中一锤，又及时避开了仅差了寸许的另一把长锤。她落地后，连退数步。她瞪着长锤僧人，用力地掸着自己的衣衫。她脚下移动，将剑柄拉出了数寸，同时看着小龙和班超在僧人中间腾挪。

小龙以她的神速在几个僧人中间左冲右突，一开始避开招数还算容易。慢慢地，僧人出招的速度越来越快，而且他们开始结阵而战。很快，小龙打算拔剑来应战了。

小龙略向左偏一点，索连棍贴着她的脑袋右边飞过。她伸出一只手，顺势抓住了齿链。她翻掌紧握链子，向后退开一步，一把将兵器从僧人手里夺了过去。还没等她握紧，使棍的僧人便扑了上来，对着她的手指挥了下去。

为免手指被伤，小龙别无选择只能放手，接着一个后空翻，落在了朱成的身边。两人互相交换了一个眼色，便一齐抽出剑来，向前冲去。

与此同时，班超也正拼尽全力不让僧人占上风。他们一起向他袭来，无奈之下他只能向后退去，旋身躲开他们的连续攻击。他纵起身一个空翻，落在了僧人们身后。当最近的僧人转过身时，班超一拳击进他肥腻的肚中。拳头一下子便陷进肉中，几乎动弹不得。

班超抬头，见僧人正冲他笑着。还没等班超想出法子，僧人已一把抓住他的后颈，扔了出去。班超如同一只猫似的在空中一转身落地，不过最后却被自己的脚绊了一下，摔在了姑娘们的脚下。

"干得不错嘛。"朱成低头看着他说。

"我看你也不见得好到哪里去。"班超被小龙扶起身后说。

"我只不过暂且退让些，好观察这些僧人们。"朱成说。

"你发现了他们的弱点了吗？"班超一把拔出了自己的剑，走近站到她俩身边。

"假使我以僧人的手法来吸附你的拳劲，想必我就找到了每餐多吃几个馒头的借口。"朱成道。

"回到京城我为你多买几打馒头。"小龙对她说。

"巴不得呢。"朱成答。

三人挺剑向僧人们冲去。他们说话的时候，五僧人站成一排，垂下兵器，左掌立在胸前。他们三人一靠近，五僧人再次行动如一人般袭来。

小龙冲在两人前面，举起剑以一人之力格挡住了五僧人的兵器。其他两人也冲上前，举剑一格，令僧人跟跄着退后几步。他们三人顺势继续施压，逼得僧人们向后退去。

使索连棍的僧人向他们当头袭来。三人全都矮身躲过了，朱成却又趁棍横过头顶之时用她自己的剑一绞，于是尖利的链端冲着另一位僧人的方向飞了过去。僧人举棍，链索与棍身当啷一碰，只将僧人打得向后退去。僧人重新站稳脚跟，低头一看棍子，地上竟然被打出了一个大坑。

事实上，更大的麻烦还在后面呢，小龙他们又使新招。朱成和班超用剑缠住了僧人们，前冲后突以引开他们的注意力。与此同时，小龙收剑回鞘，纵身一跃，一个空翻落在使棍僧人身边。没等僧人反应，她已经点中了他心口的穴道。跟班超的际遇一样，她只觉自己的手指深陷进他的肥肉之中。小龙却不慌张，她一直等到僧人抓住了她的肩头才出手。他一把抓住她的肩头时，顺势要将她往边上一甩，她却一探身，拉得僧人自己失了重心，双脚离了地，然后她对准他的小腿胫骨就是一脚。

换作常人，踢中僧人的胫骨就如同踢中一根铁柱般。然而小龙远比一般男子力气大，僧人被踢得跌跌撞撞。同时小龙轻松地挣脱了他的抓缚。一气呵成之下，还顺手接住了僧人松手掉落的长棍，转了一圈再抛了出去。棍子砸在地上，紧接着一僧人的脑袋就撞了上去。僧人撞晕了过去，小龙俯身捡起了长棍。

她将手中长棍向最近的一个僧人掷了过去，正中他的手。僧人手中的长锤脱手，痛得大吼一声，向后弹开。朱成纵身上前，在长锤尚未落地之前一脚踢中。重重的金属锤头在空中像一只钟摆般晃了下来，正好将它的主人打晕了过去。

另一僧人踏步旁移，躲开了倒地的同伙，便咚的一声重重摔在地上。班超一把抄起长锤，略一使力便抛了出去。锤子在空中飞过，正好趁另一僧人提脚之际穿过他双腿之间。锤绊得他跌飞了出去，趴伏在地。而他手上的戟也脱手，被小龙跃起接住，用之砸中另一僧人的头。

僧人使他的索连棍冲小龙便是一鞭，链子在下落的过程中缠住了戟头。见僧人用力拉扯，小龙便顺势把戟向他的方向扔了过去。僧人未料到竟会如此，所以戟头正好击中了他的脸。

这样，只剩下一个僧人了。他将长锤抡得浑圆以驱赶小龙他们。朱成冲僧人叫道："你们是替何人卖命？" 想要最后获取一些有用的情报。

僧人当然不会回答。一个出其不意，长锤竟半路脱手直向朱成的脑袋掷来。她扔下手中的剑，奋力向后仰身翻倒，上身几乎与地面平行。

小龙伸出一只手，用魔力在长锤飞过朱成身子之时，把它向上略略抬起了一点。朱成直起身子，怒火中烧，便向僧人冲了过去。正当他打算弯腰捡起兵器时，朱成已经奔到他面前，双掌拍中他的心口。见僧人踉跄退后，她纵入空中，落地时一记旋风腿踢中他的脑袋，另一腿又踢中他的肩头。刚一落地，她双臂后拉又猛力击中他的后背，令他不禁前后摇摆。

朱成做完这一切，因为用劲之狠连自己的双臂都不禁痛了起来。僧人当然已经倒在地上晕了过去。见僧人已经倒地，朱成捡起自己的剑，跟着小龙和班超二人冲出了大营。

营中匈奴将士们全都震惊地瞪着他们，十分惊讶于他们三人竟能打败五个极受人敬重的传奇人物。三人纵身跃过匈奴将士们的头顶，小龙把他们的头盔当作垫脚石，然后跃上帐篷顶。匈奴兵出声大叫，可是不管怎么努力，他们都追不上。

没过多久，他们已经站在附近最高的山头上，俯视着依旧是一片混乱和困惑的匈奴大营。当储水器被破坏的消息传遍营中时，从山头都能听见大叫声和四下响起的警示声。

"祝他们的将军能有好运去收拾这一摊子。"朱成咧嘴一笑说。

"我在想他会不会就此明白，干脆投降了。"班超说道。

"可能不会吧。"小龙说，"假使匈奴有筹谋的话，会尽快动手的。没有了水，军队没法坚持太久。"

"也许我们已经抢了先机呢？"朱成说。她把她的发现告诉了他俩。

"究竟会有多严重？"班超问。

"吃了下过药的粮食的人足够多，大营里恐怕会乱作一团呢。"朱成说。

"那么我们现在需要做的只是再添一点点乱。"小龙说，"调火弓箭来。军士们巴不得早点来呢。"

他们三人走向最近的哨所，班超道："你们觉得五僧人来这里做什么？早知道应该抓一个回来问话。"

"抓一个，然后怎么样呢？一路扛回大营吗？要不你去试试。扛到半路，胳膊不脱臼就奇怪了。"朱成说。

"以前在战场上没有见过他们，说明他们并不听令于广德将军。"小龙说，"不然广德肯定会用他们的。他们每一人都能打倒不少对手，没理由不用的吧？他们甚至可能是被派来监视广德的。如果是这样的话，僧人知道得也不会太多。能从他们口中问出来的，等广德将军投降时也能问出来。"

"你真的觉得他们是受人派遣而来吗？"班超问，"以他们的身份可不像是会供人驱使的。"

"他们来这里还能做什么？"朱成转头质问他，"难道他们来这里享受好天气的吗？"

"你不拿我开涮的时候可否容我问个问题？"班超抗议。

"当你开始问有脑子的问题时，我就不拿你开涮了。"朱成对他说。

班超叹了口气："就连我也知道这是不可能发生的。"

"你至少不会失望啊。"小龙说。

32^章

第二天一早，皇家卫军的弓箭手就全部集中在能看见匈奴大营的山坡上。一部分弓箭手肩上挂着一筒普通的箭羽，其他一些士兵前面的地上放有一个小罐子。在弓箭手们射箭之前，士兵用火把点燃前面地上的小罐子。

小龙他们站在南坡上，见到山下小小的人影来来去去，显然匈奴大营中已经有了动静。从这么远的山坡上看下去，虽然看不清什么细节，但似乎已经没有昨晚那么混乱了。小龙不得不承认她有些佩服匈奴将军，尽管他们战事受阻，却仍然能令将士们镇定下来，安然入睡。

其实，直到时近中午，一切都看上去颇为平静。在毫无预警之下，大营突然像炸开了锅似的。匈奴兵四下跑动，随风送来他们惊恐的喊叫声。小龙朝她右边的士兵点点头，弓箭手将箭头在罐子中蘸了一蘸。当他举起弓时，箭头上已燃着红色的火焰。他用尽气力将弓拉到最大，然后一松手。箭呼啸着凌空而过，落在大营中间。其中一顶帐篷冒起了烟，不过只这一箭并无把握将它烧尽。

很快所有的弓箭手都接令出手，划着弧线的箭羽破空而出。这对正忙着寻找一间没被占据的茅厕的匈奴兵们来说，无异于火上浇油。

过不了多久，整个大营的帐篷都被熊熊的大火吞噬，全都烧塌在地，一缕缕黑烟直冲半空。小龙他们注视着一排排的帐篷被烧得只剩灰烬。班超很同情可怜的匈奴兵，他们无法专心躲避箭羽或者抢救身边的物品，因为他们还在急着找一间没被烧掉的茅厕。

第一声惊恐的叫声传到帐篷中时，广德就从座位上站起身来。他冲到帐前，大叫着问发生了什么事。一名副将踏进帐中，答道："茅厕好像突然一下子不够用了。"

一开始，广德还不明白这到底是什么意思。此时，他看见乌立克也满脸是汗："你怎么了？"

乌立克弯腰曲腹，痛得皱起了眉："将军，请恕属下告退。"广德一点头，他就冲出了帐篷，却还是弯着腰。

广德只能自己走过去掀开帐篷帘子。四下一看，不禁大吃一惊，士兵们都捂着肚子四处乱走。侍卫中的一半也都已经肚子痛得半跪半躺在地上了。广德忽然想起前一夜的事，猛地转身看着桌上自己还没动过的早餐。昨晚的闯入者不但动了水，肯定也动了粮食。

要是对手的目的是制造混乱，他们绝对成功了，因为已经没人在乎什么规矩和纪律了。然而这还没完，正当广德准备下令要还没倒下的士兵们组织起防御时，一支带火的箭就在他眼前落地。广德猛地跃回帐篷里，拿起盾牌走了出去，箭支从木盾牌上弹落，声如落地的雨点。

在正常情况下，皇家卫军无法轻易地在大营中射下犹如雨般的箭，一旦遇袭，匈奴兵定会立刻集结，往坡上冲锋。此刻匈奴大军已连能够去牵马驴的将士都凑不起来，更不用说展开反攻了。广德作为一领队的将领只剩下最后一招了，只有一件事可做。

他见身周帐篷不断地倒塌，箭羽又如雨点般地从天而降，叹了一口气，举起盾牌护住了头，带着沉重的心情回了帐篷。他走到角落，取出一面白旗，又再走了出来。挥手唤过最近的将士们，将白旗递给了他们："挂起白旗。我们投降。"

要在平时，骄傲的匈奴勇士哪怕是听闻"投降"二字都会生怒。不过到了这会儿，同伴们的情形早就已经动摇了匈奴兵的信心。他们忙不迭地取过白旗，跑去升旗，好让皇家卫军停止攻击，说不定还能送来解药，解救倒地的同伴们。

山下的大营看上去已经有一半都烧着了，小龙瞥见大营中央有了动静。她拍拍朱成和班超，指着匈奴兵升起的巨幅白旗。士兵刚把旗子升起来，一箭就射中了白旗正中，将它烧着了。

"是投降吗？"班超问。

"多半不是。"朱成说，"匈奴兵挥着一块大布，怕是想兜住我们射去的箭吧。"

"这可是在打仗。"小龙提醒二人。

两人赶快嘟囔了一句"抱歉"，走去喝令士兵们停止向敌营发箭。箭支一停，匈奴大军里还没倒下的人赶紧忙着去扑火。与此同时，小龙命令一组士兵带着朱成的解药下山进了匈奴大营。

匈奴兵渐渐复元，匈奴将军带着副官来完成投降的签署仪式。小龙他们亲自去见匈奴。小龙、朱成和班超命属下与匈奴军官一起完成投降的具体事宜，同时邀请匈奴将军随他们一起到山坡的指挥帐中。

"请坐。"小龙指着帐中的一把椅子说。

匈奴将军疑惑地四下看了一眼，不过终究坐下了。他的坐姿小心翼翼，仿佛稍用点力气，身边的东西就会随时坍塌。过了片刻，匈奴将军才明白并无他人进来："等等，就是你们三人领的兵？"

朱成向他鞠了躬，小龙也点头确认了。

匈奴将军瞪着他们，口中喃喃道："你们竟如此年轻。"

"看来也并无大碍呀。"朱成指出。

突然之间，匈奴将军大声笑了起来。

小龙他们三位互视一眼，静等着他笑完。他终于止住了笑，抹抹眼眉说："请恕罪。昨日你们这样大摇大摆地来到我营中，又这么走了，我没有想一定要阻拦你们。"

"可能也拦不住。"朱成说，"你们用五个胖僧人来对付我们，不也一样被我们打趴下？他们五个醒来了吗？"见小龙和班超两人望着她，她耸了耸肩，"如果不能拿来夸口，当初又何必把他们五僧人打倒呢？匈奴将军能去给谁讲？"

"你们究竟是什么人？"匈奴将军惊愕地问。

"我们只是几个不想让我们的国家陷入战争的人。"小龙无意正面回答问题。

"有的时候，我们是被迫的。"将军自语道。

"能告诉我们为什么吗？"朱成问。

"问题是我也不知道。"将军答道，"前一刻我还战赢了北方的部族，随即，我们的头领便强令我带兵向南袭击你们。还特意派了被你们打得半死的五个僧人来监视我，并且想确保我的部队战到最后一刻。"

"我还是没听明白。"班超说。

"我也想不通。"将军说，"我不敢抗命，因为我的家人和土地都受到了挟持。不过，到了眼前这般田地，我想最好还是保住我手下人的性命再说。说到此事，我还得感谢你们放了我们一条生路。我知道对你们来说，不去理会投降的白旗要比对付这么多俘虏来得容易些。"

"不用谢。"小龙说，"你的将士们无权决定攻击谁和攻击哪里。两边的将士们一样，都是被夹在中间的，左右为难。你的将士们会被驱作劳役，但一定会被善待的。这点你可以明确地向你的将士们保证。与此同时，我想请你回去，转达我们求和的意向。边境的安宁是我们最希望看到的，我们保证不随意入侵你们的疆土。等双方达成一个可行的协议，你的将士们就可以重回家园。如果北方部族继续骚扰你们，程将军之前给你们的允诺依然有效。"

"你们有权做出如此决定？"广德将军问。

"这件事，你尽可相信我们。"班超向他保证。

广德将军坚定地点点头，站起身来："我一定将你们的口信带回给我部族的头领。只希望他们能有你们皇上一半的远见就好了。"

"告诉他们，我们希望由你亲自带着回复到京城来。"朱成说，她从腰带上取下一个符节，抛了过去，"这符节能助你通关，并进入洛阳。"

"你们为何这么善待我？"广德翻弄着手中的符节，问道，"我是一名败军之将，不值得你们如此待我。"

"你敬我一尺，我敬你一丈。"小龙说，"当我们作为特使去你们帐中的时候你也是以礼相待的。我们不讨论谁输谁赢的问题。以后再有什么问题，希望我们能成为同盟而不是对手。"

匈奴将军右手握拳放在左胸，以示敬意。

广德离去之后，小龙他们三人相视一笑。"我们终于可以回家了。"朱成说，"打仗并没有我想象的那么好玩。"

知道她是在开玩笑，班超根本不打算回应她。他反而问道："俘虏们怎么办？"

"将他们一批一批送往关口，我们和剩下的人马在此等候。"小龙说，"他们的意志已经被摧毁，不会想着生出什么事情来的，但我们也不可太大意了。先将大部分俘虏扣在山谷中，用我们的粮草供给，直到全部俘虏都被转运回关内。"

"赶快派信使回关内去通知，做好准备接收这一大批俘虏。"朱成说，"我给图将军修书一封，告诉他把每一组人关到不同的地方。这样俘虏们就无法互通信息了。"

"等等！我们得派人去把五个僧人带来。"班超说，"虽然他们所知不多，但至少可以告诉我们一些北方部族的情况。看来我们迟早都会跟他们碰上的，所以我们还是早些了解为好。"

"我想僧人大概已经逃走了。"小龙道，"凭他们几人的本事，当时周围这么混乱，很容易趁着将士们溃不成军的当口，偷偷溜走。我们可以派些人去找，不过太不值得。"

"还不如由他们直接回去跟主子汇报我们的能力。说不定如此一来匈奴再没胃口与我们打。"朱成说，"要是我就不会想再打了。"

"以我之见，能动摇匈奴信心的更应该是我们队伍的作战能力而不是你个人的能力。"班超说。

"哈，这你就错了。"朱成说，"一支军队的威力在于指挥官的意念，同样，一支强大的军队有个无能指挥官，还不如一个有计划的勇士单枪匹马呢。"

"你似乎夸张了一点。"小龙道。

"不过原则上你还是同意我的。"朱成说。

"还需要问吗？"小龙道，"好了。我们去做点儿正经事吧。我们早些把俘虏运回关内，就能早些回去。"

"反正我已经等不及离开这不毛之地了。"班超说，"我宁可上早朝。"

"我宁肯留在这荒漠里也不要每天去上朝。"朱成答道，"反正两边都是费脑子的。"

33^章

可兰和刘阳到山海关的当天，也是第二批和第三批匈奴俘虏到的日子。见这乱糟糟的情形，他们俩都觉得现在不是向守关军揭示自己真实身份的好时机。

他们带了二十多名护卫，只是向守关军告称他们是皇上派来了解边关军情的特使。守城的卫士也懒得向图将军通报，恐怕图将军来也未必能认出可兰。他离开老家时，可兰远未出世。卫士们只是让他们自己去找一名低阶文吏安排住处。

刘阳和可兰带着二十几名御前侍卫在一个像迷宫一样的山海关走廊里来回寻找雷大人。有经验的官员们被派去筹划如何安置匈奴俘虏一事，眼下只是由雷大人负责安排内廷的客房。

他们终于找到了雷大人的书房，可兰上前敲门。门砰的一声被打开，一位身材消瘦、胡子浓密的人瞪着他们，她不禁后退了一步。"你们要干什么？"他问道。

"我们是京里来的特使。"刘阳说，"守卫说我们的住宿由你负责安排。"

雷大人又瞪了他们很长一会儿，然后伸出双臂，烦躁地仰天抱怨。刘阳和可兰互相看了一眼，偷偷又向后退了一步。

"我已经累得像条狗似的。"雷大人对着他们大叫道，"你们自已随便找几个房间，能住下就行了。"

"可是……"刘阳还没说完，雷大人就冲着他们说："我不管你是谁，这里是山海关。你在京城里认识的有权有势的大官们在这里没有用。这里的事由军官们说了算，而你们显然不是将门后代。"雷大人砰的一声关上了门，重重地走回自己的桌边。

"看来我们得自己去找房间了。"可兰说。

"可是，陛……"其中一名御前侍卫说。还没等他说完，另一名侍卫伸手捂住了他的嘴。

"要叫主上。"他说。

"对不起，主上。"第一名侍卫说，"可是你自己怎么找得着房间啊？我们不能容忍他如此无理。"

"不，这没什么。"刘阳说，"如果暂不透露身份，能让大家继续做好自己的本分，我很乐意自己去寻住处。一个小小的特使，带这么多侍卫容易使人生疑，你们还是回营房吧。"

御前侍卫们听说皇上要自己一个人留在不熟悉的地方，简直吓坏了。最终，侍卫们还是不情愿地遵照皇上的意思做了，虽然并没有被他的理由说服。

侍卫们回自己的营房去了，可兰和刘阳扛着小小的包袱，在院子里四处逛着。军官们都已经选好了他们的房间，哪怕是下人房也被不想与士兵们一起住在营房里的下阶军官们瓜分了。他俩一路走去，房间里不是桌前坐着忧郁的男子，就是架子上挂着盔甲，或是有名牌挂在房门口。

他俩在幽暗狭窄的走廊里和一队士兵擦肩而过，清楚地感受到士兵们的不屑。很显然，士兵完全不在意这两名看上去瘦弱苍白的文官。

可兰强忍住想要用目光挑衅士兵的冲动，但这样一来他们乔装打扮就没有意义了。她反而特意带着刘阳向越来越暗的地方走去，果真士兵越来越少了。

事实证明这法子是对的，他俩终于找到了一间放着几张简易床铺的小屋子。屋中光秃秃的石墙上什么装饰也没有，空气中还残留着马汗味。不管怎么说，他俩决定就住这间屋子了。

"你受得了屋里的味道吗？"可兰问，"我想这是间马夫住的屋子。马夫们可能正在马厩里呢。现在正是他们忙得没日没夜的时候。"

"这儿挺好。我感觉，再找下去，很可能会被关进地牢里。"

"这间屋子比地牢好不了多少。是间地下室。"

刘阳四下看了看，发现墙角有一只破败的洗手盆，墙上还靠着一张三只脚的凳子。灰色的石墙看上去潮乎乎的，还有曾经有水流过的印迹。屋里唯一的光源来自可兰点亮的墙上的油灯，刘阳还真想象得出住在一个地牢里的感觉。

看着刘阳脸上的表情，可兰笑了："不是你惯住的地方，是吧？"

"这是我住过最差的房间了，连客栈里最逼仄的房间都不如。当然很难习惯了，你能对付吗？你似乎对这间屋子不很在乎。"

"小时候，我父亲还没回到朝廷的时候，我们家差不多就是这个样子的。"

"什么？"

见刘阳满脸的惊奇，可兰咧嘴一笑："我很多事情你是不了解的，对吗？"

"可是我不明白。"

"王莽夺权后一下子拆散了我的家。他将没有逃跑的人都投进阴冷的牢里，烧了我家的宅子，抢走了所有的财物。王莽政权被推翻了很多年后我家才渐渐恢复元气。你知道我父亲的为人，拒绝利用他的权力来重新积攒财富。"

"所以，你父亲在为国征战时，你们全家就住在这么穷的地方？"刘阳问道。

"也不全是。五岁之前，我是住在叔父家中。"可兰对刘阳说，"等事情最终安定下来后，父亲才接我回宫里住。家中的大部分财物也是后来才收回的。我不是想说我曾经很穷，只是觉得自己不是一生下来就有着优越的条件，但这反而是件好事。"

"想说服我这是一次宝贵的生活经历吗？"刘阳道。

可兰耸耸肩："我觉得你在闯荡江湖的岁月中学到了许多类似的东西。"

"记得提醒我见到小龙时谢谢她。"

"应该要不了多长时间了。据士兵们说，押解回来的匈奴兵只剩下最后一批了。我想小龙他们几个会一起回来的。"

"你想不想去看看押解回来的匈奴俘虏？"

"可想而知，我们回来时这房间会被人占了。"

"可以将衣物留下。旁人应该知道这屋子已经有人了。"

可兰笑着说："当然，可以试试。如果这招失灵的话，有借口砍几个人头了。"她拿起剑，不等刘阳回答就走了出去。

沿着来路，他俩很快到了一个上城墙顶的楼梯口。守在楼梯口的士兵看了他俩上楼，却没说什么。

一登上城楼，他俩就发现城墙上除了一些站岗的弓箭手外，空空荡荡。见无人质疑他们为什么在城墙上，刘阳和可兰便走到城墙边上，望着进入山海关的人流。眉头深锁的匈奴兵围作一团，守城的卫兵不停地咒骂着，匈奴兵脸色铁青地不发一言。

军官们尽力喝止士兵辱骂俘虏，可是几个世纪以来已沁入骨血中的深仇不是这么容易压制下去的。

见匈奴俘虏和押送他们的卫兵到了，其他守关的士兵都涌出山海关去迎接。从一方面来讲，这种显示实力的方法让俘虏不会再心存任何幻想。而另一方面，接收的官员确实需要有人帮助把匈奴兵分成一小部分一小部分地送往各地充作苦力。

负责分派匈奴俘虏的官员设计了一个复杂的程序，用来计算多少俘虏送往哪里。虽然分派程序难免有些过于繁琐，但也成功地完成了疏散匈奴俘虏的任务。

刘阳和可兰一直站在城墙上，直到所有的俘虏消失在山海关外，守关士兵关上厚厚的城门，伴随着重重的回声。此时，天空中已经日头偏西，刘阳揉了揉肚子。"我们得找点儿吃的，今天就这样吧。"

"估计厨师们没有时间制作像样的食物。"可兰提醒刘阳。

"没关系。"刘阳说，"反正我的胃口也不如平时。"

他俩找到了厨房，可兰冲了进去，从炉灶里拎出了满满一盒高粱米窝头，然后又从人群中挤了出来。她打开食盒盖子，几口吞下了一个高粱米窝头。

刘阳也拿起一个冷窝头，怀疑地看着它，咬了一口，做了个恶心的鬼脸："太难吃了。这是什么东西？"

"这是用高粱米做的。"可兰对他说，"热的时候好吃一些。"

"到底好吃多少？我正在想该不该吃这米窝头，也许能找到些更好的食物。"

"厨房里只有这个。"可兰抓住刘阳的手臂，带他到离厨房远一些的地方，"吃下几个会好些。"

刘阳继续盯着手中的米窝头，最终只能将就地吃上了。他苦着脸，很快地吃了几个。当他吃完后，可兰递上了她的水壶，他几乎把里面的水全部灌了下去。"从来没有吃过这么难吃的东西。"

"当然没有啦。你有没有想过士兵们吃得有多糟？军中的伙夫只能尽他们的所能来做些吃的。"

"为什么不派些好点儿的粮食？"

"得先收拾了负责分派军粮的官员们。他们把最好的粮食扣下来，最差的送往军中。然后把扣下的好粮食卖给米商。很有可能商人转手把粮食卖给了敌人。"

"这是我所听到过的最愚蠢的事情。"

"未必见得。"可兰说，"每天早晨我们都会在朝堂上听干这类事情的人说话。"

"我们得尽快设法处理这些奸人。"

"完全同意。"可兰说。

没多久，他俩又回到有马汗味的小屋，行李已经被扔到了走廊里。可兰眯起眼睛，雷霆风暴般地冲进屋子，两名上尉正互相笑闹着。从他们盔甲上的徽章来看，他们来自徐州。两上尉假装没看见可兰，她十分耐心地站在旁边。

过了一会儿，一高大些的上尉站起身来，用尖尖的手指指着自己黑黑的胡须。"哦，被扔出去的东西是你们的吗？"

"一点儿没错，正是。"刘阳一边说一边也进了屋子。

"你俩不介意把这让给我们吧？"另一上尉边说边往墙上一靠，仿佛毫不在意的样子，"我俩睡屋子。你俩可以睡走廊。你们这么瘦，旁人走过估计也就当你们是段木头。"

"我们先占了这间屋子的。"刘阳说。

"小心点儿你说话的语气。"可兰对他说，"你们不知道我们是什么人吗？"

"我才不在乎呢。" 高个儿的上尉说，"哪怕是皇帝老子来了我也不在乎。今晚你们无法占用这间房了，所以趁我把你们踢出去之前赶紧滚。"

"你肯定房间就这样定了吗？"刘阳问。

"难道你俩想跟我们比试比试啊？"其中一人哄然一笑道。

"无需比试。"可兰说，"我们只想教训教训你俩。"还没等俩上尉反应过来，她已经纵身向前，一拳击中高个子的腹部，跃入空中一转身一脚踢中他的屁股。这一脚踢得他直接从门口滚了出去，重重地撞到了对面墙上，撞得晕头转向。

与此同时，刘阳走了过去，抓起另一上尉的衣领，把他也从门口扔了出去。两名上尉先是撞到一起，然后向两个方向踉跄着跌了开去。

趁他们惊魂未定，可兰又冲了过去，探出左足在墙上一点，然后在空中一旋身踢中了两人。这一脚将两人踢得向后滚去，重重坐倒在地。忽然见刘阳走出屋子，向他俩走来，两人同时跳起身，飞快地逃掉了。

"我们会因此有麻烦吗？"刘阳弯腰捡纸时，问道。

"上尉们怎么能向上司报告自己被两名文官打得屁滚尿流呢？但他们会再来找我们，好在我不会睡得很死。"

两名上尉晚上再没有回来找刘阳和可兰，他俩一觉睡到天亮。早上醒来，他俩决定先去军营告诉御前侍卫们他们一夜没事。可是，在前往军营的路上，他们听到远处传来号角声，临时决定随士兵们一起往关门走去。赶到时，正好见一关门被重重地打开，门外出现一小队将士。当他们走近些时，刘阳高兴得跳了起来："是小龙他们。怎么这么快就回来了？"

"待问过小龙他们自然就知道了。"可兰说。但她的语气中也掩不住见他们回来的兴奋。

当将士们见到回来的这队人马竟然举着大将军们的令旗时，他们都赶快一起敬礼。小龙安逸地坐在马上，望着迎接他们的人群像一片海洋般。小龙、朱成和班超交换着眼色，他们都双目放光，为终于结束了一场战争而倍感高兴。小龙在图将军面前勒住马，跃了下来。

图将军冲小龙作了个长揖，她便点头致意。小龙正要开口说话，突然发现刘阳和可兰竟然也在人群中。虽然不清楚为什么刘阳和可兰在这里出现，小龙却格外高兴，不想揭穿刘阳和可兰的身份，依旧和图将军说着话。

朱成和班超也看见了他俩，立刻向刘阳和可兰冲了过来，没去想为什么他们会来，也不管为什么他们要扮作两名文官。可兰压根儿没注意到朱成和班超，因为她的注意力被正从将士们中间向他俩挤来的两人吸引了过去。朱成到的时候，前一晚的两个上尉刚好挤到了刘阳和可兰身边。朱成挡住他俩的去路，双掌直接招呼上了他们的心口。她双掌一扬，两人便飞了出去，在地上滑出去了几尺远才停住。

两人手忙脚乱起身一起向朱成袭来，惊奇地见图将军和两名年轻的将士也正走过来，他俩赶紧止住了脚步，好一会儿都没反应过来。接着再一细看，才看清了朱成的盔甲，惊恐地向后退去。

朱成只是大笑着指着两人："图将军，看来将士们想了个有趣的法子来迎接我们。"

"大将军。"其中一名上尉突然结巴了起来，"我们并不是想袭击您。我们是要抓住这两人。"他指着走上前来站到众人身边的可兰和刘阳。

"你还是认了前一条指控比较好。"朱成对他说，她走到可兰和刘阳身边，用只让他俩听见的声音说，"犯上作乱行刺皇上可是严重得多的罪。"

两名上尉看着刘阳，一下子吓晕了过去。

接下来着实热闹了一番，图将军向集结在山海关的众将士们训话，感谢大家紧守边境的安全。待这些礼节仪式完成了之后，图将军又派人出去接收最后一批俘虏。

一个时辰之后，五位好朋友终于又单独聚在图将军的私人房间里，图将军自己亲自去指挥接收俘虏的事宜。

"你们来这儿到底做什么？"班超问刘阳和可兰。

"京中实在待不下去。"刘阳答，"两位官员在我父亲的冥寿庆典上打起来了，为了争是谁家的女儿还是孙女儿画了一幅画。"

"朝政交由谁负责呢？"小龙问道。

"以前的师傅，还有侍郎们。"可兰说。

"正式的公告是师傅写的吧？"小龙问。

"正是。"刘阳答道，"不过，还有一件事得让你们知道。师傅已经查出你们的身份。"

与平时一样，小龙闻言并没有多大反应。换作旁人，肯定会吓一跳，而她只是点点头，思索着："师傅来找你们理论时，你们得说服他，我不是这个国家的威胁。"

"既然他已经查出来，旁人也都知道吧？"班超问。

"我们可忙了呢。"可兰对他说。她简单地把过去几周他们是如何销毁记录或者至少藏起来的事都说了。

连朱成都对他们的用心深为佩服："看来并不是只有我们在努力工作呢。"

"我还真挺想念你的夸人方法，听着似乎像侮辱人一样。"刘阳大笑着说。

"你已经习惯挨骂了。"班超对他说，"相信我。" 刘阳还没说完，向边上一躲，朱成抓了一个空。

刘阳冲朱成一笑："早跟你说我已经有经验了。"

34^章

稍后，大家与图将军和范大司马共进午餐。

午餐时，图将军说道："你们回来如此之快，实在使人感到意外。我以为你们还需要几天才回得来。"

"俘虏胆小得令我们觉得没有必要等范大司马的人来押解。"小龙说。

"你是如何彻底打垮匈奴兵的意志的？"图将军问，"到目前为止，没有一个试图逃跑的。一点不像跟我战斗了多年的骄傲勇士。"

"因为他们也不想再打这场仗了。"朱成道。

"什么意思？"刘阳问，"我记得你们在上次的报告中提到过北方匈奴部族，我还没有完全理解。"

"不知是何缘故，战争是北匈奴推动南匈奴发起的。"小龙说，"我们已经提出和南方匈奴部族结盟，与他们共同抵抗北方匈奴，如果北匈奴不撤回对南匈奴的威胁。"

"以我之见，这是非常明智的一步棋。"范大司马说，"倘若南方匈奴不接受我们的条件，也足以动摇匈奴之间的合作。"

"我已让南匈奴的战败将军传话给南匈奴的首领们。"小龙说。

"我把我的符节给了南匈奴将军，如果他来的话，请护送他到京。"朱成加了一句。

"他主动承担了这个羞辱的差事吗？"可兰吃惊地问。

"他很有气节。"班超说，"他接到的命令是战到最后一刻，不过为了手下的士兵们着想，他选择投降，虽然自己的家人和土地都仍然在部族首领的控制之下。"

"听上去正像是我们需要的人。"刘阳说，"希望南匈奴能接受结盟的条件。"

"现在我倒是对北匈奴更感兴趣了。"可兰说，"他们是如何令自己的兄弟部族如此害怕的？"班超瞟了一眼图将军，可兰微笑着转向他："舅父，我能信任你，告诉你一些事关国家安危的秘密吗？"

图将军假装在外甥女面前摆出一副严肃的面孔，却没成功。虽然他们是第一次见面，但看得出两人在性格上有相似之处。他们相处自有一种家人之间才有的熟稔感。图将军环视着四周，与众人对视着："我此生已经拥有许多从未想要的权力。不过，此刻你叫我退避一下我也不会觉得受到侮辱的。"

"这么没礼貌，真是枉费学了这么多年礼仪。"朱成一边说一边挤进椅子中，跷起两条椅腿晃着，"不管怎么说，回答你的问题，我已经派遣人去北匈奴了。如果广德不能带信息回来，相信密探能够。"

"也许真应该把暗探组织的指挥权交给你了。"可兰说，"我们的暗探们实在无法真正深入匈奴人的腹地。"

朱成大笑着摇摇头："先把密探们送到南方丛林里去。等回来的时候，密探们什么都不怕了。密探们可能会变成罪犯了，不过那是另一回事了。"

"朱成的话只能听一半。"小龙向图将军建议道。

"下一步到底怎么走？"班超问。

"当然应该是风风光光地回京了。"朱成说。

"同意。"小龙说，令其他人颇觉惊奇，"摆出如此招摇的胜利姿态能助我们将政权牢牢地控制在手中。"

可兰点点头："至少一段时间内，反对任命你们的官员们会替自己的位置担心了。也许这样就能让他们忙活一阵，而不再担心谁画什么画了。"见两名长者困惑地眨着眼，可兰向他们解释了前几天在庆典上发生的事情。

"你父亲曾经在无奈之下，任命了许多庸官。"范大司马说，"在推翻了王莽政权之后，这是唯一能够平衡朝党利益之举。"

"如今应该让庸官们靠边站了。"刘阳说，"可以先从在军粮上动手脚的庸官们身上下手。"

一用完餐，可兰和刘阳即刻集齐御前侍卫，登上马车，全速赶回京城。几天之后，匈奴俘虏全部被运走，小龙、朱成和班超带着大部分大军开始远征回京。

刘阳和可兰回宫中的次日早晨，刘阳照常上了早朝。百官们都面带微笑，舌吐莲花般向他表示祝贺。

完成了常规礼仪之后，刘阳说："你们已经听说了，跟匈奴的战役我们大获全胜。"

米大人站出来说："陛下，胜利完全归功于陛下的努力。是陛下为江山社稷虔心向神灵祈福，才使战争获胜。"

刘阳严厉地盯着米大人说："所幸的是，胜利的真正原因既显而易见，也不像你描述的那么神秘。赢得这场战争的真正原因是全体军士们做出的牺牲，以及将领们卓越的领兵才能。"

"皇上圣明。"柯相说，"英勇的将士们真是值得称颂。"

"这也是为何我将五日之后定为庆功日。凯旋的大军要穿过整个京城，所有有功将士都应给予嘉奖。有人反对吗？"刘阳问。

诚然，谁敢反对皇上的决定？可兰上前提议由陶大人负责组织五日后的庆功仪典。

"朕觉得这个建议甚好。"刘阳说，"陶大人，实际工作成绩足以证明你是一个非常勤勉并且办事极有效率的人。我相信你定会完成得非常出色。把你手上其他的事情都先放到一边吧。"

"多谢皇帝陛下的信任。"陶大人答道。

"我相信你的表现定会证明我没有选错人。"刘阳说，"然而，在用人上面，我没有自己所希望的那么高明。情报证实有些官员在军粮上做了手脚。"

"皇帝陛下，决不能容忍此事继续发生。"可兰说，"如果大军没有可靠的军粮供给，怎能期望将士们为国牺牲并建功立业呢？"

"大家的看法如何呢？"刘阳问。

此刻，连犯事的官员也都别无选择地宣布赞同可兰的建议。

谢侯向前一步说："皇帝陛下，做出此等丑事的官员无异于叛国，应当以严重的罪行论处。我愿负责将这些叛贼连根拔起。皇上，我向您保证无论他们多么有权有势，我都寸步不让。"

"你的一片赤胆忠心，朕知道得很清楚。"刘阳说，"在军粮上做手脚的事已调查完毕。"

听闻此言，多名官员被吓得脸色如纸般苍白，刘阳强忍着不笑出来。他当然还没有时间去调查军粮一事，不过大概也能猜到凡在军中有权势的人都在这一场贪腐之中插了一手。贪腐的官员所表现出来的惧意更加证实了皇上和可兰掌握的情况。因此，他们只需从朝中选择几个最该被问罪的官员。

回到御书房之后，可兰和刘阳坐下来认真研究剔除几个官员。纸已铺在桌上，笔墨也准备好了，可兰细看了一遍所有参与了军粮运输官员的名单。"我已经叫表弟从中剔除了下层官员。觉得没有必要现在清除下层官员，他们只不过是听令罢了。需要的是直接对付身居高位的官员。"

"你觉得应该剔除多少人？"刘阳一边俯身看着桌上的名单一边说。纸上总共有二十二个名字。

"先把当前不能动的人的名字划掉吧。"可兰说，她随即在纸上划掉了三个名字，"这三个人的势力太大，先暂时不动他们。尽管能证明在军粮上他们三人做了手脚，但处理他们仍然需要些时间。"

刘阳从可兰手中取过毛笔，又划掉了两个名字："我记得读过他们的奏折。他俩应该不是军粮贪案的带头人。"

"至于余下的十几个人，先从中处理一小半。一下子抓了太多，有些官员恐怕会被吓得公开反叛。"

"娄大人非抓不可。"刘阳说，"他一天比一天令人讨厌了。"

可兰大笑起来，圈上了娄大人的名字。他俩逐一研究了剩余的名单，并随之决定了他们的命运。最终他们圈定了八个名字，转手给了侍郎们让他们去查证他们的罪行。再加上将士们的证词，御前便能轻而易举地审定这一铁证如山的案子。

五日之后，士兵们将城门大开。军士们列队在通往城中最大广场的路上，大路两旁排满了城里的居民，人们都出来欢迎胜利归来的大军，街上被挤得水泄不通。一种节日的气氛弥漫在整个空气中，市民们激动地聊着天。国家已经很长时间没有真正和别国交战了，大部分人是第一次见识到凯旋而归的大军。

这支队伍用了令人难以置信的极短时间打败了匈奴人，还俘获了众多的匈奴兵。当宣布大军到来的号角声响起时，市民们大声欢呼，挥舞着胜利的条幅。父母们让小孩坐在肩头观看黑压压的大军蜿蜒行进在回城路上。大点的孩子们跳跃着在大人们的身后往外看，可还是看不见，便一窝蜂地拥上了任何爬得上的建筑物，像鸟儿似的一排排地坐在上面。

第一队骑兵到达时，大旗猎猎作响，盔甲在阳光下闪闪发光，雷鸣般的欢呼声此起彼伏围绕着将士们。鲜花花瓣如雨般抛撒向军士们，他们都挺直身子坐在马背上，接受着从战场上赢得的褒奖和敬意。随着一队又一队的士兵如潮水般地涌过，守城的卫兵们排在街道两旁一直保持着敬礼的姿势。

班师回朝的军士们经过很长时间终于整整齐齐地集合在城中最大的广场上。他们站在特意为这一盛事搭起的高台前。皇帝和百官们站在高台上望着面前在军官们指挥下整齐列队成行的士兵们。军士们全部到位之后，百姓也从城中各处涌了过来，挤满了地上能找到的任何一个空隙。无法涌进广场的人，只能挤在广场外面的街道上，依赖于口口相传获得广场内的信息。

小龙骑马走进广场时，将庞大的欢迎仪式尽收眼底，不禁微微颔首。心想，今日社会确实需要这种撼人心魄的力量和威仪来声讨或是奖赏相应的人们。小龙和一些高阶军官骑马径直走近了高台，一起翻身下马，动作整齐地向刘阳鞠躬行礼。

刘阳邀请他们登上了高台，一起默默站着等待广场上的人群平静下来。即使所有人都屏息静气，一个人的声音也无法传遍整个广场，显而易见台上人的讲话，必须由遍布在广场各处的传令官传递出去。

刘阳首先客套了一通，然后代表国家和黎民百姓赞扬了军士们的奋战，接着说："正因为有了军士们的投入和牺牲，这场战争才比预期的结束得更早。早先安排好的军饷依旧继续分发给每个军士。"

果然不出所料，军士们听后爆发出震天的吼声。当欢呼声渐低后，刘阳继续道："剩下的军费用于安排今天的庆典。所有参加今天庆典的人都可免费吃喝。"

聚在广场内外的市民们欣喜地互相传递着这个消息。接下来是在台上表彰表现突出的军官和士兵们，他们接受如雨点般密集的奖赏。范大司马在战时表现出来的智慧和无畏受到了公开的表彰。康石也得到了皇上极大的赞扬，他表情严肃地站在台上听着皇上诵读着他的一大篇辞藻华丽的报告。出乎百官们的预料，彭貂最后被晋升为军需将军，负责全军粮草分配和运输的事宜。由于晋升是在庆典中进行的，谁也不敢出声反对，只能静坐在台下咬牙吞声。

庆典结束后，百官们退出了广场，军士们和市民们留在广场继续狂欢庆祝。刚回到宫里，刘阳就召集了紧急朝会，百官们带着恐惧的心情来到大殿。事实证明，他们的预感是正确的。

首先刘阳表扬了今天成功地举办了庆典活动的各位官员，接着很快进入紧急会议的主题。朝会结束时，八名官员因在军粮上做手脚被关押了起来，等待进一步的审查，其余的官员都害怕得瑟瑟发抖，朱成甚至忍不住想要问问官员们是否感觉到起风了。

在卫兵们将八名官员都拖出大殿后，刘阳接着对百官们说："事实证明，并不是所有的人都从我叔父一案中吸取了教训。朕再次提醒你们，有些事情是应该铭记在心的。今天所见的挤满在大街小巷的市民们才是你们真正的衣食父母，是你们最需要取悦的人。如果每个官员都恪尽职守，民众便会为你们欢呼。倘若欺瞒民众们，下场将会与最令人不齿的叛国者一样。"

35 ^章

　　五位好朋友回到刘阳的御书房，叫来了隔壁屋里的尚书侍郎们继续今天广场的庆祝。

　　"你们回来了！"白惹高兴得跳起来直叫。

　　"更重要的是，"双生姐妹柴华打断了白惹，"今天的公务办得如何？处罚了所有的贪官吗？"

　　"办到了。"刘阳答道，"谢谢你提供的证据，贪官们根本无言以对。"

　　"这是我最想听到的。"柴华说。

　　"有吃的吗？"朱成问，"饿死我了，站在台上听皇上表彰了这么多人。"

　　"早就料到你会如此抱怨的。"可兰说，"已经派一暗探去买你最喜欢的包子了。这一定是我迄今为止给暗探布置的最离奇的任务之一了。"

　　"显然派人去遥远的城市销毁悬赏布告比买包子更奇怪。"小龙道。

　　"我同意这说法。"朴阳说。

　　与此同时，朱成满屋乱转，她猛然发现地图后面藏有一个存放食物的暗室。还没等大家看到暗室，朱成已经启动了机关把整个袋子都拿了出来。

"你是怎么把它取出来的？"刘阳问。

"这一招是朱成最近跟班超学来的秘密武器。"小龙解释道，"只要班超在屋子里待的时间一长，就肯定能撞上什么暗室并触动机关。"

"但我们只在紧急情况下才起用班超。"朱成说道，"今天不需要他的魔法。这个暗室过于明显，新手也肯定能发现的。"

"哪里才是藏暗室最好的地方呢？"班超问。

朱成思考了片刻，敲了敲椅子后的地面："这里不错。"

柴华走了过来，想亲身试一下。她坐进椅子里向后挪了一点，仿佛要仔细审视桌子："好地方，椅子恰巧直接盖住暗室。"

"当然了，最有经验的贼子们早知道怎么找暗室。"朱成说，"所以想好了再定吧。"

"需要担心的不是找地方建暗室，而是防止贼进入宫殿。如果贼子们有本事避过守卫进入宫里，他们就能找到任何想要找的东西。"小龙说。

众人大笑着，分享着食物。他们一边吃着，侍郎们一边追着小龙、朱成和班超讲战场上的故事。他们三个人轮流详细地描述着怎么在每一个紧要关头牢牢困住匈奴大军。

小龙他们悠闲地放松了两周。百官们似乎比任何时候都安分守己，像是终于意识到他们再也撼不动刘阳和他的同盟了。有些官员真是在改过自新，而其他一些官员只是在表面上假装勤勉了。

一个显而易见的结果是，更多的政务得以按时完成。不论官员们的工作动力和效率是怎么来的，从长远来看受益的是黎民百姓。侍郎们同时发现官员们递上来的奏折质量大大提高了。大多时候，官员们都恪尽职守，自己完成以往一直由侍郎们代劳的工作。

侍郎们近来每天很早就无事可做了。刘阳他们每天需要做的事情也越来越少了。这就给了刘阳他们更多的时间去筹谋计划未来如何引领国家。

每日早朝后，五位好友聚在御书房，埋首于堆积得像人一样高的文件、奏折和数字。花了无数时间策划新的政府系统和官阶制度以及考虑怎么消除已深入整个政府的腐败。

显然，需要解决的问题是两个方面的。首先必须除掉拥有权力的奸臣，然后实施重塑的新制度，这样才能使诚实的官员保持本色。安静的日子仅持续了两周，就突然间被打断了。一天下午，正当他们在书房里开例会时，侍卫通报城外来了一信使。

可兰开门见了信使，他似乎是从皇宫里一路奔跑进来的。信使喘息平定后，取出符节递给可兰说："带符节的人是由一名守关卫士陪同来到宫殿的。"

可兰一看是朱成的符节，对信使说："请把来者带去大殿议事，我们即刻就到。"

然后她立刻转回书房中，把发生的事情告诉了御书房里的人。

"仅仅过去三周。"小龙沉思道，"还不够他回去再来京的时间，好像花在议谈结盟上的时间实在太短。"

"短得根本不可能。"朱成同意，"我有一种不好的预感，应该赶快去见他，省得在这里瞎想。"

"一起去。"刘阳说。

"御前侍卫肯定不会乐意的。"可兰说，"来者不会有什么妄动。"

"不是行刺之人。"班超同意。

他们五人离开了御书房向议事厅走去，由侍卫们围着来到了大殿，刘阳命侍卫们在殿外等候。禁军队长原打算反对，可是他很了解皇上的四名伙伴的本事，所以将反对意见咽了回去。实话说，他们四个比任何人都能更好地保护皇上。

五个人进殿时，看见广德将军正焦灼地前后踱着步。广德瞧见他们进入了大殿，立刻停止了踱步。他走过来给他们行礼，先双手抱拳，然后俯身鞠躬："多谢你们这么快接见我。"

"当然。"朱成说，"不然的话，不会给你符节了。先介绍一下，广德，这是皇帝陛下和尚书大人。"

广德握拳抵在胸口，低头鞠躬，直到身体与地面平行。

"不必了，无需行此大礼。"刘阳道，"你原不是我的臣子。来吧，大家都坐吧。"

落座后，小龙对广德说："坦率地说，没料到这么快见到你或你们的部族的代表。其他的代表停留在山海关了，还是你独自一人前来的？"

"真精明。"广德点头说，"我还没机会转告你们提议的结盟呢。刚回到部族，正准备禀报时，发现族中的首领们都已被投入了大狱。全是北匈奴派来的人在发号施令。"

"怎么会突然发生这样的事呢？居然没人警告你？"班超问，"你的首领们肯定派了人找你回去抵御北匈奴的。"

"事实是首领们根本来不及派信使找我。"广德说，"然而这不是我来京城的唯一原因。我是特别来警告你们的，以免你们也被北匈奴打败。"

"北匈奴真有如此强大吗？"刘阳问广德，"据我们所知，他们军队的人数还没有你们军队的人数多。"

广德摇摇头，神色有些慌乱，显得不知怎样描述北匈奴的军队："很显然，听了我接下来讲的事情，你们一定会觉得不可思议。请相信我，假若贵国想要有一线生机的话。"

"直说吧。"小龙道。

广德叹了一口气，似乎肩上担着全天下之忧，接着说："北匈奴仅有的五万兵力不足以构成太大的威胁。真正可怕的是北匈奴军队有接收他们指挥的妖魔鬼怪。"

"什么？"可兰问。

"北匈奴有各种形状和大小不一的妖魔鬼怪。"广德肯定地说，"我亲眼看见僵尸、鬼、妖怪，和几条巴蛇。它们仿佛是各种传说和骗小孩子的故事里的，但我确实在北匈奴的军队里目睹了活生生的妖魔鬼怪像我们一样地呼吸着。"

"我们相信你说的，你没有丧失理智。"朱成对广德说，"我们曾经打退过一条巴蛇和一只狐狸精，所以这些妖魔鬼怪是确实存在的。可是怎么会凑在一起的呢……"

小龙注意到可兰飞快地瞟了她一眼并摇了摇头。她不露声色，可内心却极度纠结，心想一定与预言和作为神仙的游侠有关。可是面对一支庞大的妖魔大军，自己能做什么呢？毫无疑问这一定是搅乱了她和她亲人命运的邪神派来的。尽管如此，小龙还是决定要尽力而为。这倒并不是因为神仙们想要她这么做，而是小龙自己的主意。她思忖着也许这是唯一能够真正摆脱自己无法改变的命运和预言的方法。小龙摇摇头，挥走思绪，又把注意力转移到广德说的话上。他还在继续描述着他的所见所闻，小龙觉察到朱成正注视着自己，同时感觉到可兰也开始怀疑广德描述的妖魔鬼怪与自己有关。

广德讲完后，刘阳说："多谢你及时带来信息。你知道北匈奴什么时候开始攻击我们吗？"

"恐怕我南下的时候，北匈奴也开始南征了。"广德说，"他们日内能到达长城。"

"立即通知守城边关，马上加强防守。"班超说，"我即刻去。"随即跑出了殿。

"我们得把匈奴俘虏召回来。"小龙说，"广德，你可继续指挥你的部下。"

广德将军惊奇地看着小龙："你信任我在关内指挥我的匈奴军队？"

"在我们的眼中，你代表了南匈奴。"小龙说，"如果我们双方意欲结盟，我看不出有何不妥。"

"现在就把结盟仪式完成。"可兰边说边拿纸张和笔墨开始书写。

"我们这就传令把匈奴俘虏都召回来。"朱成说。

小龙和朱成快步朝外走，大殿里只留下了刘阳、可兰和广德。郎队长见小龙和朱成出来，冲上来问："发生什么事情了？班将军刚才一言不发地匆匆忙忙冲了出去。"

"带你的人进大殿。"朱成对郎队长说，"让卫士们做盟约的见证人吧。"

郎队长还没有听明白朱成到底说了什么，小龙和朱成就已经走远，分头行动去了。待下达完了所有的命令，她们二人才松了口气，慢慢地走回大殿。

走到半路上，朱成问："所发生的一切都和预言有关，对不对？"

"可能吧。"小龙答道，"真不知道邪神意欲何为，我知道自己是命中注定能制止邪神的人。"

"这不对。"朱成说，"既然神仙们非常在意所要发生的一系列事情，为什么自己不跃下神坛阻止呢？他们有什么权力随便找一个人为他们去阻止邪神？你没必要担此重任。"

"你变得像班超似的。通常只有他抱怨不公平。"小龙微笑着说，"但是你如果一定要生气，别因为我而生气。事情已经涉及我们大家。"

"我拒绝成为一个牺牲品。"

"你不是。大家都不是。从某种角度来说，我们都已经违背了我们的命运。"

朱成看着小龙，然后说："我从来没有信过命运之类的胡说八道，现在也没有打算信。"

"不管预言怎么说，这都是我要决心战胜命运的原因。"

36^章

小龙和朱成回大殿时，刘阳和广德刚好签完盟约。班超早已经完成任务回来了，见小龙和朱成进来直向她俩挥手。

等全部见证人在盟约上盖了印，刘阳递了一份给御前侍卫，送往档案馆和其他相关的文件一起保存。

"我们需要开会讨论一下事态的最新进展。"小龙说。

"就在此召开紧急会议吧。"刘阳说。

御前侍卫赶紧召来了范大司马、彭貌、魏相、京城戍防营的总管以及其他几位尚书侍郎商讨眼下的情形。

"到底能够告知大家多少？"可兰问，"尽管一些事情确实是非常匪夷所思的，明智之举是向大家明释一切。"

"不公布所有的实情，很难让人真正地评估当前的情势。"小龙说。

"讲解实情时，越镇定越好。"班超说，"我确信我们能把眼下的情形解释清楚，只要大家不要被吓得以为我们疯了。"

"在北匈奴到来之前，大家觉得应该怎么备战？"刘阳问。

"这取决于实际上我们还有多少时间。"可兰说，"理想的情况是，先让我们军队的大部分沿边关设防，然后在路上拦截，阻止北匈奴入关。"

"虽然已命令各地将广德的人直接送到京城来，但恐怕他们来不及赶到边关助战。"小龙说，"让广德的人协助守卫京城，北匈奴和新招募的帮凶一旦攻破了长城，肯定就会直接进取京城的。"

"必须立刻召集长城附近所有的农夫和士兵。"朱成说，"京城已经很久没有面对外族的入侵了。京城的防御是如何安排的？"

"据我所知，京城守卫一直是由卫戍总督掌管的。"刘阳说，"等会儿总督来后，他自己会说得比我详细。"

"郎队长也很清楚京城的防御。"可兰指出，"他负责皇宫和陛下的安全，因此在总体上是非常了解如何维持皇宫和京城的安全的。"

"请他也参加会议。"班超说，"郎队长是个值得信任的人。他是忠诚的，况且已经知道了足够多的秘密。"

"范大司马到。"门外的亲兵通报。

可兰亲自过去迎接。范大司马向各人行过礼后，在刘阳指定的座位上坐了下来。他知道一定是有非常严重的事情发生了，估计还在等其他与会者，于是便耐心地坐着。

当与会者到齐后，刘阳跟大家打过了招呼，然后说："恐怕我们又要面临一场危机了。"

"猜想这跟我们的朋友有关。"彭貌说着，朝广德点点头。

"正是。"小龙答道，"他一路飞骑入京，来通告北匈奴已经向我们边关移动了。"她停了片刻，继续说道，"事实上，北匈奴以难以置信的速度击败了南匈奴，甚至没人来得及通知广德和在前线的南匈奴军队。"听闻此言，大家都表现出极大的震惊和诧异，简直无法相信。小龙对与会者的反应丝毫不感到奇怪，心想，大家听了北匈奴向我们边关移动的消息后已经如此震惊，不知听了其他相关的事情后，会有怎么样的反应。

但小龙把它留给了广德，他像即将英勇赴死一般地站起身来。刚讲的时候有些迟疑，然而很快便带着信心和决心，开始讲述他的所见所闻。广德细致地形容妖魔鬼怪，直到没有人怀疑他亲眼所见的一切。他说完之后，环顾四周，对上了大家的目光："我向众神发誓我所说的都是真的。如有半句谎言，我愿意坠入十八层地狱，甘受折磨。"

"你无需发这样的誓，"京城卫戍总管说，"你的话完全打动了我们的心。我确信你所描述的一切都是真的。"

"我也一样。"范大司马说，"你彻底解释了为什么南匈奴的首领惧怕北匈奴的。"

"大家的认同比我想象的要容易。"班超道。

"除了相信还能如何？"柴华问。

"这是一件好事。"朱成说，"我们可以集中精力对付即将出现在边境线上的北匈奴军。"

刘阳简单地讲述了已经发出的命令，然后询问众人如何能让国家免于受到妖魔的侵犯。

"大将军们不能赴前线。"范大司马先建议，"现在立即奔赴边关也未必能及时赶到。万一北匈奴真的攻破了长城，将军们在京城能鼓舞士气。"

"同意。"小龙说，"图将军能够胜任。广德已经向他警示了前线的危险，信鹰也刚刚送了出去。相信他会加强防御的。"

"怎么才能确定北匈奴进攻的地点呢？"彭貂问。

"想法是一样的。"朱成答道，"加上新招募来的帮凶，北匈奴的军队规模不会太大。他们的军队长途跋涉，一旦进入我们边关，补给就会被切断。战线拉长后，妖魔鬼怪不需要补给，可是北匈奴的军士们需要吃饭。"

"所幸的是，我们集结在山海关的将士还没有离开。"班超说，"完全有机会在边境拦截住北匈奴。"

"希望如此吧。"魏相说。

37^章

在三天后的一个早朝中，一士兵忽然闯了进来，打断了康相冗长啰唆的讲话。

"陛下，军报急件。" 他大叫道，声音淹没了康相的。

"大胆，竟敢扰乱朝廷。"康相嚷道，"侍卫，拖出去斩了。"

侍卫们互视一眼，抬头望向龙椅，刘阳清了清嗓子："康相，稍后再继续议你的报告。军士，上前来。"

士兵跪下："皇帝陛下，刚刚收到战报，一队北匈奴大军已经攻破了山海关。"

文武百官都倒吸了一口凉气，相互议论开了。惊叹声充斥在大殿上，在梁间回响，从这一头传到另一头。

终于在朱成的一声大吼之下，文武百官都闭了嘴。突然间鸦雀无声，大家默默地站着，看着刘阳站起身来，对士兵说："起身，禀明情况。"

"陛下，小的不敢。我只是受命转达前线的军报。"士兵犹豫地说。

"敌军有多少人？"小龙问。

"五万。" 士兵颤抖着声音说，不知听后会有什么样的回应。

"不可能。"谢侯叫叫嚷嚷，"还有其他什么消息吗？"

"还有一件事。" 士兵说。

"快说。" 穆大人命令道。

"他们说北匈奴能驱使妖魔鬼怪。" 士兵道。

"荒谬之极。" 蔡大人大叫道。一些官员同意他的说法，其他官员觉得只有这个能够解释为什么山海关在这么短的时间内被攻破。

"这个不重要。" 范大司马说，"赶快集结部队准备抵御吧。"

文武百官们在准备抵御上是一致的。刘阳下令，百官们各自领命，几乎都是跑着离开了大殿。今天文武百官们的办事效率特别高，因为每一个人都知道自己的身家性命面临着最直接的危险。其他事情上可以偷点懒，但现在关系到自己的安危，所以百官们的行动比任何人所能想象的都迅速。

百官们退出之后，空空的大殿中只剩下五位朋友。他们聚在一起，班超说："尽管我们策划了很久，但最糟糕的情况还是发生了。"

"告诉城中所有的人敌军中有妖魔鬼怪。" 可兰说，"它们出现时，大家才不会太恐慌，说不定反而能激起反抗的决心。"

"放心，今天日落之前便会传遍军中。" 小龙道，"可以让暗探去散布一些消息，如果平民们还没有听说的话。"

"该重新研究一下盆地地形图和兵书了。" 刘阳说。

"照我说，这些都不很管用。" 朱成说，"不管盯着地图看多久，地形都不会奇迹般地发生变化。兵书也没有任何我们不知道的东西，是不是呀？"

"我们还能做些什么啊？" 班超问。

"骑马出城，在半路上阻截敌军。" 朱成说，"用自己的双手打败越多的妖魔越好。难道他们不会像凡人一样受伤或死去？我还真不信呢。"没等大家反对,她便挥了挥手,"我知道这确实很傻,不过是你们问我想做些什么。"

"你到底觉得我们应该做什么呢?"班超问。

朱成举起双手:"不知道。"

"大家都很烦躁。"小龙说,"先回御书房去休息一会儿。要不然百官们或者全城百姓都会跟我们一样,这不就乱了阵脚吗?"

"再则,我们有足够的理由对自己充满信心。"刘阳说,"待广德聚集他的全部人马,在人数上我们就占据绝对的优势。妖魔看上去很可怕,但面对长城和我们坚固的防御,妖魔到底能做什么呢?"

"这才像个真正的皇帝了。"可兰脸上带着一抹笑容说。

"真是到了他该像个皇帝的时候了。"小龙同意,"其实他已经做皇帝很久了。"

五个人离开大殿时斗志昂扬了许多。大家一路走着,小龙的思绪回到了刚才朱成说过的话上。她说地形是无法改变的,细细想来不完全对。

记得自己有一次在情绪剧烈波动和气极时,使用魔力将方圆一里的地面全都翻了个个儿。如今小龙的魔力比以前强多了,但现在到底有多大的能耐连她自己都不知道。然而有一点小龙是很清楚的,在即将到来的一战中必须全力以赴,希望自己能有助于战争的取胜。她猜想也许这真是预言中说的关键一刻,她陡然把自己的生死置之度外。

小龙深知整个国家和所有她在乎的人正面临一场危机。长久以来她知道自己具有一种被诅咒的魔力,假若这个威力无比的魔力对脱离当前的险境有帮助,她将毫不犹豫地使出她的魔力。

38^章

他们一起站在城堞顶上，观察着城外广阔的草原上一排又一排的匈奴士兵。黑压压的一片是普通的匈奴将士，通常情况下注意力集中在评估敌人的攻城武器上。

眼下，站在匈奴大军前形形色色的妖魔鬼怪吸引了大家的全部注意力。许多妖魔看上去和人长得很相近，有两条腿和一双手臂，但僵尸的动作非常僵硬，而狐狸精确实长得酷似狐狸。

其他的妖魔长得更离奇了。一只巨大的九头鸟矗立在战场上，九只慢慢移动着的头颈互相旋转缠绕，如同一窝身披鸟羽的长蛇。令人生畏的金色羽毛在暗淡的光线下闪着光，远远看去如同尖刀一般锐利。

九头鸟脚下还聚集着一群体形略小，形态各异的妖魔。一只形如巨型牡蛎的妖魔占据着战场正中。这只河马般大小的妖魔来自传说中的故事，似乎威胁不大，除非被它压在身下。事实上，此刻出现在战场上的妖魔好像都是在童话故事里用来吓唬小孩的。

所见的妖魔大多模样古怪，满脸尖牙，或是身上各处长满了奇形怪状的东西。有些身上流着恶心的脓液，而有些像小丑一样满头满脑都是永不熄灭的火焰。

远处一排妖魔的身后，盘踞着两条互相缠绕的巴蛇。两条巨型巴蛇比小龙他们上次打退的一条更大。巴蛇们硕大的头颅上下点动着，目光紧紧盯着城堞。

"这两条巴蛇跟我们上次打退的一条是一窝的吗？"朱成问。

"难道妖魔也有亲戚的吗？"班超反问道。

"这个无关紧要，不是我们的当务之急。"小龙道。

"假若这两条巴蛇想试试手脚的话，我保证送它们上西天，如同以前被我揍的巴蛇。"朱成说。

"此话说得像是你一人杀了巴蛇似的。"班超对朱成议道。

"哎，老天作证，你俩都有功。"小龙对他们说。

"你们看。"刘阳指着一组朝城墙走来，正从大部队分离出来的人。他传下命令，让弓箭手们先不要射击，看看这一组人想要干什么。刘阳推测他们是来谈判的，他不想让士兵们轻易杀了这一组人。

匈奴人到了城墙脚下，抬头望着手持弓箭对准他们的将士们。小组领头人神情紧张，说着话像是在重复别人教给他的言辞。事情确实和想象的一样，匈奴人张口就要求刘阳他们投降："我们的大军里有这么多妖魔，你们必败无疑。你们只有两个选择，打开城门投降并交出江山，或等着被灭国。"

"怎样回答该是上策？"刘阳道。

"由我来对付。"朱成说着，伸出手从身边的士兵手中夺过弓箭，搭上一支箭，急速向下面的匈奴小组领头人射去。

箭射穿鞋面，通过鞋跟进入泥中，却没有伤匈奴人的脚。他向后一跳，好像真的伤了他。等他明白朱成无意射伤他的，他便抬头望着城墙上的人问道："这就是回答吗？"

朱成扬起眉，又搭上一支箭，箭带着破空的啸声向他飞去。这次箭击穿了他的另一只鞋，似乎将鞋子钉在了地上。他又向后跳起，却摔了个仰天大跤。士兵们赶快扶他起来，慌忙向后退去，箭似雨点般追着他们的脚飞去。

匈奴小组退回军营后，小龙他们估计妖魔会马上出场。出乎意料，一只小信鸽朝他们飞来。鸽子落在刘阳面前的地上，冲着他们轻轻抖着腿。他们对视着，一名士兵从鸽子腿上取下一张字条。士兵跪在地上，掌心托着字条，小信鸽拍拍翅膀准备飞了。

在小信鸽飞走之前，小龙伸手一把将它抓住，包在掌心中。与此同时，刘阳伸出手去取字条，可兰打掉了刘阳的手。可兰自己上前一步从士兵手中拿走字条。"以防万一。"她对刘阳说。

"只是张字条。"刘阳指出。

"永远无法保证不发生意外。"朱成说。

"字条上确实做了很多手脚，但看不出这张字条有什么不妥。"刘阳说。

"我已经拿起字条了，你怎么不早点说呀？"可兰道，展开字条，瞅了一眼，"纸上写着：你仅有一天时间准备投降。"

"好啊，我们还有一天的时间再考虑一下我们的计划。"班超说，"也许应该根据妖魔的种类重新调整我们的战略。"

"怎么处理你手中的小信鸽？"刘阳见小龙正在检查小信鸽，不禁问道。

"我怀疑这是只妖。"小龙将小信鸽递过去给大家看它尖喙下的利牙。

小信鸽猛地往前一冲，企图咬可兰。小龙一把捏住它的脖子，往墙下一扔。它往下掉了片刻，然后向着匈奴军营飞去。

"它也许是我们会见到的最友好的妖了。"朱成说。

刘阳他们离开了城堞，一路上不停地向着士兵们点头以示支持。

部分高阶军官和大将们正在一间大屋内商讨如何对付敌营里的妖魔，每个人都发表了自己的见解。他们讨论了好几个时辰，最终想在有关的传说中查出各种妖魔究竟从哪里来。

可想而知，谁也无法确切地将故事里妖魔的长短处与眼前的相比。尽管讨论了大半天，基于众多的不确定因素，大家还是没有办法得出实质性的结论，担心地上了床，不知道明天会发生什么。

第二天正午前，北匈奴发起了攻击。正在商讨战略的十几个军官步调一致地冲到城堞上，察看战役开场的形势。

军官们赶到城墙顶上时，所见的已经是一片混乱。一条巴蛇直接攀上了城墙，一口吞下了一个倒霉的士兵。旁边的士兵们忍住怕，一起举剑向巴蛇斩去。它冲着士兵们一摆尾巴，两名士兵被扫下了城墙。

"带皇上和尚书大人离开这儿。"范大司马叫道。御前侍卫不顾刘阳、可兰和范大司马的反对，几乎是推着他们三人一起下了楼梯。

军官们同时大叫着让小龙、朱成和班超三位将军快走，他们当然不会听从了。小龙从鞘中拔出剑，纵身跃入半空。她飞跃到巴蛇旁边，一剑挥出，直取它的喉头。

巴蛇见小龙靠近，向后急躲，依然试图吞下嘴中仍在不断挣扎的士兵。小龙眼见巴蛇快要退到能被攻击到的范围之外，利用一甩的惯性，在空中一翻，再次出剑。这一剑刺入了巴蛇的皮肉，痛得它向后一缩。

巴蛇慌忙吐出嘴中的士兵，来集中对付这个厉害的对手。士兵掉到了地上，立即被同伴拖走了。小龙瞟了士兵一眼，确定士兵还有气儿，便将剑又向巴蛇掷去。青锋凌空飞旋，一路飞一路猛转着。巴蛇被剑的闪光分散了注意力，竟没有发现小龙也向它纵了过去。小龙一掌直接击中了它的两眼之间，它一下子轰然倒地，令城墙都晃动了一下，差点儿压到几名士兵。

士兵们一起把巴蛇推下城墙，小龙环视四周，评估着眼下的局势。城墙上一片混乱，身具魔力的妖怪们从四面八方把守城墙的士兵们围得水泄不通。小龙放眼望向匈奴大军时，只见大部分妖魔和士兵还在原先的位置上，仿佛匈奴还没把全部兵力用上。也许只是想先试探一下小龙他们的防御能力。

没容小龙继续细想，身后传来一声惊叫，小龙一转身恰好看见一牛头人身的勇士落在城墙上，向离它最近的士兵们削去。小龙叹了一口气，迅速向他们跑去。

小龙一跑，御前侍卫护着其他人也走了，班超和朱成冲向城堞边，查看发生了什么事。虽然目前只有巴蛇能攀上城墙，可这种状况不会持续太久。大部分敌军仍然按兵不动，不过几个妖魔已经开始向城墙走来。

一个比普通人高出许多的无头勇士到了城墙下，无视朝它如冰雹般飞来的箭，箭好像直接从它黝黑的皮肤上弹了开去。它掏出两把斧子挥舞着，轻轻一摇，一把斧子砍进了石墙里。

城墙上的士兵们还没反应过来或改变策略来阻止无头勇士攀墙，它就已经弹起身子向上一纵，将另一把斧子更高更远地楔进了墙中。靠两把斧子，它很快爬上了墙头，在城墙上留下了一连串的洞。在城墙顶上最后一砸之后，它纵身而起，重重地落在了城堞上。

几名弓箭手举起了武器。像是变魔术一般，一面巨大的盾牌出现在它的右手臂上。它用盾牌接住了所有射来的箭支，并用斧子一下子砍掉了箭尾。一名士兵冲过来，它用手臂向外一扫，士兵一下子被盾牌扫到了一边。

　　班超和朱成一起向它冲去，它也已经向他俩走去。班超和朱成见它拿斧子朝他们的头砍下来，便同时猫低身子躲了过去，向相反方向滚了开去。

　　朱成就地一翻滚，蜷起身子抽出剑，对准它的腿就是一挥。不知何故，它竟然觉察出朱成的意图，用斧头朝下一挥，截住了她的一击。朱成拿她的兵器贴着斧子一转，斧子从它手里飞了出去。但转眼之间，斧子在半空中又转了回来，稳稳地重新回到它的手中。

　　与此同时，班超从它身后攻击。他跃起身，一足在城堞上用力一点，直接向它扑去。手中宝剑高举，对准了它的宽阔肩膀。可是，它突然掷出一把斧头，正对着班超头顶而来。他不得不用剑将斧头拨开，重新又在朱成身边落地。

　　朱成和班超一起看着斧头在空中打了一个转，再一次落回它的掌中。它转过身子对着他俩，如果它有眼睛的话，这会儿必定是目光紧紧地盯着他俩。无头妖怪再次提起双斧劈了下来，班超踏前一步，用他的剑同时接住了两把斧子。双斧劈下的力量几乎让班超的膝盖着地，他咬紧牙关坚持着。

　　此时，朱成跳出无头妖怪的攻击范围并又飞快地跳了起来，一个空翻跃过了它的肩膀。朱成刚一落地，便一拳重重地砸中了它后背中心的穴位。

　　朱成自己对这一招能否奏效的把握不大。但他俩的运气不错，无头妖怪垂下了手，突如其来的后背一击，让它痛得放下了兵器。这可给了班超一个机会猛身上前，挺剑送入它的胸膛。

　　无头妖怪即刻踉跄着向后退去。朱成飞快地躲开，一路退到城墙边，它带着班超和剑一起继续朝城墙边退去。正当无头妖怪从城墙边往下掉的时候，班超手腕一翻，把剑拔了出来。朱成及时抓住了班超的肩头将他拉了回来，要不然他很可能和无头妖怪一起翻下城墙。还没来得及庆祝，十几个妖怪就突然从城墙边涌了上来，他们不得不分头去对付妖怪。

一个牛头妖怪在空中挥舞着一把巨大的剑，向它面前的士兵们冲了过去。小龙跃过他们的头顶，抓住牛头妖怪的角，用力地将它整个身子扳得转了个方向。惯性使得它没法立即停下来，一头撞上了城楼上巨大的红色立柱。柱子危险地摇摆了起来，直到牛头妖怪倒地方才稳住。

牛头妖怪重新站起身后，小龙冲上去，拦腰一剑。它挡住了一击，小龙顺着被挡而弹开的剑，剑锋一转对准了牛头妖怪的脖子。它及时向后一仰，躲过了被剑砍头的命运，但剑尖已经划过了它的颈。

它踉跄后退几步，捂住了脖子，小龙纵身上前，用力一击，把它手中的兵器打掉，同时伸脚向它膝头踢去，一脚将它踢得摔在地上。小龙后退了几步，士兵们蜂拥而上，乱剑埋葬了它。

不远处，班超跟一只形如鳄龟的妖怪撞了个正着。妖怪鳄龟张嘴的时候，玻璃珠般的眼珠子通红，嘴中喷出的一股沙流能将士兵们打得东倒西歪并令人窒息。见班超准备攻击它，它以令人惊奇的速度挪开。

班超一击仅掠过龟背，没有对它造成多大的伤害，班超正想再出一击，它早已跳开。

班超尴尬地追了好长一段时间，从城墙的一头追到另一头，一路都在躲避妖怪向他喷来的沙流。大部分的沙子落在离班超几尺远的地方，但他必须矮身或者猛然跳往一边以避免被鳄龟喷出的神秘物质弄个劈头盖脸。

鳄龟妖怪喷出的物质看似沙子，流动起来也像是沙子，可是碰上一丁点就会被牢牢地粘住而很难脱身。

　　班超非常小心地一路紧追鳄龟，奋力避开沙子以免粘上。可是整个地面已经布满了沙子，继续追下去，踩上沙子的可能性越来越大了。然而，鳄龟自己似乎有一种超常的敏捷性，能灵活地躲过满地的沙子。

　　班超终于受够了猫追老鼠似的游戏，他转身旋着飞入了空中，爆发出一股劲力迅猛地追在鳄龟身后，它也立即加快了速度。可在匆忙之中，鳄龟忘记看路，忽然一下子撞上了边墙。猛烈的撞击，使得龟背壳发出一种令人感到恐怖的破裂声，班超当即目睹一条裂缝出现在它的背上。

　　唯一没被流沙粘住的一名士兵赶紧冲上前来，用剑柄在裂缝中猛击。鳄龟不知怎的竟然两条后腿直立，转身龟背朝后倒地而死。与此同时，黏沙变成了普通的沙子，先前被粘住的士兵们又重新获得了自由。

　　班超还没来得及查看奇怪的鳄龟，就必须赶紧去对付另一只妖怪。

　　其间，朱成刚摆脱了一只九尾狐，转过身来又得对付一只全身皮肤发红、脸上凸起好多只角的人形妖怪。唾液正从它口中滴下来，犬牙简直比嘴巴还大，两只凸出的蓝色眼睛直勾勾地盯着朱成。

　　它双手各执一柄带齿剑，向两边抹出的同时发出一声震耳欲聋的吼叫。妖怪刚一停，朱成摇摇头，举起她的剑摆好防守之态，恰好迎上刺来的一剑。妖怪用另一柄剑冲她的胸口直戳下来，她身子一扭躲到一边，剑正好滑过她的身子。

　　剑锋掠过身边时，她伸手抓住剑柄，一把将剑从妖怪手中夺了过去。她的剑也从它的另一柄带齿剑的纠缠中挣脱了出来，当妖怪再次向她扑来时，她已经向外跳开了。

朱成把它的带齿剑在自己掌中转了几次，妖怪的目光也一直随着她的动作在转。它扑上前来想要抓剑，朱成从妖怪的目光中看出了它的企图，及时向边上一移。妖怪抓了个空，不禁烦得尖叫。朱成多次重复地在自己掌中旋转妖怪的带齿剑，使得它一次又一次地抓空，惹得它恼羞成怒。

最后，妖怪想把朱成扑倒在地，它的整个身子向前鱼跃。朱成向后一纵，却将剑向前一送，它的手正好碰上了剑锋，手掌被深深地割了一道口子。妖怪痛得向后猛一抖，朱成趁势退到了墙的另一边。

片刻后，妖怪又将注意力集中在朱成身上，她把手往后一扬，顺手将剑扔了过去，剑飞过妖怪直接越出了城墙。妖怪愚蠢极了，它当即跳起来想在空中接住飞出城墙的剑。

朱成瞄准了这个好机会，往前一跳，在妖怪纵到最高点的时候出手猛击，它便随剑一起掉下了城墙，一下子重重地摔死在地上。朱成俯身靠在墙头往下查看，深信妖怪确死无疑了，便又继续加入其他的战斗。

他们终于打败并消灭了全部来犯的妖怪。军中的郎中和士兵们忙着将伤员送往医疗站，其他的士兵更加警惕地盯着远处的敌军，思量着下一波的攻击会何时开始。直到日落还没见敌军有任何动静，为防敌军的夜间偷袭，小龙下令士兵们在城墙上点起了火把。

通常情况下，夜间在城墙上防守的最好策略是灭掉所有的火光，以利于察看城墙下面的战场，然而现在的敌军中有妖怪，他们觉得火光越多越好。与此同时，许多军士们聚集在会议厅里谈论今天战场上的事情。

"情况看上去对我们不利。"彭貂议道，"仅仅几个妖怪已经使城墙的士兵们难于应付。若是敌军压上他们全部的兵力，我们该怎样防御呢？"

"他们今天是测试我们的防御。"范大司马道，"明天才会有真正的战斗。"

"普通的士兵不是妖怪的对手。"班超道，"我们需要采取一些上次对付南匈奴的手段。"

"安排部分兵力使用常规战略手段来负责正常的防御。"小龙说，"将剩下的士兵以小组形式对付妖怪，胜算才大。"

大家都同意小龙的建议，嘱咐城防队长前去传令。

"在这一带我们还有其他兵力吗？"朱成问，"有的话，可以令他们拖住北匈奴的主要兵力，守城的将士就只需奋战妖怪了。"

"我的主力部队离城不远。"广德说，"假若今晚我能联系上他们，明天早上就可以到达指定的地点。"

"有暗道去城外。"刘阳说，"这似乎对你的士兵们有些不公平，要求他们为一座不是自己家乡的城市而牺牲。"

"容我说一句，皇帝陛下，这一点您恐怕有错。"广德说，"我的士兵们不仅仅是为您的城市和国家而战，也是为被北匈奴和妖怪们夺去的我们自己家乡的土地而战。作为同盟军，我们将肩并肩站在一起战斗。"

"说得好。"魏夫子说，"若是除了撰写文书我还有其他的能耐，一定自告奋勇地护送你前去完成任务。"

"我去吧。"班超说。

"我们两个一起去。"朱成说，"人太多会引人注目。我俩把广德安全送走后就回来。再者我们去城上也能鼓舞士气。"

"你难得自夸，却也算属实。"可兰说。

"要是大家除了取笑我之外没别的事了，我们就出发了。"朱成说，"早一点走，能早一点回来睡觉。"

"在你们走之前，我提议陛下最好能撤到安全的地方去。"郎队长说。

"我不会逃的。"刘阳对他说。

"郎队长不是在叫陛下逃。"可兰说，"为大局着想，假若敌军攻破了城同时又抓住了陛下，国家社稷将何以为继？"

"大人，我建议你和陛下一起离开。"郎队长对可兰说。

"什么？"可兰问，"真是无稽之谈。我不会走的。"

"自己也这么固执，怎能说服陛下呢？"小龙微笑着对可兰说。

"正是。"刘阳同意，"不管怎么说，我是不会走的，不必再讨论了。"

郎队长叹了口气，无可奈何地去执行命令了："我得赶快去重新分配士兵们的责守为明天准备。"

"剩下的人都设法睡一下。"小龙说，"养精蓄锐对付明天。"

众人走后，小龙、朱成和班超以及广德一起来到城中一条通往城外的暗道口。

"不需要我一起去吗？"小龙问。

"你留在这里盯着点儿。"朱成说，"以防敌军在夜间偷袭。"

"别担心，"班超说，"我会小心的。马上就回来了。"他冲着小龙欢快地摆摆手，随朱成和广德消失在暗道里。

39^章

事实上，朱成和班超两人直到夜色快降临时都还没回来。他俩一进屋，小龙当即从强迫自己看的书中抬起头来，松了一口气："担心死你俩了。"

"差点儿回不来。"班超说，"我们很快找到了广德的部队。但在回来的路上差点儿撞上敌军的巡逻队伍，躲了很长一段时间才能继续前行。"

小龙惊奇地抬起了眉毛："真是奇迹，你竟然没有先袭击巡逻队，再问究竟。"

"我也觉得意外。"班超同意。

朱成瞪着小龙和班超："好像我会故意把这么重要的事情搞砸似的。"

"恐怕，今晚没机会休息了。"小龙说。

他们三人没有一点睡意，于是干脆上了城墙与士兵们一起守夜。不到半个时辰，刘阳居然说服了御前侍卫，带着可兰也一起上了城墙。大家互相没有交谈，默默地注视着太阳从东方升起。

太阳升起之后，一大片黑压压的广德部队才在地平线上出现。起初，北匈奴压根儿没有注意到有军队朝着他们冲来，不禁一阵骚动，猝然意识到今天无法依靠妖怪来完成他们所有的战斗。刚一开始，甚至军官们都不知道该怎么应战。他们已经变得骄傲自满，完全依赖妖怪，也没有计划怎么应付意外情况。待他们好不容易集结起来，广德早已指挥他的部队占据了有利地形，挡在北匈奴大军和洛阳城门之间。

突然整支北匈奴大军径直向城墙发起了攻击。妖魔鬼怪冲在最前面，迎头撞上广德的部队，蜂拥而上的士兵们拼死把妖魔鬼怪阻截在他们中间。一些具有腾飞能力的妖不可思议地越过了广德大军的头顶，直奔城墙顶上的士兵们。

前一天微不足道的二十几个妖怪在数量上无法与今天的相比，小龙很清楚，尽管有广德的队伍在城墙前做缓冲，但这场仗将会是非常艰苦的。与前一天同样，御前侍卫们逼着可兰和刘阳下了城楼，小龙、朱成和班超冲上前去对付大批涌来的妖怪。

小龙迎面撞上一个单足的怪兽。在周围士兵的帮助下，她很快打发了怪兽，同时四下察看其他人的情形。迄今，诸事仍按计划进行着。广德的大军把大概一半的妖怪，以及全部的北匈奴步兵挡在了城墙下。

与此同时，城墙上的将士们下定了决心在拼命地战斗着，完全不像前一天那么毫无章法。显而易见，凭着将士们的力量和坚韧不拔的毅力还能继续战斗下去，但会牺牲很多生命。小龙又扫了一眼下面沸腾的战场，纵身跃入了空中。她使出内力继续向上升，直到比城墙上最高的城楼还要高。她一路飞到斜坡屋顶上，轻点着脚步在落水沟的瓦片上跑动。

小龙深吸一口气，开始催动体内的魔力流转。一开始，能量只是缓慢地流淌，接着很快地就喷涌而出，流动如此之快，几乎令小龙自己都差点失控。在飞升的时候，她琢磨着到底怎么运用自己的魔力，她觉得最谨慎的做法是用大部分魔力来移动地面，可以有效地打乱敌人阵形，同时阻止地面上的妖怪再继续前进。

小龙觉得运用魔力来移动地面的最好办法是表现得越自然越好。大家也许会认为是自然发生的地震。

小龙将她的魔力直接用在战场上，魔力把泥土像一根根柱子般地直升到半空中，释放在北匈奴士兵的上空，大块的泥土一下子冲散了他们的阵形。魔力震碎了北匈奴士兵脚下的泥土，他们互相缠跌，绊倒在同伴们的身上，然而盟军脚下的土地却丝毫未动。

敌军被搅得晕头转向，乱了阵脚，小龙将注意力转移到妖魔身上。她先对付一些正在大片收割着广德部队的妖怪们，卷起泥土将妖怪们一个个团团围住，固然能困住越多越好。有几个妖怪冲破了围障，但只是少数几个，而整体形势对士兵们有利。虽然广德的士兵们起初也被突如其来的地动山摇吓了一跳，但很快又专注到他们眼前的战事上去了。

士兵们二三十人分为一组，一起对付剩下来的妖怪，妖怪很快一个接一个倒下了。广德的士兵们见情势对他们越来越有利，战斗得更带劲了。城墙上的士兵们，也在拼尽全力对付奇怪生物的猛烈进攻，并对胜利更有信心了。

朱成觉察到了远处地表的变化，她暂停寻猎妖怪，走到了城堞边上。离城墙不远处，瞧见和广德大军缠斗着的妖怪们突然被卷在了巨大的空心泥土柱子中。

朱成立刻明白这是小龙的杰作，四下寻找她。可惜朱成没能好好找，得先猫下身子躲过一僵尸的铁钳。她转过身来，只见三个妖怪朝她奔来。

朱成没浪费丁点时间，对着右边一个野兽俯冲过去，剑一抹砍了它的头。见它还继续向她走来，又纵入空中，给了无头的妖怪一脚，它立刻翻落城头。如法炮制，朱成又一剑刺穿了另一个妖怪的身体。

正当朱成落在城墙上，准备对付最后一个妖怪时，有人陡然刺穿了它的胸膛，将它的身子铲落墙头。

班超抬头看着朱成，指指不断鼓起的地面："小龙干的吗？"朱成点点头，他便四下环顾着。"我没见她啊。"他感觉到朱成拍了拍他的肩胛，转身瞧见巨型的九头鸟正盘旋在城墙上空，力量令整个城墙都摇晃起来了。

它的每一只头有半个人头大，士兵们疾冲而来，它张嘴把他们叼起，拎上半空。

"打完了这个妖怪，我们去找小龙。"班超犹豫着说。

"别浪费时间。"朱成一边向他大喊，一边冲了过去。

刘阳、可兰以及亲信公卿都坐在一个城墙内的屋中等待从城墙上来的战况报告。

刘阳从屋子一头踱到另一头，焦急中他忘记了至少应该表现得有点信心。初来的报告都是标准样式，没有详情，只是简单地陈述大军勉强抵挡住了猛攻。

尔后，一名信使突然冲了进来，大叫道："敌军脚底下的大地自己裂开了。

在大家不敢相信的惊叫和大喊声中，刘阳和可兰交换了一个眼色，一起向门口飞奔而去。御前侍卫还没反应过来，他俩已经冲了出去，一阵风似的穿过空荡的走廊，向城墙上奔去。侍卫们在后面一路追赶，求他俩回到屋里来。

一登上城楼，他俩恰好目睹一大队士兵举起一具巨大的无头鸟尸身，正齐心协力地把它推下城墙。他俩瞧见朱成和班超，奔他们而去。

朱成指着左侧的城门楼塔，说："上了楼塔也许能找到小龙。"

他们四人一起纵入半空行如一人，在空中踏步向塔顶飞去。御林军侍卫在他们的身子底下猛地停了下来，一侍卫跳起来想去抓刘阳的脚，仅仅差了一点点，只能望而却步。

当他们四人落在楼塔顶上时，惊奇地发现小龙稳稳地矗立在空中，双掌对准战场的方向推进。小龙见他们向她跑来，大声压住满场的噪音，冲他们四人叫道："快完事儿了。"

他们从小龙的声音中惊奇地发现她竟然毫无疲劳的迹象，他们慢了下来，评估着战场上的势态。地面大部分妖怪都已经被打倒了。广德的军队势如破竹地扫荡了北匈奴，把他们赶得越来越远。与此同时，城墙上的士兵们收拾了最后一批还没来得及逃掉的妖怪。剩下的大部分尽是些小妖，两个士兵一队足以消灭他们。

北匈奴的大军瞬间溃败，掉转尾巴向着高低不平乱七八糟的地形逃去。广德的大军乘胜追击，小龙闭上眼睛用了最后一点魔力把他们脚下的土地抹平。

小龙放下双手，不再控制她的魔力。她决定放弃对魔力控制的瞬间，在她体内翻涌了多年的魔力开始一点点地离她而去。释放魔力的清空感与暂时耗尽魔力的感觉是大相径庭的，小龙明白她的魔力将会彻底消失，顿时觉得全身轻松，心想，魔力与其说是一种福泽，不如说是一种累赘，同时思索着自己被神仙们选为游侠的契约是否至此正式结束了呢？

众人急忙跑过来，询问小龙感觉如何，她只是朝他们挥挥手，觉得脚下略略有些不稳，并没有什么不妥："没事。不用担心。"

"不用担心是什么意思啊？"班超不依，"你刚才打退了整整一支大军啊。"

"乱说。"小龙反驳道，"很显然是广德的大军打跑了敌军。"

这也是真的，广德的大军在继续追赶北匈奴兵。他们的自信心因妖怪被消灭而暴增，将士们大声地发出胜利的喊叫声，似乎脚下的地都开始震动了起来。同时，北匈奴士兵却跑得飞快，像有妖怪在身后追赶一般。

"以后的史学家对于这场战役的威武阵势会感到困惑不解的。"可兰说道。

大家都笑了起来，朱成说："史学家一定会想出些什么来解释今天发生的一切。他们最擅长为往事编造谎言，以至于自己都深信不疑。"

正当他们看着匈奴兵继续向来时的方向逃跑时，五个人形渐渐显现在他们面前。五位神灵站在小朵云彩上，缕缕清风朵朵白云缠绕在他们的周围。

"老天啊！"刘阳大叫道，"我是不是疯了？"

"好像没有。"可兰犹豫地说，"我想他们是真的。"

"当然是真的了。"二郎神宣布道，"怎么还站着？见了神仙不知道行礼吗？"

神仙们的出现，并没有给朱成带来任何惊奇。她甚至轻哼了一声说："我不觉得有必要行礼啊。"

三只眼的神仙气得猛哼一声，鼓起了胸膛想要大叫，关公制止了他："够了，二郎神。我们不是来训诫他们的。"

"来管闲事吗？"朱成质问道，"你们最好赶紧收起祥云快快飘走吧，从哪儿来的就回哪儿待着去吧。"

"非常理解你们的愤怒。"观音菩萨平静地说，"我们不是来管闲事的，是来谢谢你们所做的一切。"

"原来如此，送一两只烤乳猪在我家门口即可。"朱成驳嘴道。

小龙抢先开口道："我算是完成了我的使命吗？"她的语调没有朱成那么冲，却清楚地表明了她对神仙们此时的出现也不领情。

"对啊。"班超同意，"我们的生活被你们搞得一团糟的日子算是到头了吗？"

"过去几千年里我倒是搅出不少事来，可你们的生活我完全没有插过手。"美猴王指出。

"他想说的是，这是我们之间的最后一次见面了。"哪吒太子说。

"然而你们荒谬的预言怎么办呢？"刘阳质问道。

观音微笑着说："凡人的命运从来都不是完全注定的。无论如何，你们已经改变了为你们写好的命运。否则，理应是曾经在预言中提到过的一个事件了。"

"不曾记得预言中提到过我。"朱成说道。

"这正是你们已经改写的命运。"哪吒太子说，"命中注定了你们会碰上，由于你们互相之间的冲突，原来的结局是不幸的。今天所发生的事情，你可有大功的。不是每一个凡人都具备你所表现出来的力量和自控能力。四个护卫的孩子们原本是没有机会联手并把智慧集合在一起的。"

"或者能找到如此优秀的盟友。"孙悟空补充道。

"他们在讲我吗？"可兰见孙悟空盯着她看，问道。

关公点点头："你们每一个人所做出的牺牲和努力都值得称赞。"

"我们懂得你们所做的一切都不是为了沽名钓誉，所以我们来向你们表示感谢。"观音菩萨说，"同时向你们保证，未来的日子是你们自己的。你们会有很多年见不到我们的影子。"

"我的魔力呢？"小龙问，"消失魔力我并不难过，只是好奇这是怎么发生的。"

"许多神秘的东西甚至连我们也不知道。"观音道，"魔力是老天赐予你的，或许这会儿它打算收回去了。"

"想必我以后再也没有避雨罩了？"朱成道。

"依然可以活下去。"班超说。

"祝你们活得长久幸福。"哪吒太子说。

神仙们一齐鞠躬，一道光闪，随后便消失了。

过了一阵，朱成笑了起来，掐了掐班超："他们说我们中间有些人原本应该死的，我很确定他们指的是你。谁会想到我们都能忍你这么长时间？"

"我得好好感谢你到现在还没有杀了我。"班超说。

"你肯定不是我们中间第一个被杀的。"小龙道，刘阳和可兰在一旁一个劲地猛点头。

"你们难道不应该向御林军队队长解释一下吗？"朱成质问两人。

他俩同时皱起了眉，可兰踮起了脚尖，往下张望，看着御林军的侍卫们急得团团转，既困惑又紧张："我们也应该下去了吧。"

"你先去。"刘阳对可兰说，"我不想先见郎队长一脸的责备。"

可兰瞪了他一眼，挽着他的胳膊，拖着他一起跳了下去。他们落在了御林军侍卫中间，他们都关心地一起围了上来。当刘阳和可兰想要出声制止他们发问，向他们保证自己没事时，突然侍卫们指着城外的空地叫了起来。大家随着他们的目光望过去，见五个人影落在了空荡荡的战场上。

最矮的一个人影摊开双手，小龙堆起来困住妖怪的泥柱子已经全部消失了。出来的妖怪们困惑地四下张望，注意力很快落到了五名神仙身上。

见妖越走越近，其中一名神仙将一样东西抛入空中。金光一闪，物件将所有的妖怪都吸了进去。然后五位神仙踏上祥云，升上天飞走了。过了好长一段时间，四下一片寂静，大家紧盯着天空，怀疑是不是自己的眼睛欺骗了自己。固然，小龙他们没像其他人那么惊奇。

"这该是我们最后一次见到他们了吧？"班超问。

"祝他们安好。"朱成说，"有三只眼的肯定会是第一个被打倒的。大胡子倒是有把不错的刀。或许我会留他条命。"

小龙在屋顶上坐下来，放眼向平原望去，仍能看见广德的军队在远处追逐着他们北方部族的兄弟而去。在她脚下的城墙上，士兵们已经从见到神仙的震惊中回过神来，互相庆祝着胜利。这是很长时间以来的第一次，小龙有一种如释重负的感觉，无论未来会给她带来什么。其他人见小龙露出会心的笑容，在她身边坐了下来。

"何事这么高兴？"朱成问，"神仙们刚一出现，就把你的功劳都抢了。"

"我很乐意能把大地翻个底朝天，又恨吸走妖怪的功劳给了他们。"小龙说。

40^章

几天之后，他们举行了隆重的仪式，送走广德和他的大军。成千上万的市民此时才知道他们和其中一支匈奴部族结有盟约，市民们都跑出来看热闹。

他们又一次在城门外搭起了高台，广德的部队整整齐齐地在平原上列好了队。匈奴将军本人和皇帝、高阶官员和军官们一起站在了高台上。

"我代表我国的黎民百姓感谢你们。"广德离开的时候到了，刘阳对他说。

匈奴将军深深地鞠了一躬，答道："皇帝陛下，我们是同盟，无需言谢。"

"想必你应该会继续统领大军吧？"朱成问，"换一个没骨气的人代替你的话，对谁都没有好处。"

小龙、班超和可兰交换了一下眼色，见朱成在这种正式的场合也用一种随意的口气说话，都毫不掩饰地叹了口气。事实上，并没有多大关系。小龙、朱成和班超三位年轻大将军协助打赢了这场战役，又打退了妖怪，没有人会对他们的所作所为多问了。其他人继续围观欢送仪式，朱成则利用她刚刚获得的政治资本，作为她不需遵守宫廷礼仪的凭证。

广德笑了笑，对朱成说："我可以保证的是，只要我还有一口气，我们两国之间就不会有战争。"

朱成没再打断后几轮的仪式程序，广德上了马带领他的大军向北而去。康石带领一队侍卫驰过高台，将士们都向皇上和将军们敬礼，然后向北驰去。康石他们将陪同匈奴大军一起到长城，并留下来帮助图将军组织整修山海关的事宜。

完成了今天的任务，小龙他们几个一起回到了宫里。由于今天又是一个庆功日，所以能够清晰地听见市民们正在庆祝着刚刚躲过的屠城之灾。过去的几天里，神仙们出手相助之事已经传遍了城里乡间。绝大部分民众视之为一种天命神权的象征，并认为这是神灵保佑国家。加之，刘阳获得了民众的巨大拥戴，大家相信他是天子之身，他才是神仙们前来相助的主要原因。

他们一回到宫里，就迫不及待地冲进了书房。刘阳早已责令御膳房在书房里准备好酒席，倘若他们五人到得晚的话，可兰的表兄妹们肯定会把东西都吃光。

他们到的时候，内侍们正好退出御书房。看着他们脸上如释重负的表情，郎队长也忘记了摆出张严肃的脸，他不禁笑了出来，过了一会儿才恢复自己平时的样子。

内侍们退出时，刘阳真诚地感谢了大家。众人一走完，他们五人都跨过了御书房的门槛，郎队长便在他们身后关上了门。屋子中间摆着一张巨大的圆桌，桌上摆满了一排排各色餐食。这些菜肴，当然不是皇上日常的膳食。刘阳着意要御膳房做了民间普通人的吃食，代替了平时御膳房的精美餐点，这些是自刘阳回宫之后一直想吃的东西。

朱成走过去，一屁股坐在给刘阳设置的位子上，举起了一双为他准备的金筷子："你不知道金子是有毒的吗？"

"别担心。"小龙对刘阳说，"量大才有毒。"

"都一样，你的表兄可以使这双筷子。"朱成一边对着可兰说，一边递了过去。

"噢，谢谢。"可兰说，"有这般待遇他们肯定会很感谢的。"

"他们会很感谢，要是我们现在去招呼他们。"班超带着抹笑说，"我自己已经很饿了。"

朱成用手指撮住唇，吹了一声口哨。立刻，通向侍郎们房间的门就开了，他们几个推搡着赶紧挤到了桌子边。没多久，大家都埋头吃了起来，开心地互相传递着食盘。在这种场合下，地位尊卑的界限已经没有了，他们一起经历了许多才相处得像今天这样随意。他们花了好几个时辰只是高高兴兴地闲谈，结伴在一起，无需制订计划或者紧迫地讨论一些沉重的事情。

国家面临的问题是永无止境的，不过为了这顿饭，可以将它先放置一边。朱成诉说了可能是她编的过去的历险经历；柴华冲她双生姐妹白惹直摇头——白惹与可兰最小的表妹为了争小吃打了起来；班超和刘阳想出一个主意，要为纪念打败妖怪而着手画一幅画。小龙看着这一切，禁不住为大家能改变自己的命运而感到高兴。不然的话，此时她不会坐在这里。

几个时辰之后，柴华和劳波将侍郎们都赶回去睡觉。过了一会儿，可兰笑了起来，问道："我们接下来还有什么事情可做呢？我们打败了一支妖怪军队，改变了上天注定的命运。"

"我们以往的经历和这次相比可真是苍白啊。"班超同意。

"没什么可不高兴的。"刘阳说，"真想休息一阵子，假若能把混乱的状况先放置一下。"

"我们应该寻求机会重整朝纲。"小龙补充道。

"去除贪腐的官员和做个受嘉奖的秘书，比从一支由妖怪组成的军队手中拯救国家要差好多啊。"朱成很夸张地叹了一口气，"怪我们自己达到巅峰太早了。"

"我当皇帝才几个月。"刘阳说，"已经有了这么多惊险的经历，相信将来的危机和紧急情况一定是少不了的。"

"我们都该休个假。"可兰说。

"好耶。"班超附和着，"至少在下一次危机袭来之前能轻松几个月吧，享受一下拥有特权的生活。"

"特权生活可没有听上去那么有意思。"刘阳说，"我和小龙从江湖上回来没到一周已经厌倦了。在外面真正的世界里，万事都得亲力亲为，可是至少你会对此感到自豪。"

"很幸运，我已经训练了我的内侍让他们不能什么事情都替我做了。"朱成说，"我依然还得找一两样新的爱好，省得我搅出太多疯狂的事情来。"

"不要把调戏官员当作你的新爱好就行了。"小龙对朱成说。

"你们都不能再教我好招了。"朱成说，"我不会承担任何责任，待我决定怎么对付官员们。"

"无论如何，不管有没有新的爱好，我都不会放弃我们平时拯救天下的差事的。"小龙续道，"我有一种感觉，神仙不会就此放过我们，尽管他们已经说了。"

"我也有同样的想法。"刘阳说，"终究，还不知道这一切的幕后之人到底是谁。"

"不过，我们这次可气得他够呛。"可兰指出，"我想他不会很快再来对付我们的。"

"我也不是太担心。"班超说，"若是我们能改变命运一次，我想不出我们有什么理由不能再次改变命运。"

小龙赞同地点点头："我想现在还不是为这事担心的时候。"

"我想我已经有新的爱好了。"朱成咧嘴一笑说，"至少明天的早朝会很好玩哦。"

其他人翻了翻眼珠子，可还是都笑了出来。

图书在版编目（CIP）数据

匈奴乱／陆源著. –– 南昌：百花洲文艺出版社,2016.8
ISBN 978-7-5500-1833-4

Ⅰ.①匈… Ⅱ.①陆… Ⅲ.①长篇小说–中国–当代 Ⅳ.①I247.5

中国版本图书馆CIP数据核字（2016）第183978号

匈奴乱

陆源 著　晓瑾 译

出 版 人	姚雪雪
责任编辑	游灵通
美术编辑	彭　威
制　　作	何　丹
出版发行	百花洲文艺出版社
社　　址	南昌市红谷滩新区世贸路898号博能中心20楼
邮　　编	330038
经　　销	全国新华书店
印　　刷	江西千叶彩印有限公司
开　　本	850mm×1168mm　1/16　印张　16.75
版　　次	2017年1月第1版第1次印刷
字　　数	200千字
书　　号	ISBN 978-7-5500-1833-4
定　　价	30.00元

赣版权登字　05-2016-258
版权所有，侵权必究

邮购联系　0791-86895108
网　　址　http://www.bhzwy.com
图书若有印装错误，影响阅读，可向承印厂联系调换。